興：藝術生命的激活

再版
前言

　　這套「中國美學範疇叢書」初版於二〇〇一年，時隔十五年再版，作為編委與作者，依然感到書不盡言，言不盡意。

　　中國美學範疇，顧名思義，是對中國數千年源遠流長的美學與文藝史理論的概括。範疇這個術語本是從西方哲學引進的。西方所謂範疇是指人類主體對事物普遍本質的認識與把握。它與概念不同，概念一般反映某個具體事物的類屬性，而範疇則是對事物總體本質的認識與把握。中國美學的範疇與西方美學相比，富有體驗性與感知性，善於在審美感興中直擊對象，這種範疇把握，融情感與認識、哲理與意興於一體，正如嚴羽《滄浪詩話》所説「唐人尚意興而理在其中」。中國美學範疇，實際上是中國古代美學與哲學智慧的彰顯，也是藝術精神的呈現。諸如感興、意象、神思、格調、情志、知音等美學範疇，既是對中國美學與文藝活動的總結與概括，也是人們從事藝術批評時的器具。對中國美學範疇的認識與研究，不僅是一種學術研究與認識，而且還是一種體驗與濡染的精神活動。中國美學範疇的生成與闡述，與個體生命的活動息息相關，這種美學範疇在社會形態日漸工具化的今天，其精神價值與藝術價值越發顯得重要。中國當代美學範疇與精神的構建，毫無疑問應當從中國傳統美學範疇中汲取滋養。

　　這套叢書緣起於一九八七年，當時正是國內人文思潮湧動的時

候，那時我還是在中國人民大學哲學系美學教研室任教的一名年輕副教授。吾師蔡鍾翔教授與中國人民大學中文系的同事成復旺、黃保真教授一起編寫出版了《中國文學理論史》，接著又發起與組織編寫了「中國美學範疇叢書」，歷時十三年，於二〇〇一年由百花洲文藝出版社出版了第一輯，有《美在自然》《文質彬彬》《和：審美理想之維》《興：藝術生命的激活》《原創在氣》《因動成勢》《風骨的意味》《意境探微》《意象範疇的流變》《雄渾與沉鬱》等十本。我承擔了其中的《和：審美理想之維》《興：藝術生命的激活》兩本。

在編寫這套叢書時，蔡老師作為主編，撰寫了總序，確定了基本的編寫思想，對於什麼是中國美學範疇及其特點，作出了闡釋，將其歸納為：一、多義性與模糊性；二、傳承性與變易性；三、通貫性與互滲性；四、直覺性與整體性；五、靈活性與隨意性。這五點是中國美學範疇的特點。強調中國美學範疇的認識與體驗、情感與理性、個體與總體的有機融合。另外，蔡師也強調「中國美學範疇叢書」的編寫與出版，是隨著中國美學的研究深入而催生的。在上個世紀八十年代初的美學熱中，對於中國美學史的興趣成為當時亮麗的風景線，我在當時也開始寫作《六朝美學》一書。而隨著中國美學史研究的深入，人們越來越對中國美學範疇產生了濃厚的興趣，在當時，意象、意境、境界、神思、比興、妙悟等範疇成為人們的談資，時見於論文與著作中，也是文藝學與美學中的熱門話題。正是有鑑於此，彙集這方面的專家與學者，編寫一套專門研究中國美學範疇的高水平叢書的策劃，便應運而生。正如蔡師在全書總序中所說：「『叢書』選題主要是

元範疇和核心範疇，也包括少量重要的衍生範疇，在這些範疇之內涵蓋若干相關的次要範疇。這是對中國傳統美學範疇的一次全面深入的調查，工程是浩大的、艱難的，但確是意義深遠的，它將為中國美學和中國文論的史的研究和體系研究打下堅實的基礎。」

這套書從策劃到編寫，再到出版，歷經十多年，作為撰寫者與助手的我，見證了蔡師的嘔心瀝血，不辭辛勞。比如揚州大學古風教授撰寫的《意境探微》一書，傾注了蔡老師審稿時的大量心血。儘管古教授當時已經在《中國社會科學》《文藝研究》《文學評論》等刊物發表了相關論文，在這方面成果不少，但是蔡老師本著精益求精的方針，反覆與他通信商談書稿的修改，經過多次打磨與修改之後，最後形成了目前出版的書稿。記得那時我和蔡老師都住在人民大學校內，每次我去他家拜訪時，總是見到他在昏黃的檯燈下伏案看稿與改稿，聊天時也是談書稿的事。有時他對作者書稿的質量與修改很是著急與焦慮，我也只好安慰他幾句。

本叢書體現這樣的學術立場與宗旨。這就是：一、追求「究天人之際，通古今之變，成一家之言」的學術旨趣。每本書都以範疇的歷史演變與範疇的結構解析為基本框架，同時，立足於探討中國美學範疇的當代價值與當代轉化。作者在遵循基本體例的同時，又有著鮮明的個性與觀點，彰顯「和而不同」的學術自由精神。二、本著「萬物並育而不相害，道並行而不相悖」的兼容並包之襟懷，融會中西，將中國美學範疇與西方美學與文化相比較，盡量在比較中進行闡釋，避免全盤西化或者唯古是好的偏執態度。

　　值得一提的是，叢書的第一輯出版後，在二〇〇二年五月二十五日，叢書編委會與江西百花洲文藝出版社在中國人民大學中文系舉行了第一輯的出版座談會，當時在京的一些著名學者侯敏澤、葉朗、童慶炳、張少康、陳傳才，以及詹福瑞、韓經太、左東嶺、朱良志、張晶、張方等學者參加了座談會並作了發言，我也有幸與會。學者們充分肯定了這套叢書的出版對於推動中國美學的研究，有著積極的意義，認為這套書具有很高的學術水準。與會者讚揚這套書體現了古今融會、歷史的演變與範疇的解析相貫通的學術特色，同時也提出了中肯的意見。正是在這些鼓勵之下，叢書的編委會與作者經過五年的繼續努力，於二〇〇六年底出版了叢書第二輯的十本，即《美的考索》《志情理：藝術的基元》《正變·通變·新變》《心物感應與情景交融》《神思：藝術的精靈》《大音希聲——妙悟的審美考察》《虛實掩映之間》《清淡美論辨析》《雅論與雅俗之辨》《藝味說》等。第二輯與第一輯相比，內容更加豐富，涉及中國美學與藝術的一些深層範疇，寫法愈加靈動，與藝術創作的結合也更加明顯。顯然，中國美學範疇研究的水平隨著叢書的推進也得到相應的提升。

　　從二〇〇六年叢書第二輯出版至今天，一晃又過去了十年。令人哀傷的是，蔡老師因病於二〇〇九年去世了。原先設想的出版三十本的計劃也終止了。在這十年中，中國美學範疇的研究有了很大的進展，比如將中國美學範疇與中國文化、中國哲學相聯繫的論著問世不少，將中西美學範疇進行比較研究的成果也頗為可觀。但是這套叢書的學術價值歷經時間的考驗，不但沒有過時，相反更顯示出它的內在

價值與水平。時值當下對中國傳統文化與國學的研究與討論的熱潮，這套叢書的實事求是的治學態度，認真負責的撰寫精神，以及浸潤其中的追求人文與學術統一、古今融會、中西交融的學術立場，不追逐浮躁，潛心問學的心志，在當前越發彰顯其意義與價值。在當前研究中國美學的書系中，這套叢書的地位與價值是不可替代的，在今天再版，實在是大有必要。在這十年中，發生了許多變故，叢書的顧問王元化、王運熙先生，副主編陳良運先生，編委黃保真先生，作者郁沅先生等，以及當初關心與幫助過這套叢書的著名學者侯敏澤、童慶炳先生，還有責任編輯朱光甫先生，已經離世，令人傷懷。對於他們的辛勞與幫助，我們將永遠銘記在心。今天，這套叢書的再版，也蘊含著紀念這些先生的意義在內。

本次再版，百花洲文藝出版社本著弘揚優秀傳統文化的宗旨，經過與作者協商，在重新校訂與修訂的基礎之上，將原來的叢書出版，個別書目因各種原因，未納入再版系列。相信此次再版，將在原來的基礎之上，提升叢書的水平與質量。至於書中的不足，也有待讀者的批評與指正。

袁濟喜

二〇一六年十二月三十一日

總序

　　範疇，是對事物、現象的本質聯繫的概括。範疇在認識過程中的作用，正如列寧所指出的，它「是區分過程中的梯級，即認識世界的過程中的梯級，是幫助我們認識和掌握自然現象之網的網上紐結」(《哲學筆記》)。人類的理論思維，如果不憑藉概念、範疇，是無法展開也無從表達的。美學範疇，同哲學範疇一樣，是理論思維的結晶和支點。一部美學史，在一定意義上也可以說是一部美學範疇發展史，新範疇的出現，舊範疇的衰歇，範疇含義的傳承、更新、嬗變，以及範疇體系的形成和演化，構成了美學史的基本內容。

　　中國傳統美學範疇，由於文化背景的特殊性，呈現出與西方美學範疇迥然不同的面貌，因而在世界美學史上具有獨特的價值。中國現代美學的建設，非常需要吸納融匯古代美學範疇中凝聚的審美認識的精粹。自二十世紀八〇六年代後期以來的十餘年中，美學範疇日益受到我國學界的重視，古代美學和古代文論的研究重心，在史的研究的基礎上，有逐漸向範疇研究和體系研究轉移的趨勢，這意味著學科研究的深化和推進，預計在二十一世紀這種趨勢還會進一步加強。到目前為止，研究美學、文藝學範疇的論文已大量湧現，專著也有多部問世，但嚴格地說，系統研究尚處在起步階段，發展的前景和開拓的空間是十分廣闊的。中國傳統美學範疇的特點是很突出的，根據現有的

研究成果，大致可以歸結為以下幾點：

　　一、多義性和模糊性。範疇中的大多數，古人從來沒有下過明確的定義或界說，因此，這些範疇就具有多種義項，其內涵和外延都是模糊的。如「境」這個範疇，就有好幾種含義。標榜「神韻」說的王士禎，卻缺乏對「神韻」一詞的任何明晰的解說。不僅對同一範疇不同的論者有不同的理解，同一個論者在不同的場合其用意也不盡相同。一個影響很大、出現頻率很高的範疇，使用者和接受者也只是仗著神而明之的體悟。

　　二、傳承性和變易性。範疇中的大多數，不限於一家一派，而是從創建以後便一代一代地傳承下去，成為歷代通行的範疇，但於其傳承的同時，範疇的內涵卻發生著歷史性的變化，後人不斷在舊的外殼中注入新義，大凡傳承愈久，變易就愈多，範疇的內涵也就變得十分複雜。如「興」這個範疇，始自孔子，本是屬於功能論的範疇，而後來又補充進「感興」「興會」「興寄」「興托」等含義，則主要成為創作論的範疇了。

　　三、通貫性和互滲性。古代美學中有相當數量的範疇是帶有通貫性的，即貫通於審美活動的各個環節。如「氣」這個範疇，既屬本體論，又屬創作論；既屬作品論，也屬作家論，又屬批評、鑑賞論。至於各個範疇之間的互滲，如「趣」和「味」的互滲，「清」和「淡」的互滲，包括對立的互轉，如「巧」和「拙」的互轉，「生」和「熟」的互轉，就更加普遍。因而範疇之間千絲萬縷、交叉糾纏的關係，形成一個複雜的網絡。

　　四、直覺性和整體性。許多範疇是直覺思維的產物，其美學內涵究竟是什麼，只可意會，不可言傳。典型的例子如「味」這個範疇，什麼樣的作品是有滋味的，如何賞鑑作品才是品「味」，怎樣才是「辨於味」，「味外味」又何所指等等，都是不可能用言語來指實，只能是一種心領神會的直覺解悟。既然是直覺的，即不經過知性分析的，就必然是整體的把握。如風格論中的許多範疇，何謂「雄渾」，何謂「沖淡」，何謂「沉著痛快」，何謂「優游不迫」，都不可條分縷析。直覺性與模糊性無疑是有不可分割的聯繫的。

　　五、靈活性和隨意性。漢語中存在大量的單音詞，其組合功能極強，一個單音詞和另一個單音詞組合便構成一個新的複音詞。中國古代美學利用組詞的靈活性，創建了許多新的範疇，如「韻」和「氣」組合構成「氣韻」，「韻」和「神」組成「神韻」，「韻」和「味」組成「韻味」，等等。而這種靈活性可以說達到了隨意的程度，一個主幹範疇能繁育滋生出一個龐大的範疇群或範疇系列，舉其極端的例子而言，如「氣」，不僅構成了「氣韻」「氣象」「氣勢」「氣格」「氣味」「氣脈」「氣骨」，還演化成「元氣」「神氣」「逸氣」「奇氣」「清氣」「靜氣」「老氣」「客氣」「孱氣」「傖氣」「山林氣」「官場氣」等等，當然這些衍生的名稱未必都算得上範疇，但確有一部分上升到了範疇的地位。

　　上述這些傳統美學範疇的特點，也就是研究中的難點，要給予傳統美學範疇以現代詮釋，而不是以古釋古，難度是很大的。根本的問題在於古今思維方式的差異。我們現代的思維方式，基本上是採納了西方的思維方式，因此在詮釋中很難找到對應的現代語彙，要將傳統

美學範疇裝進現代邏輯的理論框架，便會感到方枘圓鑿，扞格難通。中國的傳統思維，經歷了不同於西方的發展道路，即沒有同原始思維決裂，相反地卻保留了原始思維的若干因素。我們不能同意西方某些人類學家的論斷，認為中國的傳統思維還停留在原始思維的水平。中國古人的理論思維在先秦時代已達到很高的水平，所保留的原始思維的痕跡，有些是合理的，保持了宇宙萬物的整體性和完整性，不以形式邏輯來切割肢解，是符合辯證法的原理的，在傳統美學範疇中也表現出這種長處。因此，研究中國美學範疇，必須結合古人的思維方式，聯繫整個中國傳統文化的大背景來考察，庶幾能作出比較準確、接近原意的詮釋。範疇研究的深入自然會接觸到體系問題。中國古代美學家、文論家構築完整的理論體系者極少，但從範疇的整體來看是否構成了一個統一的體系呢？範疇的層次性是較為明顯的，如有些研究者區分為元範疇、核心範疇（或主幹範疇）、衍生範疇（或從屬範疇）等三個或更多的層次。但範疇之有無邏輯體系，研究者尚持有截然不同的觀點。我們傾向於首肯「潛體系」的說法，即範疇之間存在有機的聯繫，範疇總體雖然沒有顯在的體系，卻可以探索出潛在的體系。但要將這種「潛體系」轉化為「顯體系」並非易事，因為這是兩種思維方式的轉換，轉換實際上是重建。有些研究者梳理整合出了一套範疇體系，只能是一家之言，是一種先行的試驗。由於對個別範疇還未研究深透，重建整個中國美學理論體系的條件就沒有完全成熟。於是我們萌發了一個構想，就是編輯一套「中國美學範疇叢書」，每一種（或一對）範疇列一專題，寫成一本專著，對其美學內涵作詳盡的現代

詮釋，並盡量收全在其自身發展的不同歷史階段上的代表性用法和代表性闡述，力爭通過歷史的評析揭示各範疇內涵邏輯展開的過程。「叢書」選題主要是元範疇和核心範疇，也包括少量重要的衍生範疇，在這些範疇之內涵蓋若干相關的次要範疇。這是對中國傳統美學範疇的一次全面深入的調查，工程是浩大的、艱難的，但確是意義深遠的，它將為中國美學和中國文論的史的研究和體系研究打下堅實的基礎。

　　這一工程從一九八七年開始策劃，歷時十三年，得到許多中青年學者的熱烈響應。更有幸的是，在世紀交替之年，獲得江西省新聞出版局和百花洲文藝出版社領導的大力支持，在他們的努力下，「叢書」被列入「十五」國家重點圖書出版規劃，「叢書」共計三十本，預定在四年內分三輯出齊。為此組織了力量較強的編委會，投入了充足的人力、物力、財力，力爭使「叢書」成為精品圖書。我們萬分感佩江西出版部門充分估計「叢書」學術價值的識見和積極為文化建設做貢獻的熱忱。最終的成果也許難以盡愜人意，但我們相信「叢書」的出版，必將在中國美學範疇研究的長途跋涉中留下一串深深的足印。

蔡鍾翔

陳良運

二〇〇一年三月

提　內
要　容

　　「興」是中國古典美學中具有多重含義的範疇，它往往與「比」並
稱為「比興」，但與「比」相比，它具有更深的美學蘊涵，其基本含義
一是感發，二是寄寓。作為審美範疇的「興」的出現，是在有文字記
載的先秦時代。後來漢儒從經學角度對「比興」作了進一步的詮釋。
漢魏之際，隨著人性的覺醒與文學的獨立，「興」從托喻之辭向著自然
感興發展，其內涵逐漸拓展。唐宋以降，諸多的文論家對此作了進一
步的闡發，使「興」範疇不斷得以充實，它將文藝創作中的一些基本
範疇如「心物」、「情景」等關係加以融會，具有以一總萬的意義。原
夫「興」之誕生，肇自華夏民族的生命衝動之中。「興」中保留著中華
遠古生民天人感應、觀物取象、托物寓意等文化觀念痕跡。從審美與
藝術活動的角度來說，「興」是現實人生向藝術人生躍升的津樑，是使
藝術生命得到激活的中介，它是中國古典美學有價值的傳統之一。

目次

緒　言

　　「興」是中國古典美學中一個具有關鍵性質的範疇，它將審美與文藝創作的一些根本性問題，如心物、情景、情志等關係加以融會，作為溝通這些對立關係的橋樑，使審美與文藝創作成為既涵括情與志、情與景、心與物，又具有獨立性質的精神文化創造活動。它包含的範圍如此之廣，涉及的問題如此之多，具備海納百川、以一總萬的意義。這是中國審美文化理念與體驗相融合特徵的典型顯現，是西方與其他各國的美學與文藝學所不曾有的。葉嘉瑩教授曾在《中國古典詩歌中形象與情意之關係例說》一文中指出：「至於『興』之一詞，則在英文的批評術語中，根本就找不到一個相當的字可以翻譯。」[1]因此，不從整個中國文化的特點出發去瞭解「興」的內涵與外延，就難以全面把握這一範疇的真實面目。

　　作為審美範疇的「興」的出現，是在有文字記載的先秦時代。在《詩經》的創作過程中，即已萌發了用「比興」來作詩的自覺意識，孔

1　《迦陵論詩叢稿》（修訂本），河北教育出版社1997年版，第33頁。

子提出了「詩可以興」「興於詩」的命題，正式啟用了「興」的美學範疇。秦漢間的《周禮》最早提出「比興」概念，後來漢儒在注《周禮》時對「比興」作了詮釋。《毛詩序》對「比興」在詩歌創作過程中的作用與功能作了進一步的發揮。在最初的時候，人們討論「興」的問題，一種是如孔子那樣，當作用詩的概念，強調對《詩經》的欣賞是感發志意的美感心理；另一種是將它作為「賦比興」中的一個組成部分，當作詩法來看待，其基本含義有兩點，即感發與托喻的功能，它是與「比」相提並論，然而更具隱喻意義的一個範疇。漢魏之際，隨著人性的覺醒與文學的獨立，「興」從托喻之辭向著自然感興發展，其內涵逐漸延伸拓展，演化為超越政教思理、用以感興寄託與、意在言外的審美範疇。唐宋以來，諸多的文論家對此作了進一步的闡發，從而使「興」範疇的內涵不斷得到充實與拓展，變成具有多重含義的古典美學範疇。「興」從創作對象的角度來說，倡導緣物而感；從作者主觀方面來說，提倡寓情寫意；從主客觀合一的作品層面來說，則倡舉意在言外、回味無窮的審美境界。這三重意義，渾然融化成中國美學關於文藝創作的基本範疇，是中國文化特質在美學上的匯聚。

　　原夫「興」之誕生，源自華夏民族自然生命與藝術生命融合而成的宗教之舞中。在後來中國美學的發展演變中，隨著人的獨立與覺醒，「興」開始逐漸擺脫巫術文化的浸染，越來越走上審美之途，同時又汲取了原始之「興」中深厚的人文蘊涵，用以寄寓動盪年代中的人生感喟，激活人生，使人生與藝術有機地結合起來，創造了燦爛輝煌的文藝。其高風遺韻，至今仍使今人慨然感懷。它昭示我們，藝術之中沒有生命之興，就根本無法臻於至境，而只是文本製作，過眼煙雲。「興」是現實人生向藝術人生躍升的津樑，是使藝術生命得到激活的中介。由於中國文化濃重的遺傳性，使得「興」還保留著中國遠古

時代就形成的天人感應、觀物取象、托物寓意等文化價值觀念痕跡。這種從原始生命衝動與人格獨立出發的藝術觀念，雖然有神祕直觀的成分在內，但是，在人類越來越受理性制約，審美生命日漸萎縮的今天，這種生命之「興」具有激活平庸人生的積極意義，是中國古典美學有價值的傳統之一。

從中國文化的整體特質來說，它是一種世俗樂天的文化，其特點是以情感與直觀的方式去感知世界、認識外物。中國雖有土生土長的道教與外來的佛教，但是它不能替代儒、道互補的傳統文化精神，中國人的宇宙意識與對信仰的鑄造，在很大程度上是通過詩性文化的橋樑來溝通的。「興」作為融合客觀與主觀、感知與情感、必然與偶然的美感心理，是中國人構建自己精神家園的津樑。林語堂曾在他的《中國人》一書中，對詩歌之興在中國人精神世界中的作用與地位作了深刻的闡明：「中國人在他們的宗教裡沒有發現這種靈感和活躍情緒，那些宗教對他們來說只不過是黑暗的生活之上點綴著的漂亮補丁，是與疾病和死亡連繫在一起的。但他們在詩歌中發現了這種靈感和死亡。詩歌教會了中國人一種生活觀念，通過諺語的詩卷深切地滲入社會，給予他們一種悲天憫人的意識，使他們對大自然寄予無限的深情，並用一種藝術的眼光來看待人生。詩歌通過對大自然的感情，醫治了人們心靈的創痛。」[2]其實，在齊梁時的鍾嶸《詩品序》中就談道：「使窮賤易安，幽居靡悶，莫尚於詩矣，故詞人作者，罔不愛好。」錢鍾書先生曾在《詩可以怨》一文中指出，鍾嶸的這一詩學主張是止痛安神劑。而詩的這種功能，是通過孔子說的「詩可以興」「興於詩」的美感方式來達到的。對「興」的審美能力的培養，與後來蔡元培先生所倡的「以

2　郝志東、沈益洪譯：《中國人》，浙江人民出版社1988年版，第211-212頁。

美育代宗教說」，確有殊途同歸之妙。「興」作為審美範疇，折射出中國詩性文化的光彩。在今日中國，對傳統「興」的審美精神的承傳與弘揚，一如王夫之當年對「興」的倡導一樣[3]，對於國民精神的濡涵與提升，是很有意義的。

由於「興」具有如此豐贍而又繁複的意蘊，因而自古至今，對它的解釋如陸機《文賦》所說「紛紜揮霍，形難為狀」，許多人將此視為畏途。平心而論，以筆者的學識，要在文本的研究上超過前人的水平，是很難做到的，因而這種研究往往是費力不討好，不過我們大可不必妄自菲薄，這項工作總得有人去做，在當前眾多的研究中國古典美學範疇的路子中，我只能選擇自己的路子，這就是將材料的整理與觀點的注入融合起來，借鑑清人所倡的「義理、考據、辭章」相結合的方法，既充分吸納前人的研究成果，又敢於提出自己的見解。在這一點上，我對自己以前研究中國古典美學範疇「和」的方法作了一些拓展，比如在材料的選擇上，不僅注重文獻學的材料，而且對於文化人類學的材料及他人的研究成果，亦充分吸收，並盡量在出處中標明。我個人認為，對中國古典美學範疇的研究，不應僅僅停留在文本的還原與整合的層面上，而應將她的內在精神與我們今日美學與文化的建設相融合，這是古人美學理論的精髓，也是「五四」以來中國美學精神得以承傳的動力，正是本於此，本書在寫作中力圖做到從承續與超越上來追求這種境界。至於究竟能達到多少，則有賴於讀者的批評與鑑定。

3　王夫之《俟解》云：「能興即謂之豪傑。興者，性之生乎氣者也。拖沓委順，當世之然而然，不然而不然，終日勞而不能度越於祿位田宅妻子之中，數米計薪，日以挫其志氣，仰視天而不知其高，俯視地而不知其厚，雖覺如夢，雖視如盲，雖勤動其體而心不靈，惟不興故也。聖人以詩教蕩滌其心，震其暮氣，納之於豪傑而後期之以聖賢，此救人道於亂世之大權也。」

第一章

先秦兩漢詩學之「興」

　　作為審美範疇的「興」的形成，是在有文字記載的先秦時代。然而，「興」作為原始生命活動的表現形態，卻是在原始社會中即已萌發了（詳見本書第五章《「興」的文化溯源》）。隨著遠古生民藝術生命的延伸，原始歌舞的形態從本能性的宣洩向著文字思維形態的藝術發展凝縮，歌、樂、舞合為一體的藝術形態逐漸朝著偏重語言形式的詩歌伸展，從而使得「興」的內涵更加凝聚著社會歷史與人生百態的意味，成為藝術使情成體的創作中介。在先秦兩漢的詩歌創作與詩學理論中，「興」的審美範疇得到奠定與確認。

第一節　《詩經》與「比興」

　　「比興」作為詩歌審美創作的方法，最早出現在《詩經》之中，這是有其文化與歷史必然性的。

中國古代的詩歌起源於何處，迄今仍是難以確定的課題。史前留下的原始資料難見其跡，而目前被稱作「肇開聲詩」的《康衢》《擊壤》，由於藝術形式與語言的相對成熟，使人難以相信它們是五帝時代的詩歌。倒是一些見之於考古資料的甲骨文上的卜辭，可以見出最早的詩歌的雛形，如「癸卯，今日雨。其自西來雨？其自東來雨？其自北來雨？其自南來雨？」（郭沫若《卜辭通纂》，第375片）其中不乏對稱的五言，還有三言，二言，參差錯落，和而不同，頗具民間謠諺的意味。其他《易經》中的卦辭與爻辭中也有一些簡短而意味雋永，流傳後世的名言，如「無平不陂，無往不復」（〈泰卦〉九三）、「虎視眈眈，其欲逐逐」（〈頤卦〉六四）從這些句子來看，它們類似於謠諺，只是一種簡單的心理的表達，而真正能夠以一唱三歎，迴環往復的形式抒寫先民的喜怒哀樂，達到相當藝術水平的，是《詩經》。

《詩經》中的〈風〉、〈雅〉、〈頌〉三部分在孔子之前即已形成了。唐代經學家孔穎達說過：「〈風〉、〈雅〉、〈頌〉，詩篇之異辭。」（《毛詩正義》卷一）對於它們之間的劃分依據，自古以來就存在著不同的看法。以《毛詩序》為代表的經學家認為是依據詩的表現對象與功能來劃分；以朱熹《詩集傳》為代表的學者則認為是按詩的作者身分及《詩經》中的內容來確定；而以鄭樵《六經奧論》為代表的意見則主張應按《詩經》音樂屬性的地域方面來認定。但一般說來，〈風〉、〈雅〉、〈頌〉的區分是應該從作者身分和表現內容兩方面來判定的。〈風〉是十五國民間歌詩的彙集與整理；〈雅〉是貴族官吏們的作品，而〈頌〉則是商周御用文人所作的廟堂之作。由這三部分的作者身分與表現內容所決定，三者的思想與藝術也各具特色。一般說來，〈風〉詩具有民歌「感於哀樂，緣事而發」的特點；〈雅〉詩屬於貴族及其官吏的作品，它們的藝術水平相對高一些，感情細膩深沉；而〈頌〉詩的祭祀

味道濃郁，格調沉悶繁複。但從這些經過整理的詩歌總集的內容與藝術手法來看，作者的創作主體思想是明顯地增強了。從我們現在所見的作品考察，可知《詩經》中直接言及作詩動機的有十六處，其中〈風〉詩中約有三處，七十四篇〈小雅〉中約有七處，三十一篇〈大雅〉中約有六處。這也可以說明：〈雅〉詩中由於作者多為文化教養較高的貴族與官吏，他們的審美自覺意識更強一些；而〈風〉詩由於民間歌詩的特色，呈現出率興而為的特點，故而自覺為詩的意識弱一些。但無論是〈風〉詩還是〈雅〉詩，抑或是〈頌〉詩，其中言及作詩之目的，大要不出歌頌與訴悲，也就是兩漢儒生論《詩經》時常說的「美」「刺」兩端：

> 維是褊心，是以為刺。（〈魏風〉〈葛屨〉）
> 心之憂矣，我歌且謠。（〈魏風〉〈園有桃〉）
> 夫也不良，歌以訊之。（〈陳風〉〈墓門〉）
> 家父作誦，以究王凶。（〈小雅〉〈節南山〉）
> 王欲玉女，是用大諫。（〈大雅〉〈民勞〉）
> 吉甫作頌，穆如清風。（〈大雅〉〈烝民〉）

關於這些詩作具體內容所指，迄今為止，還很難確定。但透過這些言及作詩動機的詩句，我們還是可以清楚地見到《詩經》中有著明顯的「詩言志」的傳統。志者，止也，也就是原先積累的人生懷抱與志向，是自我意識的一種表現形式。這種主體性，標誌著《詩經》的作者們已經從遠古時代人類觀物取象、被動感應外物的朦朧意識，變為積極主動地去表現對象、抒發情感。外界的事物經過主觀情感的熏染後，變成人化的自然。

　　作者能夠跳出遠古時代的直抒其感、感性壓過理性的思維方式，注重理性與感性的融合。在《詩經》中，我們可以看到其中所萌發的中華民族情理合一、溫和含蓄的審美心態。「比興」的運用，正是緣此而生的。《周禮》〈春官〉〈大師〉條載有大師教國子「六詩」之事：

　　大師掌六律六同，以合陰陽之聲。……教六詩：曰風，曰賦，曰比，曰興，曰雅，曰頌。以六德為之本，以六律為之音。

　　約成於東漢年間的《毛詩序》則稱之為「六義」：

　　故《詩》有六義焉：一曰風，二曰賦，三曰比，四曰興，五曰雅，六曰頌。

　　然而關於「六詩」或「六義」的解說，《周禮》〈春官〉與《毛詩序》中並沒有作出解釋，先秦時代也沒有具體的資料可以佐證。不過，不管是《周禮》還是《毛詩序》，它們在言及「六詩」「六義」時，排列的順序卻是一致的，因此，我們有理由認為「風、雅、頌」與「賦、比、興」應屬兩組不同的範疇。最早為「六詩」與「六義」作出解說的是東漢經學家鄭玄：「風，言聖賢治道之遺化也；賦之言鋪，直鋪陳今之政教善惡；比，見今之失，不敢斥言，取比類以言之；興，見今之美，取善類以喻勸之；雅，正也，言今之正者以為後世法；頌之言誦也，容也，誦今之德，廣以美之。」（《周禮注》）唐代經學家孔穎達在《毛詩正義》中明確地將「風、雅、頌」和「賦、比、興」作為《詩經》中兩組不同的範疇，從體用兩方面加以區別：「詩各有體，體各有聲。……然則風、雅、頌者，詩篇之異體；賦、比、興者，詩文之異

辭耳。大小不同，而得並為六義者，賦、比、興是詩之所用，風、雅、頌是詩之成形；用彼三事，成此三事，是故同稱為義，非別有篇卷也。」後來南宋朱熹贊同此說，提出：「且詩有六義，先儒更不曾說得明。……蓋所謂六義者，風、雅、頌乃是樂章之腔調，如言仲呂調、大石調、越調之類，至比、興、賦又別。直指其名、直敘其事者，賦也；本要言其事，而虛用兩句頌起，因而接續云者，興也；引物為況，比者也。立此六義，非使人知其聲音之所當，又欲使歌者知作詩之法度也。」（朱鑑《詩傳遺說》引）朱熹是力圖從音樂與詩義的結合去說明「六義」與「六詩」的區別，但是近代朱自清先生在《詩言志辨》中卻持不同的看法。他認為：「鄭玄注《周禮》『六詩』，是重義時代的解釋。風、賦、比、興、雅、頌似乎原來都是樂歌的名稱，合言『六詩』，正是以聲為用。《詩大序》為『六義』，便是以義為用了。」[1] 當代有的學者也認為《周禮》中言及的大師教六詩其實是樂教的一種，是將《詩經》作為音樂教育中的歌辭來對待的，但是周代貴族教育中重視樂教，卻也並不排除將《詩經》中的音樂與歌辭並重用以教育貴族子弟，不然，我們就不好理解，為什麼繼承周代教育體系的孔子會轉而以《詩經》之義來教誨子弟，並輔之以音樂教育。歌辭是內容，音樂是形式，二者相得益彰，可以使人在欣賞時深入人心。季札觀樂，知音讚歎；孔子在齊國聞《韶》，如醉如痴，就絕不只是單向的音樂與歌辭所能奏效的，而是音樂與歌辭互相配合產生的審美效果。

　　然而，後人對《詩經》「比興」的解說是一回事，而《詩經》中呈

1　《詩言志辨》，《朱自清古典文學論文集》（上），上海古籍出版社1981年版，第263頁。

現出來的「賦、比、興」創作手法又是另一回事。作品中呈現出來的美學範疇是以隱形的審美意識表現出來的，而詩論家與美學家對作品中蘊含的美學範疇的總結，有時候是符合文本的，有時候則明顯地屬大衍發微，兩漢經學家對《詩經》中「賦、比、興」問題的探討許就是屬於這種情況。

依據我們今天對「興」的理解，《詩經》中運用「興」的手法應該是很自覺的一種創作手段與修辭手法。「興」在《詩經》中的出現有二十例。根據當代學者陸曉光在《論孔子「〈詩〉可以興」命題的歷史意蘊》一文的統計，大約可以分成三大類。[2]其一，為起身、起床之意。如：「夙興夜寐，靡有朝矣。」（〈衛風〉〈氓〉）「言念君子，載寢載興。」（〈秦風〉〈小戎〉）「子興視夜，明星有爛。」（〈鄭風〉〈雞鳴〉）「及寢乃興，乃占我夢。」（〈小雅〉〈斯干〉）其二，意為興盛，如：「殷商之旅，其會如林。矢於牧野，維予侯興。」（〈大雅〉〈大明〉）「天保定爾，以莫不興，如山如阜，如岡如林。」（〈小雅〉〈天保〉）其三，是興發引發之意，如：「天降滔德，女興是力。」（〈大雅〉〈蕩〉）「百堵皆興，薧鼓弗興。」（〈大雅〉〈緜〉）「王於興師，修我戈矛，與子同仇。」（〈秦風〉〈無衣〉）在稍候於《詩經》的《左傳》之中，「興」字也用得很多，但意思大要不出這幾類。《詩經》與《左傳》是先秦典籍中較為可信的作品，其中「興」的用意同甲骨文、金文中眾手同舉之意是一致的，也就是發起、興起、引發之意。在其他的先秦典籍如《墨子》、《莊子》、《荀子》、《孟子》、《韓非子》等稍後的書中，「興」字的用義也基本一致。

對於「興」作為《詩經》中創作手法的解說，唐代孔穎達在《毛

2　載《古代文學理論研究》第17輯，上海古籍出版社1995年版。

詩正義》中引東漢鄭眾釋「興」之意義時指出：「司農（指鄭眾）又云：興者，託事於物，則興者起也，取譬引類，起發己心，《詩》文諸舉草木鳥獸以見意者，皆興辭也。」這一說法，大致說出了作為《詩經》創作方法之「興」的基本意思，它與「比」相比，是一種先言他物以切入主題的創作手法，就這一點來言，它與朱熹《詩集傳》說的「興者，先言他物以引起所詠之詞」的觀點基本上是一致的。但朱熹又說：「因所見聞，或托物起興，而以事繼其後。」至於「先言他事」與「所詠之辭」即前句與後句之間有沒有意義之間的連繫，朱熹則說：「詩之興多是假他物舉起，全不取義」，認為二者之間多無連繫。朱熹的說法與漢儒論「興」時強調「興」與後詠之辭有著意義連繫的觀點大相逕庭，因而明代郝經的《詩經原始》與清代陳啟源的《毛詩稽古篇》中對之作出了反駁。陳啟源說：「詩人興體，凡托興在是，則或美或刺，皆見於興中。」這實際上是將「興」與「比」都視為蘊含政教大義的創作手法，「比」與「興」的差別只是所謂「比顯興隱」，或者如鄭玄所說「比，見今之失，不敢斥言，取比類以言之；興，見今之美，取善類以喻勸之」（《毛詩正義》引），「比」與「興」是因承擔「美」「刺」政教任務的不同而有所區別。今天看來，《詩經》中的「興」基本上是指一種創作手法與修辭手段，其中所興之物有的與後面的內容有著一定的連繫，有的只是烘托氣氛，與後面的內容並無必然之關聯，漢儒強調「興」的微言大義，「比刺興美」之類，大可不必作為我們今天研究《詩經》中「比興」的羈絆。

　　《詩經》中的起興，有的是「不取其義」的發端，是遠古生民觀物取象，由此及彼的習慣性思維，二者之間沒有意義的連繫。如〈秦風〉〈黃鳥〉：

交交黃鳥，止於棘。誰從穆公，子車奄息。維此奄息，百夫之特。……

交交黃鳥，止於桑。誰從穆公？子車仲行。維此仲行，百夫之防。……

交交黃鳥，止於楚。誰從穆公，子車鍼虎。維此鍼虎，百夫之御。……

詩中起興的黃鳥與下文的意義並無意思上的關係，只是發端起情，三章中分別寫黃鳥落在「棘」、「桑」、「楚」之上，只是虛寫，不是實寫，所以有這樣的虛寫，顯然是起定韻的作用。其他如〈秦風〉〈車鄰〉，〈王風〉〈黍離〉也有類似的情況。

〈詩經〉中「興」的運用第二類，是起興與所詠之情有著一定的比喻作用。如〈詩經〉中著名的〈周南〉〈關雎〉：

關關雎鳩，在河之洲。窈窕淑女，君子好逑。

詩中一開始由一對水鳥在河中沙洲求偶鳴叫想到自己愛慕的姑娘，渴望同她結成伴侶。詩的開頭兩句起興與後面兩句的意思顯然有著連繫，所以有人又稱作「比而興」，這也可以說明「比」「興」之間是你中有我，我中有你，很難截然分開。後世有人千方百計想從前人「夾纏不清」的「比」與「興」之中釐定二者之間的界限，實際上很難做到。因為中國古典美學的範疇是建立在一種直感形的模糊思維之上的，不可能像研究西方美學那樣條分縷析。

再如〈周南〉中的〈桃夭〉：

桃之夭夭，灼灼其華，子之于歸，宜其室家。

詩的開頭以桃花起興，比喻新婦美麗的容顏，祈祝新婦婚姻幸福美滿。桃花與新婦之間，也就是起興與所詠之辭之間存在著比喻的關係。還有的起興比較隱晦。如〈邶風〉〈柏舟〉中有：

泛彼柏舟，亦泛其流。耿耿不寐，如有隱憂。

詩一開始用任水漂泊、無依無靠的小船起興，以隱喻被遺棄女性的悲慘命運。類似的起興與比喻在〈邶風〉〈谷風〉中也有：「習習谷風，以陰以雨。黽勉同心，不宜有怒。」詩的起興用山中之風和乍晴乍陰的天氣形容丈夫喜怒無常，讓她提心吊膽。興句採用陰晴不測的天氣與暴風驟雨來比喻丈夫的脾氣暴戾不定，是非常貼切而生動的。

《詩經》中「興」的運用第三類，只是烘托氣氛，起興與後面的詠歎之辭並沒有意思的連接，但是氣氛的烘托成功，能夠起到反襯的作用，有時候這種修辭效果比諸直接的意義連繫更為動人。如〈鄭風〉〈風雨〉中的起興，渲染了一種淒清悲涼的氣氛，很好地烘托出女子對相思中人的苦戀之情：

風雨淒淒，雞鳴喈喈。既見君子，云胡不夷？
風雨瀟瀟，雞鳴膠膠。既見君子，云胡不瘳？
風雨如晦，雞鳴不已。既見君子，云胡不喜？

這首詩三章之首都用風雨中雞鳴起興，寫出了一位女子在風雨中苦等男子的悽楚與想像相見後的快樂。開始的兩句起興雖與後面的內

容沒有直接的比喻作用，但是創造出來的悲悽氣氛強烈地襯托出苦戀的情調，讀之令人感動。也正因為開頭二句起興烘托出的氣氛不同凡響，故而後世的人們常常將此單獨剝離出來，用來形容在風雨如晦的黑暗社會中堅持素志，決不隨波逐流的人格精神，南朝時的劉峻在《辨命論》中就用「風雨如晦，雞鳴不已」來形容仁人志士在黑暗年代中的不屈志向。《詩經》中的起興與傳統詩學中所說的「賦、比、興」原則有著很深的連繫。「賦」是直言其事，「比」是比方言事，也容易理解；而「興」則比較複雜，故較早解釋《詩經》的毛傳對「賦」「比」兩種手法不標，而獨標「興」體，是知「興」之難言。但「興」與「比」、「興」與「賦」實在是不好分的，有時候是藉助於二者的橋樑構建而成。日本著名學者鈴木虎雄在其《中國詩論史》中談到《詩經》中的「賦」與「興」關係時指出：由《詩經》中的甲句來看，是「賦」的直言其事的手法；而將其與後面的乙句聯結起來，則發揮出「興」的作用，即眼前所見之景成為後面之情的襯托。如〈關雎〉中的前面兩句單獨來看是「賦」，而將其與後面的男女相愛之情連繫起來看待，則構成了「興」。「比」、「興」的運用主要是服從於《詩經》作者強烈的創作主體意識，即通過特定的表現手法來抒發情志，傳達出或怨或喜的情感：

如果說用「賦」的方法，其言率直而露骨，那麼，運用「比」「興」的方法，即所謂比方於物，以事物為媒介寓托自己的心情，則其言婉曲。由於怨或刺的主題往往藉助此法而婉曲表達，因而後世在解釋時，即使在當時是最易明了的詩意，也在很大程度上背離了作者的本

意。[3]

　　鈴木虎雄的話可謂說出了「興」在《詩經》中的意義與在後世傳釋時的遭際。他認為《詩經》中的「比」、「興」用法來自「怨」與「刺」的主觀情志需藉助於婉曲的表達，故造成了「比」、「興」手法的運用。其中「比」「興」並不存在著鄭玄所說的「比刺興美」對號入座的問題，「比」與「興」都可以用來作為「刺」與「美」兩種情志的表達。從詩歌創作的角度來說，《詩經》中積澱了遠古生民對自然和社會進行觀物取象與引譬連類的思維習慣，將「興」作為客觀外物與主觀情感之間的觸發點，由此及彼，由物及我，從而使「天人合一」、「物我相融」的宇宙觀得到了藝術的表現。中華民族藝術生命的激活，在「興」之中獲得了昇華。

　　從目前我們所見到的先秦典籍中，如《左傳》、《論語》、《周禮》等等，有關「興」的範疇與概念的表述，基本是停留在「用詩」的層面，而從創作論的角度去揭示的，是在東漢的《詩大序》及鄭玄、鄭眾等經學家的註釋中，真正從文學創作與文學欣賞方面去加以系統論述的，則是在魏晉南北朝的陸機、劉勰與鍾嶸等人的詩論與文論之中。這是有著特定的歷史與文化背景的。

　　在先秦時代，《詩經》由於保留了上古時代的祭祀與宗教的典禮文化傳統，其中有著自然與人文諸方面的豐厚的精華，因而成為政治、經濟與文化的元典，受到各界人士的廣泛關注與推崇，早已步出了文藝的殿堂，與當時貴族的各項社會活動相結合。在《左傳》中所記載的各種軍事與外交場合，以及各種社會生活情境之中，賦詩言志成了

3　〔日〕鈴木虎雄：《中國詩論史》中譯本，廣西人民出版社1989年版，第25頁。

普遍的風尚。孔子説：「不學《詩》，無以言。」（《論語》〈季氏〉）「誦
《詩》三百，授之以政，不達；使於四方，不能專對，雖多，亦奚以
為？」（《論語》〈子路〉）這些話説明了《詩經》是當時社交場合貴族
修養的標誌與共同語言，朱自清先生在《詩言志辨》〈興義溯源〉中曾
詳細統計了《左傳》中賦詩引用的今本《詩經》之〈風〉〈雅〉〈頌〉
各部分的比率，其中〈大雅〉利用率最高，占百分之六十；〈小雅〉為
百分之五十五；〈頌〉為百分之四十二；最低的〈風〉也占百分之二十
點八。由此可見當時賦詩言志的時尚，同時也見出〈大雅〉與〈小雅〉
由於與賦詩言志的主體貴族身分相吻合，故較之〈風〉詩更受青睞。

這種賦詩言志與「興」的運用是一脈相承的，這就是所謂「賦詩
斷章，余取所求」（《左傳》〈襄公二十八年〉）。在特定的場合與情境
中，賦詩者往往斷章取義，對《詩經》中作品大衍發微。晉代杜預曾
注曰：「古者，禮會，因古詩以見意。故言賦詩，斷章也。其全稱詩篇
者，多取首章之義。」（《左傳》〈僖公二十三年〉公賦六月注）在賦詩
時，或取首章首句，或取某章數句，借古詩婉曲地表達賦詩者的意
願。賦詩言志所以能夠在當時通行，顯然與創作者在詩中廣泛運用了
「興」的手法，造成意思的委婉曲致相關，使得賦詩者可以「以意逆
志」，加以發揮。當然，這並不妨害彼此之間對於《詩經》原意的理
解。朱自清先生在《詩言志辨》〈興義溯源〉中説：「看《左傳》的記
載，那時卿大夫對於『詩三百』大約都熟悉，各篇詩的本義，在他們
原是明白易曉，正和我們對於皮黃戲一般。他們聽賦詩，聽引詩，只
注重賦詩的人引詩的人用意所在；他們對於原詩的瞭解是不會跟了賦
詩引詩的人而歪曲的。好像後世詩文用典，但求舊典新用，不必與原

意盡合；讀者欣賞作者的技巧，可並不會因此誤解原典的意義。」[4]從美學上來說，創作論中的「興」與鑑賞論中的「興」本是審美與藝術活動中不同的環節，前者是第一性，後者是第二性，二者之間是一種審美傳遞的過程，鑑賞過程中的審美傳遞較之於創造活動，往往具有更大的發揮餘力，也就是當代西方接受美學強調的「第二創造」的過程。在春秋時代，人們對《詩經》的解讀，感興趣的不是第一性的原創之「興」，而是作為鑑賞過程中的第二性的「興」，因為第二性的「興」可以見仁見智，使原創性的「興」獲得更大的發揮與價值實現。明乎此，人們也就不難理解，孔、孟對《詩經》的解讀，特別感興趣的不是創作論問題，而是「詩可以興」「興於詩」與「以意逆志」的問題。

其實，「興」從作為《詩經》中的創作手法與修辭手法延伸至鑑賞論，進而與人格培養相融合，其美學意義早已超出一般的創作論與鑑賞論範圍，它對於中國古典美學與文化的貢獻，比起「比興」意義的範疇大得多，而過去人們對於「興」範疇的此種含義是重視相當不夠的，在我們今天討論「興」的時候，這種傾嚮應當得到糾正。「興」作為以詩樂舞的藝術教育與美育的途徑，在傳說中的周代貴族教育中已經存在。《周禮》中的〈春官〉〈大司樂〉中指出：

　　大司樂，掌成均之法，以治建國之學政，而合國之子弟焉。……以樂德教國子：中、和、祗、庸、孝、友；以樂語教國子：興、道、諷、誦、言、語；以樂舞教國子：舞《雲門》、《大卷》、《大咸》、《大》《大夏》、《大濩》、《大武》。以六律、六同、五聲、八音、六舞大合

4　《詩言志辨》，《朱自清古典文學論文集》（上），上海古籍出版社1981年版，第250頁。

樂，以致鬼神示，以和邦國，以諧萬民，以安賓客，以說（悅）遠人，以作動物。乃分樂而序之，以祭，以享，以祀。

從這段話可以看出，掌管教育的教官與掌管禮儀的禮官都負有實行「樂教」的職責，而「樂教」又具有道德教育（樂德）、語言教育（樂語）和藝術教育（樂舞）三個方面的內容，是一種系統的美育工程。這種「樂教」與強制性的道德與法制教育相比，具有潛移默化、淪肌浹髓的效用，使人在血緣親情的陶染與感化中，不由自主地恪守傳統的孝悌一類道德。這樣，原本在氏族社會之中，帶有濃厚迷信色彩的禮樂系統就逐漸變得具有審美教育的色彩，從而與貴族的人格教育與道德教育相融合。鄭玄注曰：「興者，以善物喻善事。道讀曰導；導者，言古以剴今也。倍文曰諷，以聲節之曰誦。發端為言，答述曰語。」（《周禮註疏》引）鄭玄的註解將「興」置於政教大義上去發揮，把它與「六詩」（風、賦、比、興、雅、頌）中之「興」相類同，都視為政教概念。其實上文我們已引證朱自清先生的話指出過，鄭玄的時代對《詩經》的解說是重義的時代，而周代的「六詩」之教與「樂語」「樂舞」之教一樣，都是通過音樂教育的方式去實施的，此中所言之「興」，與孔子所說的「詩可以興」有所不同，是從音樂與歌辭相一體的「樂語」（即唱歌）之教去教育貴族子弟的。「興道」，主要是唱歌過程中產生的感發志意，從無形的音樂美感出發，進而深入到歌辭的意義中去，故而離不開諷誦與言語兩方面的閱讀和吟誦的昇華。「興」與「道」（即「導」）都有引發感染的意義在內，由美感的刺激開始，進而「引譬連類」，舉一反三，這同孔子所說的「詩可以興」的美感功用有相通之處。近年來有學者對《周禮》中的「六詩」說法從美育學的角度去解說，認為「六詩」是周代詩學的教育綱領，它反映了周代聲、

義並重的詩歌教學由低級向高級延伸的過程。「風」、「賦」為第一階段，是基本功的訓練，要求國子即貴族子弟能夠熟練地歌唱詩，朗誦詩。前者是以聲為用的教育，後者是以義為用的教育。「比」、「興」為教育的第二階段，是詩歌的義理訓練。「雅」、「頌」是第三階段，是正聲詩樂的訓練，要求國子能夠嚴格地照周禮以詩為用。[5]這種說法引起過另一些論者的不同看法。[6]其中何者為確，這裡不予評論，但這一觀點至少可以啟發我們從貴族教育課目的角度去考察「六詩」說，而不必囿於前人之說。參閱《周禮》〈春官〉的相關記載，我們可以知道，周代以《詩》為教是很普遍的事，當時人論「興」也多從樂教的角度去說，明代李東陽對古代的樂教十分重視，主張從聲教的方向去溯源詩教本義，是有相當道理的。

這種貴族教育中重視《詩》教的傳統到了春秋時代獲得了延續。《國語》〈周語〉中記楚大臣申叔時答楚莊王問如何教育太子時指出：

教之《春秋》，而為之聳善而抑惡焉，以戒勸其心；教之《世》，而為之昭明德而廢幽昏焉，以休懼其動；教之《詩》，而為之導廣顯德，以耀明其志；教之《禮》，使知上下之則；教之《樂》，以疏廣其穢而鎮其浮；教之令，使訪物官；教之語，使明其德，而知先王之務用明德於民也；教之故志，使知廢興者而戒懼焉；教之訓典，使知族類，行比義焉。……且夫誦詩以輔相之，威儀以先後之，體貌以左右之，明行以宣翼之，制節義而動行之，恭敬以臨監之，勤勉以勸之，孝順以納之，忠信以發之，德音以揚之，教備而弗從者，非人也。

5　見章必功：《六義說考辨》，《文史》第22輯。

6　見趙沛霖：《興的源起》，中國社會科學出版社1987年版。

　　申叔向楚莊王介紹如何教育子弟時，仍然將《詩》與《樂》《禮》
《春秋》作為教育子弟的基本科目，《詩》可以濡涵人的道德，培養人
格，使貴族子弟具備文質彬彬、盡善盡美的品德與才華。這種教育觀
念，與孔子的「六藝」之教已經十分相近了。它與周代的貴族教育相
比，更加講究道德與實際能力的培養，以及政治識見的增長，而去掉
了周代教育中的許多繁文縟禮、宗教神學的東西。再如《左傳》〈僖公
二十七年〉（前633年），晉國大臣趙衰向晉文公推薦郤縠為三軍統帥
時，就稱讚郤縠有著深厚的文化教養：「臣亟聞其言矣，說《禮》、《樂》
而敦《詩》、《書》，義之府也；禮樂，德之則也；德、義，利之本也。」
趙衰明確地將《詩》與記載夏商週歷史文獻的《書》相提並論，將它
與人格的薰陶融合起來。孔子論「興」正是在這種詩學觀基礎上發展
而來的。

第二節　孔子論「興」

　　孔丘（前551-前479），字仲尼，是宋國貴族微子啟的後裔。從現在
我們所能見到的《論語》與《史記》〈孔子世家〉來看，孔子對文學藝
術，特別是詩歌與音樂有很深的造詣，他會鼓琴擊磬，對於音樂有很
好的見解，發表過許多精彩的意見。孔子大約從三十歲開始了教學生
涯。孔子在他的教育歷程中，一直將詩樂作為教育學生的重要內容，
《史記》〈孔子世家〉曰：「古者，詩三千餘篇。及至孔子，去其重，取
可施於禮義，上采契后稷，中述殷周之盛，至幽、厲之缺，始於衽
席。故曰：〈關雎〉之亂，以為風始，〈鹿鳴〉為小雅始，〈文王〉為大
雅始，〈清廟〉為頌始。三百五篇，孔子皆弦歌之，以求合韶武雅頌之
音。禮樂自此可得而述，以備王道，成六藝。」《論語》〈子罕〉中有

孔子自述：「吾自衛返魯，然後樂正，雅頌各得其所。」據這些資料來看，孔子對《詩經》的次序及音樂進行過釐定，以求《詩經》傳述王道，教育子弟，這同他編定《春秋》以正名分的工作目的是一致的。

　　人格建設是孔子儒學的中心環節。孔子的弟子有子曾經說過：「其為人也孝弟（悌），而好犯上者，鮮矣；不好犯上，而好作亂者，未之有也。君子務本，本立而道生。孝弟（悌）也者，其為仁之本與！」（《論語》〈學而〉）在孔子與他的弟子看來，如果將這種仁愛之心推己及人，「泛愛眾而親仁」，「博施與民而能濟眾」（《論語》〈雍也〉），那就達到了聖人的境界，天下大治的局面也就出現了。

　　孔子認為，所謂人格，首先意味著人性的自我超越，因此他說過一句很有名的話：「知之者不如好之者，好之者不如樂之者。」（《論語》〈雍也〉）孔子明確地在這裡將道德的境界分為三個層次，即一般知曉、開始喜歡、樂以為之三個層面。這實質上涉及了人之所以區別於動物的根本之處，即人類建立在自我意識之上的道德觀念可以層層昇華。同樣是道德，可以分為自律的與他律的兩種，而在物慾膨脹，世風日下的社會中，一般的道德律令與法制往往是防不勝防的，甚至反而刺激邪惡，故老子疾呼「法令滋彰，盜賊多有」，道德要成為社會衰頹時期的中流砥柱，必須建立在自覺基礎之上，孔子為此大力強調道德的自律性與超我性，其途徑是喚醒人類通過遠古時代就出現過的血緣親情關係與觀念，這是一種用心理與美學的原則構建而成的人格豐碑。外在的道德可以轉化為內在的自我陶冶，孔子指出：

　　　　興於《詩》，立於禮，成於樂。（《論語》〈泰伯〉）

　　邢昺注曰：「此章論人立身成德之法也。興，起也，言人修身當先

學起於《詩》也。立身先須學禮，成性在於學樂。不學《詩》無以言；不學禮無以立。既學《詩》禮，然後樂以成之也。」（《論語集解疏》）朱熹在《論語集注》中說得更為肯定：「興，起也。詩本性情，有邪有正，其為言也又易知，而吟詠之間，抑揚反覆，其感人也又易人，故學者之初，所以興起好善惡惡之心而不能自已者，必於此而得之。」從這些解說中可以看出，孔子將《詩經》這部中國最早的詩歌總集視為修身成性的教科書，強調《詩經》的感興可以比諸禮義更能深入人心，學《詩》是做人立於禮，修身成於性的初始。「興」在孔子的詩學中，首先就是一種感發志意、涵養性情的接受活動。再看《論語》中的「興」字用法。《論語》中談到「興」的地方凡七處。除了「詩可以興」「興於《詩》，立於禮，成於樂」二處之外，其他五處的「興」字用法大致也有這幾種：「從者病，莫能興」（《論語》〈衛靈公〉），這裡的「興」指起床之意；其他一般指興起、興盛之意，如「君子篤於親，則民興於仁」（《論語》〈泰伯〉），「事不成則禮樂不興，禮樂不興則刑罰不中」（《論語》〈子路〉），「定公問：一言可以興邦，有諸？」（《論語》〈子路〉），「興滅國，繼絕世，舉逸民」（《論語》〈堯曰〉）。在當時，《詩經》具有政治、歷史、自然與人文諸方面的知識內容，但它首先是一部作為審美結晶的文學作品，是用來言志緣情的。因此，它作用於人的教育領域首先在於它的感發志意上，它通過個體的愉娛情性，對人的道德情操進行薰陶，而這最適合孩提時代的教育，通過這種潛移默化，使孩子在社會上漸漸地知曉禮義，樹立道德與法制觀念，這種道德法制觀念由於經過自我消化，與法家主張的硬性灌輸相比，更為淪肌浹髓，深入人心。孔子明確地將《詩》、樂教育置於禮儀教育之前，並將它們視為達到禮義教育的工具。《禮記》〈仲尼燕居〉假托孔子的話說明了這一點：「不能《詩》，於禮繆；不能樂，於禮素。」在

孔子看來，樂是較諸《詩》更高級的一種藝術教育與美育的途徑。黑格爾的《美學》曾認為在所有的藝術種類之中，音樂是人性的最高審美表達方式，是主觀精神的集中表現。孔子也看到了音樂這種藝術種類和合人心，昇華情感的作用。所謂「成於樂」，是指音樂可以深入到人性的最高層次，即人性的自由自覺境界，這也是道德的最高層次，即孔安國所謂「樂所以成性」，而「成性亦修身也」（劉寶楠《論語正義》引）。

孔子論「興」，最著名的是提出了「興、觀、群、怨」之說，將「興」與審美活動的其他因素連繫起來考察，從而奠定了中國古代詩學的重要價值觀念。他說：

> 小子何莫學夫詩？詩可以興，可以觀，可以群，可以怨；邇之事父，遠之事君；多識於鳥獸草木之名。（《論語》〈陽貨〉）

這是孔子對用美育手段來對學生進行教育的總結性話語。漢代孔子後裔孔安國注「詩可以興」為「引譬聯類」，朱熹則注為「感發志意」，其實二者是可以互補的。

所謂「興於詩」，與「詩可以興」都是指詩通過「感發志意」的方式來啟悟人。「興」，是一種情感的活動，通過個體愉快來舉一反三，引譬連類，從文學形象的欣賞之中領悟各種人生與自然界的哲理，進而昇華至道德的最高境界。比如《論語》〈八佾〉中記載子夏從孔子學《詩》，在孔子啟發下，從〈衛風〉〈碩人〉中描寫衛莊公夫人莊姜美貌的詩句「巧笑倩兮，美目盼兮，素以為絢兮」中領會到禮後於質、質裡文表的道理，便說明了這一點。運用《詩經》中的譬喻來說明一定的人生哲理，在《論語》中有關孔子教誨弟子的語錄中比比皆是：「為

政以德，譬如北辰，居其所而眾星共（拱）之。」（《論語》〈為政〉）
這是用眾星拱衛北斗的例子來說明統治者若能以德治天下，撫愛百
姓，則能吸引眾人歸附。「子曰：人而無信，不知其可也。大車無，小
車無，其何以行之哉？」（《論語》〈為政〉）「子謂仲弓曰：『犂牛之子
騂其角，雖欲勿用，山川其舍諸？」（《論語》〈雍也〉）「子在川上曰：
逝者如斯乎，不捨晝夜。」（《論語》〈子罕〉）「子曰：歲寒，然後知
松柏之後凋也。」（《論語》〈子罕〉）「君子之德風，小人之德草。草
上之風必偃。」（《論語》〈顏淵〉）有人統計《論語》中孔子凡用譬喻
者二十三處，如果再加上孔子弟子所用的譬喻，則《論語》中用譬喻
者計有三十五處之多。這說明孔子是非常善於從《詩經》中起興而感，
「引譬連類」的。《孟子》中也有兩例說明孔子從讀《詩經》中興發出
人生與社會的哲理：

《詩》云：「商之孫子，其麗不億。上帝既命，侯於周服。侯服於
周，天命靡常。殷士膚敏，裸將於京。」孔子曰：「仁不可為眾也。夫
國君好仁，天下無敵。」（〈離婁〉）

《詩》云：「迨天之未陰雨，徹彼桑土，綢繆牖戶。今女（汝）下
民，或敢侮予？」孔子云：「為此詩者，其知道乎？能治其國家，誰敢
侮之？」（〈公孫丑〉）

前一段引詩見於〈大雅〉〈文王〉，是說殷人臣服於周，來京城助
祭之事。殷商王朝曾是強盛一時的王朝，周人曾是殷人的臣民，而如
今殷人在自己的國家被周所滅後，不得不來京城助祭，真是在人屋簷
下，哪能不低頭。孔子讀此詩後，油然感到仁的力量是不能以人數多
寡來定的，國君好仁才能天下無敵。後一段引詩見於〈豳風〉〈鴟鴞〉，

說的是未雨綢繆的道理。孔子由此聯想到治國禦侮也是如此。

　　所謂詩「可以觀」，便是詩可用來「觀風俗之盛衰」（鄭玄注）。在儒家看來，詩與樂中反映出人民的心聲，是社會情緒的傳達，從中可以「考見得失」，故周代有「采詩觀風」的說法，也就是指統治者從民間歌詩中瞭解到人民的喜怒哀樂與對統治者的評價，從而調整自己的政策，溝通與人民的聯絡。對一般的欣賞者來說，也可以審音知政，觀樂省風。《左傳》〈襄公二十九年〉記載吳公子季札在魯國觀樂的故事，其中大量記敘了季札在觀樂後從中領略各地民風與統治者王政得失的評論與感想。

　　所謂詩「可以群」，是指通過學詩，能夠加強人際交往。孔子認為，在《詩》中蘊含著許多文明的要素，是當時一個人文化素質教養的重要標志，在他看來，文明社會的人際交往與矇昧社會的人際交往的不同之處，在於前者是建立在共同的文明話語基礎之上的，而《詩經》可以說是文明話語的集中體現，所謂「不學詩，無以言」（《論語》〈季氏〉）。孔子曾對他的兒子說：「女（汝）為〈周南〉、〈召南〉矣乎？人而不為〈周南〉、〈召南〉，其猶正牆面而立也與！」（《論語》〈陽貨〉）《詩經》中的〈周南〉、〈召南〉二風，反映的是受周文王德化薰陶的周地良好古風，這正是孔子推舉的仁義之風的來源。孔子認為一個人如果接受了《詩經》中〈周南〉、〈召南〉中弘揚的這種道德觀念與思想感情，就能使自己的人格得到昇華，以仁者之心去待人接物，推己及人，這樣，社會整體的道德文化素質就會建立在一個很高的基礎之上。

　　所謂詩「可以怨」，這是孔子文藝思想中一個最有價值的命題，著名學者錢鍾書先生在《詩可以怨》一文中認為，這是中國古代最有影響的優秀的文學傳統。據孔安國解釋，就是「怨刺上政」。孔子認為在統治者內部應該實行和而不流的交往方式，雖然不能犯上作亂，但是

可以怨刺上政，事君之道是「勿欺也，而犯之」（《論語》〈憲問〉），即對國君不可以欺騙，但是可以加以委婉地諷諫，言者無罪，聞者足戒。這是從引詩的角度去說的。從另一個方面來說，當人心靈受到痛苦的折磨時，也可以通過讀詩、作詩，宣洩心中的怨憤與苦悶，從而獲得精神的平和與寧靜。

總起來說，孔子認為詩的這四種功能可以使人「邇之事父，遠之事君；多識於鳥獸草木之名」，即通過詩教，來為其禮治服務。詩的「興、觀、群、怨」一般說來包含著文藝美之中的審美、認識與教育等作用，這諸種功能是互相兼容的，但最基本的作用卻是「興」即感發志意的功能，其他的功能都是緣此而生成的。孔子的詩學，大大突出了「興」的感發志意、陶冶人心的功能，使得「興」正式成為中國古典美學的一個獨立的範疇。

第三節　漢代經學家論「興」

先秦《詩經》與孔子詩學之「興」，迄至兩漢時代，又有了新的演繹。隨著《詩經》與其他四部經書（即《書》、《禮》、《易》、《春秋》）至漢武帝劉徹時登堂入室，成為官學教材之後，有關《詩經》的解釋也就成為官方「罷黜百家、獨尊儒術」的意識形態組成部分。孔子所說的「詩可以興」與孟子的「以意逆志」成了兩漢經學家依據儒學大義任意發揮的根據。

《詩經》在漢初隨著秦朝挾書令的被廢除而得到傳授。漢初依據記憶與古文而傳《詩》的有齊（齊人轅固生）、魯（魯人申培公）、韓（燕人韓嬰）、毛（趙人毛萇）四家。前三家為今文學派，獨毛萇為古文學派，未立於學官。《毛詩》晚出，但影響最大，自東漢鄭玄作箋後，學

《毛詩》者大增，而魯、齊、韓反而在後世失傳了。據清代唐晏《兩漢三國學案》統計，兩漢至三國期間，魯詩學派有四十三人，齊詩學派有二十二人，韓詩學派有五十四人，毛詩學派有三十八人，另有不明學派的十一人，可見人數不少。[7]從我們現在所見到的這四家説《詩》的文字來看，它們大抵是從政教意義去發揮《詩經》。董仲舒説：「《詩》無達詁，《易》無達占，《春秋》無達辭。」（《春秋繁露》〈精華〉）這可以説是漢代儒生對待《詩經》與其他經書的實用主義態度。但是漢人這樣的做法也是可以理解的，因為先秦時代，賦詩言志與引詩引志，以及以詩教人的過程，難免會產生「《六經》注我」似的大衍發微，何況《詩經》中的「比興」手法的廣泛運用，造成意思隱晦婉曲，也易於使人去作各種各樣的理解。

　　我們試以《詩經》的第一篇〈關雎〉的解釋來看漢代文人與經學家對《詩經》文本之「興」是如何運作的：《魯詩》曰：「後夫人雞鳴佩玉去君所，周康王后不然，故詩人嘆而傷之。」（《漢書》〈杜欽傳〉注引）《齊詩》曰：「後夫人之行，不侔乎天地，則無以奉神靈之統而理萬物之宜。」（《漢書》〈匡衡傳〉引）《韓詩》則曰：「今時大人內傾於色，賢人見其萌，故詠〈關雎〉説淑女正容儀以刺時。」（《後漢書》〈明帝紀〉注引薛君《韓詩章句》）《毛詩》則曰：「〈關雎〉，后妃之德也，風之如也；所以風天下而正夫婦也。」（《毛詩正義》）本來〈關雎〉這首詩的文本含義並不複雜，大致是從關關鳴叫的水鳥起興，詠歎男女相戀之情，但是兩漢經學家的解説卻毫無例外地指向倫理教化。他們從男女之倫相通於天地陰陽之和的説法開始，進而將這首詩與所有封建綱常相連繫，如西漢信奉《齊詩》之説的大儒匡衡提出：「室家之

7　《兩漢三國學案》，中華書局1986年版，第211-213頁。

道修，則天下之理得，故《詩》始〈國風〉，禮本冠婚。始乎〈國風〉，原情性而明人倫也；本乎冠婚，正基兆而防未然也。」（《漢書》〈匡衡傳〉）而〈關雎〉中所寫的男女之情以及孔子「〈關雎〉樂而不淫，哀而不傷」的評論，正可以被引申為正夫婦、明人倫的經典。《韓詩外傳》更是假托孔子盛嘆〈關雎〉的意義：「天地之間，生民之屬，王道之原，不外此矣。」將〈關雎〉與陰陽學說相混淆，加以神化，可以說是走到了極端。

漢代經學家論「比興」的代表作就是《毛詩》。《毛詩》是漢代流傳下來的《詩經》版本，其中的《詩序》與《傳》（即註解）都有對於「比興」的解說，可以說是漢代《詩》學中研究「比興」問題的經典。先秦時代的「比興」論在《毛詩序》中得到了發展與延伸。所謂《毛詩序》是從文獻學意義上去說的。《毛詩序》是夾雜在〈關雎〉題解中的一篇具有全書總序性質的文字，經過朱熹等學者的考證，現在一般認為這一段文字應是獨立於全書各篇之上的總序，是經孔子的學生子夏傳至東漢儒生衛宏，經過發揮後形成的，其作者應為多人。但主要代表了東漢儒生對《詩經》的看法，也可以說是漢代儒生論《詩》的一篇具有綱領性質的文字。《毛詩序》論「興」，與先秦典籍中對「興」的闡發大多三言兩語、意義不明、缺乏體系不同，開始從整個詩學體系中去解釋「比興」範疇，將「比興」範疇作為詩教思想中的一個有機組成部分，使「興」脫離了較為混沌模糊的樣態，而與「美刺」「情志」等範疇融合一體，它與《毛詩》中「傳」即註解部分中對「興」的解說互相發明，在理論與作品的解說兩方面對「興」進行了演繹。《毛詩序》論「興」，在中國古代美學「興」範疇的發展中占有重要的地位。

《毛詩序》釋「興」，首先從文學本原論的高度，奠定了「興」的

美學基礎。「興」從創作角度來説，是一種情感的興起即發動，「興者，有感之辭也」，《詩經》中的作者表現出明顯的創作主體意識，這就是從抒發情感出發，來進行創作。這種情感具有鮮明的意志與懷抱的指向，它主要表現為歌頌與怨憤，即「美」、「刺」兩個方面，從我們今天所能見到的《詩經》版本中，可以清楚地見到作者緣於這兩種情感而作詩的告白（見前），而《詩經》中「賦、比、興」手法的大量運用即是從抒情言志的需要出發，對社會人生所作的感興與詠歎，它藉助於景物的襯托與內心的宣洩，使詩中呈現出來的藝術形象哀婉動人、一唱三歎，奠定了中華民族審美心理含蓄蘊藉的特點。《詩經》所以與《楚辭》成為後世詩歌的不祧之祖，同「比興」手法與「情志」的水乳交融，高度統一的藝術成就是不可分離的。

　　《毛詩序》融合了先秦以來關於文學動力的兩種説法即「情本」説與「言志」説，提出了「情志合一」的審美觀念。中國古代美學與西方美學相比，一直比較重視抒情功能，也可以説是一種主體論的美學。但對於主體的界定，在先秦時代卻是有著不同的説法。一種是「言志」説，《莊子》〈天下〉篇云「詩以言志」，《荀子》〈儒效篇〉也説「詩言是其志也」，意為詩是言聖人之志的。後世儒者假托的《尚書》〈堯典〉中的「詩言志」，蓋出於此類提法。其中的「志」雖然也有情感的成分，但基本是指聖人之「志」或代聖人所言之「志」；另一種提法則是「情本」説，如屈原〈九章〉〈惜誦〉中有「發憤以抒情」，《禮記》〈樂記〉中談到音樂的形成與產生時説：「凡音者，生人心者也。情動於中，故形於聲，聲成文，謂之音。」從這些我們今天所能見到的資料來看，先秦兩漢年代的思想家對於文藝的本質已經有了兩種基本的看法，它們各自接觸到了文藝的本質特徵，這些説法都有一定的道理。後來的一些儒者總是力圖調和這兩種説法，如唐代經學家孔穎達在《左

傳正義》〈昭公二十五年〉中云：「在己為情，情動為志，情志一也。」
但「情」屬於個體性的，「志」則偏於社會倫理道德，儒者一般重志斥
情，宋明理學更是將「情」視為洪水猛獸。但是在藝術創作中，「情」
卻是一個根本性的範疇，無情之文，不能動人，無情之文，無以傳
世，這個基本事實是無法否認的。故而從孔子論詩開始，就強調詩的
「興、觀、群、怨」，「興」指詩最基本的情感動人功能。儒家美學看到
了文藝在教育人，感化人方面必須通過「情」來體現，同時「情」必
須受到「志」的規範。《毛詩序》融合了先秦以來的「情志」說，提出：
「詩者，志之所之也，在心為志，發言為詩。情動於中而形於言，言之
不足，故嗟嘆之，嗟嘆之不足，故永歌之，永歌之不足，不知手之舞
之，足之蹈之也。」《毛詩序》的作者認為詩是作者內心志向的發動。
所謂「志」者，止也，據朱自清先生在《詩言志辨》中考證，「志」可
作「止」訓，指停止在心中的志念，有懷抱的意思，融合著理念與情
感的成分。《毛詩序》倡導情理兼融，不同於六朝的「吟詠情性」，這
也是其美學觀念的基本出發點。但是《毛詩序》的作者又認為「志」
要形成為詩，其中介就是「情」。「情」激活了「志」，使原先積澱在作
者心中的、帶有必然性的「志」，變成偶然性的、個體性的「情」，「志」
入於「情」，「情」含蘊著「志」，這樣的詩歌內容既能傳達政教內容，
又能打動人心，從而使政教內容為天下人所接受。這就是《毛詩序》
倡導「情志合一」說的用意。《毛詩序》的作者還認為，從詩到音樂，
再到舞蹈，是情感的依次遞進，造成了藝術種類的升級演變。在它看
來，詩與樂是用來表達情志的，而情又是最能表現時代精神的，從中
可以看出政治得失與社會心理走向：「情發於聲，聲成文謂之音。治世
之音安以樂，其政和；亂世之音怨以怒，其政乖；亡國之音哀以思，
其民困。故正得失，動天地，感鬼神，莫近於詩。先王以是經夫婦，

成孝敬，厚人倫，美教化，移風俗。」《毛詩序》看到了詩歌與音樂由於以情為動力，故而其感動人心，教化百姓，施行美育最具價值，是其他經典無法比擬的，它從調諧父子、夫婦等人際關係出發，來進行移風易俗，美化社會，實行儒家理想中的王道之治。這樣，文藝之美就與政治教化緊密地結合在一起了。

　　《毛詩序》作為中國封建社會處於上升年代的官方文論，表現出開闊的理論胸襟，這就是既注重教化，又重視文藝自身規律。《毛詩序》的作者認為詩歌表達情感，塑造形象，是通過「比興」原則來實現的。《毛詩序》基於「情志」說，提出了「六義」說：

　　故詩有六義焉：一曰風，二曰賦，三曰比，四曰興，五曰雅，六曰頌。上以風化下，下以風刺上，主文而譎諫，言之者無罪，聞之者足以戒，故曰風。至於王道衰，禮義廢，政教失，國異政，家殊俗，而變風變雅作矣。國史明乎得失之跡，傷人倫之廢，哀刑政之苛，吟詠情性，以風其上，達於事變而懷其舊俗者也。故變風發乎情，止乎禮義。發乎情，民之性也；止乎禮義，先王之澤也。

　　這裡明確地將「六義」並提，這些名稱當然不是《毛詩序》的發明，早在《周禮》〈春官〉中就有「大師教六詩：曰風，曰賦，曰比，曰興，曰雅，曰頌。以六德為全，以六律為之音」的說法。關於「六義」之說，一般研究者認為，孔穎達在《毛詩正義》中提出「風、雅、頌者，《詩》篇之異體；賦、比、興者，《詩》文之異辭耳」的觀點，基本概括了「風、雅、頌」是《詩》之體，而「賦、比、興」是《詩》之用即表現手法，從創作論角度闡明了「興」與「賦」「比」是《詩經》中常用的手法。結合《毛詩》中對《詩經》原文的解釋與標註，也可

以說明這一點。對於「賦、比、興」手法的具體內涵，《毛詩序》沒有作詳細的說明，最早作解釋的是東漢經學家鄭玄與鄭眾。鄭玄在《周禮注》中說：「賦之言鋪，直鋪陳今之政教善惡。比，見今之失，不敢斥言，取比類以言之。興，見今之美，嫌於媚諛，取善事以喻勸之。」又引鄭眾的話說：「比者，比方於物也；興者，託事於物也。」鄭玄對「賦、比、興」的解釋有點片面，比如他釋「賦」為鋪陳政教善惡，「比」只言「失」，而「興」只喻「美」，後人對他的說法作了辨正。從我們今天來看，《毛詩序》中所談到的「賦、比、興」，其實是說使情成體的問題。詩是言志緣情的，但是情志不能憑空說出，必須藉助形象表達出來，中國古代詩學講究意在言外，一唱三歎，為此運用「比興」，通過比喻、象徵將情思抒發出來，這樣生成的意境才能委婉曲致，深刻感人。《詩經》中大量運用了「比興」的手法，從而造成了含蓄蘊藉的風格特徵。《毛詩序》總結的《詩經》的「六義」說是十分有見地的，它指出了《詩經》既有政教價值又有美育價值的一個重要原因，在於它使情成體的創作方法，將深致的情思藉助於形象表達出來，使人品味出韻外之致，感受到其中「美人倫，厚教化」的意義。

但是，《毛詩序》一方面從「賦、比、興」的創作手法上論述了形象與情志的統一，另一方面又將「比興」規定在「美刺」的狹隘天地之中，從而使「比興」獨立的美學意味讓位於功利化的「美刺」政教目的。《毛詩序》提出：「上以風化下，下以風刺上。主文而譎諫，言之者無罪，聞之者足以戒，故曰風。」這是《毛詩序》中比較重要的觀點。參照《毛詩》每首詩前的小序與註解，可知〈風〉〈雅〉各篇序中，明言「美」即頌美的有二十八篇，明言「刺」即諷刺的有一百二十九篇，共有一百五十七篇，占〈風〉〈雅〉兩部分全數的百分之五十九強，其中「興」詩六十七篇，「美」詩六篇，「刺」詩六十一篇，這些

「興」詩占《詩經》中被《毛詩》標明的「興」詩總數一百一十六篇的百分之五十八左右。可見，《毛詩》認為「興」與「美」「刺」有著不可分割的關係。在其〈小序〉即每首詩的題解中，往入冠之以「美」與「刺」的微言大義。如：「〈漢廣〉，德廣所及也。文王之道被於南國，美化行乎江漢之域，無思犯禮，求而不可得也。」「〈凱風〉，美孝子也。衛之淫風流行，雖有七子之母，猶不能安其室。故美七子能盡其孝道，以慰其母心而成其爾。」「〈雄雉〉，刺衛宣公也。淫亂不恤國事，軍旅數起，大夫久役，男女怨曠，國人患之而作是詩。」「〈月出〉，刺好色也，在位不好德而説美色焉。」「〈谷風〉，刺幽王也。天下俗薄，朋友道絕也。」「〈板〉，凡伯刺屬王也。」這些標明「美」「刺」的作品大多屬於無中生有，穿鑿附會。後人已詳加駁斥。為了給這些「美」「刺」提供理論上的依據，於是先秦時代的「比興」就被「美」「刺」的政教需要所覆蓋。照《毛詩》看來，「美」與「刺」有許多是通過「比興」手法而得到展現的。鄭玄在《周禮注》中説：「賦之言鋪，直鋪陳今之政教善惡。比，見今之失，不敢斥言，取比類以言之。興，見今之美，嫌於媚諛，取善事以喻勸之。」唐代孔穎達《毛詩正義》〈詩大序疏〉中説：「賦者，直陳其事，無所避諱，故得失俱言；比者，比托於物，不敢正言，似有所畏懼，故云見今之失，取比類以言之；興者，興起志意，讚揚之辭，故云見今之美以喻勸之。」也看到了「比興」與「美刺」之間有著天然的連繫。如果説董仲舒強調對統治者的歌功頌德，而《毛詩序》則重視歌頌與諷刺兩端，這不能不説是它的進步之處，詩歌的功能主要通過抒發怨憤表現出來。從孔子的「詩可以怨」到李白的「哀怨起騷人」都説明了這一點。梁啟超在《情聖杜甫》一文中談到杜甫的哀怨之詩時説：「訴人生痛苦，寫人生黑暗，也不能不説是美，因為美的作用，不外令自己或別人起快感。痛

楚的刺激，也是快感之一。」《毛詩序》在這方面表達出兩漢儒家文論中富有批判性的觀念。鄭玄在《詩譜序》中說：「論功頌德，所以將順其美；刺過譏失，所以匡救其惡。各於其黨，則為法者彰顯，為戒者著明。」鄭玄認為《詩經》中表現出來的「刺過譏失」，對於統治者調整自己統治是非常有利的一項做法，也是詩的「正得失」教化功能的表現。但是《毛詩序》又強調這種諷諫必須掌握好尺度，不能過分。它指出：「主文而而譎諫，言之者無罪，聞之者動心。」鄭玄對此解釋道：「風化、風刺，皆謂譬喻不斥言也。主文，主與樂之宮商相應也。譎諫，詠歌依違，不直諫也。」朱熹釋「主文」一詞為「主於文詞而托之以諫」（《呂氏家塾讀詩記》卷三）。朱自清先生《詩言志辨》〈賦比興通釋〉中說：「『主文』疑即比興。」[8]《毛詩序》的作者實際上是在提醒人們，詩可以怨，但對統治者的諷刺要溫和含蓄，旁敲側擊，以顧全帝王的臉面。在大一統的封建專制帝國中，君為臣綱，臣下即使對國君進行諫勸，也要小心翼翼，委婉曲致。而「比興」的運用恰好是建立在這種基礎之上，《毛詩序》與漢代的詩學家認為，「比興」，特別是「興」的運用，可以彌補詩人在以詩進諫時與帝王的矛盾。這樣的話，「比」與「興」，都被納入了「美」、「刺」的軌道，從而在一定程度上喪失了《詩經》作為原創作品鮮活的藝術生命力，《毛詩序》提出的「變風發乎情，止乎禮義」的說法，也窒息了〈國風〉與〈小雅〉中「怨」詩的憤慨之情。導致後來文人以「溫柔敦厚」論詩的俗套。

　　《毛詩》對「興」的看法，還體現在它的註釋與題解（即〈小序〉）中，作者通過對《詩經》文本的解釋，表現出兩漢儒學人士對傳統的「興」的看法。這些見解具有鮮明的時代特點，滲透著《毛詩》的美學

8　《詩言志辨》，《朱自清古典文學論集》（上），上海古籍出版社1981年版，第256頁。

觀點與道德觀念，可以與〈大序〉中對「興」的看法互相發明。《毛詩》自〈關雎〉之下，將一百一十六首詩標「興」而不標「賦」、「比」，劉勰《文心雕龍》〈比興〉中說：「詩文弘奧，包韞六義，毛公述傳，豈不以風異而賦同，比顯而興隱哉！」唐代孔穎達在《毛詩正義》〈詩大序疏〉中也指出：「《毛傳》特言興也，為其理隱故也。」他們都認為「比」相對於「興」來說，較為明顯易曉，而「興」則不好把握，它意思隱晦，含義深奧，所以《毛詩》的作者要特為標出。據宋代王應麟《困學紀聞》卷三中引吳泳的統計，〈國風〉中有七十篇，〈小雅〉有四十篇，〈大雅〉有四篇，〈頌〉有二篇，都標明「興也」（朱自清先生在《詩言志辨》〈比興〉中的統計則有所不同）。《毛傳》即註解的「興」一般在首章的次句即第二句下面，但也有在另外的地方的。《毛詩》標「興」，大約有兩種不同的方法，一種是在標明「興」之後，還要加以詳細的解釋，如〈關雎〉：

興也。后妃說樂君子之德，無不和諧，又不淫其色。慎固幽深，若〈關雎〉之有別焉，然後可以風化天下，夫婦有別則父子親，父子親則君臣敬，君臣敬則朝廷正，朝廷正則王化成。

《毛詩》所標一百一十六篇「興」詩，約有三分之一是這種情況。另一種如〈葛覃〉〈樛木〉〈漢廣〉等，則獨標「興」而不作闡述。大約這一類詩比較明顯，不像〈關雎〉一類意義重大而內涵深遠，需要大衍發微。《毛詩》所謂的「興」，包含兩層意義，一是發端，二是譬喻，二者加在一起，構成完整的「興」。應該說，從創作論的角度，對「興」範疇的內涵作出這樣規定的，是《毛詩》的貢獻。它代表著漢代儒生對「興」的要求，這就是將藝術的解讀與政教道德的關係較之先

秦更為緊密了。由於「興」的這兩點要求，使得它與「比」雖然有關係，但畢竟有所不同，內涵更為豐富深奧，從欣賞的角度來說，也更為啟人深思，韻味無窮，後來齊梁時鍾嶸《詩品序》中論「興」為「文已盡而意有餘」，即是從這一方向去發揮的。《詩經》中有「興」字共出現了十六次，但《毛傳》只作過一次解釋，這就是在〈大雅〉〈大明〉「維予侯興」下注曰：「興，起也。」可見，《毛詩》對「興」的理解與先秦典籍對「興」義的理解並無不同之處。但是在政教觀念支配下，《毛詩》對「興」的解釋始終不脫髮端與譬喻兩點。這樣一來，它所說的「興」往往與「比」難以劃清界限，在解說時也往往用上「比」、「若」、「猶」等比況用語。如注〈竹竿〉時說：「興也。……諸侯以國相連屬，憂患相及，如葛之蔓延相連及也。」注〈南山〉時說：「興也。……國君尊嚴，如南山崔崔然。」注〈綢繆〉時說：「興也。……男女待禮而成，若薪芻待人事而後束也。」注〈葛生〉時說：「興也。……葛生延而蒙楚，薟生蔓於野，喻婦人處成於他家。」注〈卷阿〉時說：「興也。……惡人被德化而消，猶飄風之入曲阿也。」從這些引用的詩句之解來看，《毛詩》在界定「興」時，強調起興之句中蘊藏的社會人事的內涵，由於這種先入為主的觀念，使得其在解釋「興」的用意時難免不會出現方枘圓鑿的情況。後來朱熹就指出過《毛詩》這種注「興」的方法。至於對待《詩經》中存在的「孤興」，即興句與後面的句子並沒有明顯的比喻意義連繫，往往只是即興而感，或者起到烘托氣氛的作用，但《毛詩》在《傳》即註解與〈小序〉即題解中也盡量往譬喻上解說。如註釋〈邶風〉〈柏舟〉時，《毛詩》這樣注道：「泛彼柏舟，亦泛其流。（興也，泛泛，流貌。柏木，所以宜為舟也。亦泛泛其流，不以濟度也。）耿耿不寐，如有隱憂。（耿耿，猶儆儆也。隱，痛也。）」表面看來，似乎對這兩句起興不作意義的界定，但

是在題解開始時,卻特為指出:「〈柏舟〉,言仁而不遇也。衛頃公之時,仁人不遇,小人在側。」結果還是將所謂微言大義強加在這首詩之中,那麼,開頭的起興也就具有了用以隱喻政治的意義了。其實,這首詩的意思只是訴說一名棄婦的悲苦,好比隨波泛流的柏舟,並沒有什麼政治上的微言大義。再如〈周南〉〈卷耳〉是寫農婦採集時懷念故人的詩,但是《毛詩》在題解中與註解時卻賦予其「后妃之志」的說教,真是莫名其妙:

〈卷耳〉,后妃之志也,又當輔佐君子求賢審官。知臣下之勤勞,內有進賢之志而無險私之心。朝夕思念,至於憂勤也。

采采卷耳,不盈傾筐。(憂者之興也。采采,事采之也。卷耳,苓耳也。傾筐,畚屬,易盈之器也。)嗟我懷人,寘彼周行。(懷,思;寘,置;行,列也。)

依照《毛詩》的解說,后妃憂在進賢,「朝夕思念,至於憂動」,專心致志,以致於采卷耳時心不在焉,采來采去,半天還采不滿一筐,從這件小事可以推想出「后妃」進賢之心之切了。這樣,所謂「憂者之興」中蘊藏的深義可以令人感慨難盡了。但這種解說卻難免使人感到隨心所欲。

第二章

魏晉六朝之「興」

　　「興」作為中國古典美學與藝術生命最為關切的審美範疇，在魏晉六朝時期得到最輝煌的展現。這就是隨著漢末以來人的覺醒，文學藝術已開始脫離了兩漢大一統皇權專制及其意識形態的羈絆，而與動亂紛爭年代中的生命意識相融匯，文藝與審美不再依附於政教與倫理道德，而是人的感性生命力的宣洩與寄託，在兩漢文學中主要成為「美刺」表現手段的「興」的審美範疇，衝破了「美人倫，厚教化」窠臼，昇華到人的最直接的生命意識的層次，它藉助於自然景觀與社會人事的種種感發而興懷抒情，詠物寄心，從而將「興」與藝術生命力與創作方法、修辭手段有機地融合為一體。中國古典美學中的「興」，到了魏晉南北朝時代才真正形成了完整豐厚的範疇結構與內涵。同時，這種充滿自然張力的「興」又是在一定程度上恢復與張揚了原始藝術之中的生命力，脫去了被兩漢儒學文明所壓抑的政教外殼。

第一節 「興」與人生的覺醒

「興」的變遷，同漢末以來的經濟政治與文化思潮變化密切相關。

漢末以來，中國傳統社會面臨著政治、經濟與文化全面解體與重構的問題，同時，也是思想再度解放的年代。這種思想解放的標誌便是對任興而發的肯定，對個性情感的認同。例如，東晉時，名僧支遁不同意魏晉時期向秀與郭象對莊子「逍遙」論的解說，認為「逍遙」論如果真是像向秀、郭象之說，以適性為美，那麼夏桀與盜跖也可以稱作「逍遙」了，因為他們以適性為樂，不顧他人。他認為，「逍遙」應是一種人生的自由與完善相一體的精神之境。《世說新語》〈文學〉劉孝標註引支遁《逍遙論》中說「夫逍遙者，明至人之心也。莊生建言人道，而寄指鵬鷃。鵬以營生之路曠，故失適於體處，鷃以在近而笑遠，有矜伐於心內。至人乘天正而高興，游無窮於放浪。物物而不物於物，則遙然不我得，玄感不為，不疾而速，則逍然靡不適。此所以為逍遙也。」在支遁看來，斥鷃與大鵬都是顧此失彼，追求外在功利，或以小自得，或恃大妄傲，沒有得到內與外的統一，唯有至人才能「乘天正而高興，游無窮於放浪」，達到自由無待的精神之境。支道林援佛釋莊，雖然旨趣與莊子有所不同，但在「以興為美」上，還是有相通之處的，他們都將理想人格建構在不受禮法拘束的自由人性基礎之上。「興」的緣起，從人生倫理上來說，正是以此為依據的。

這種追求個體自由人格的時尚，促成了重「興」的社會心理，它是士風解放的表現，雖然其中不乏輕狂與荒誕，但它的總體精神是向上的。所謂「興」在魏晉人看來，就是一種自由無待的生活態度，這種生活態度從某種意義上來說，也就是審美人生，其特點是以個體的自由無待作為人生的目的，而作為最高的境界與形式，則是駘蕩山

水，寄興藝術。在魏晉文士看來，人的自然生命是受制於塵俗社會，是不自由的，而從塵俗社會飛躍到自由境界的激發，有賴於「興」的感觸，山水自然與文藝，則是起興的緣由，藝術與山水構成了自然生命向自由生命躍升的橋樑。人生都有自由的基因與可能，但是能否達到這種自由，領略這種高峰體驗，則契機的激活在一定意義來說可謂是關鍵，而能否起興則成了至關重要的環節。《世說新語》〈賞譽〉中記載：「孫興公為庾公參軍，共游白石山。衛君長在坐。孫曰：『此子神情都不關山水而能作文？』庾公曰：『衛風韻雖不及卿，諸人傾倒處亦不近。』孫遂沐浴此言。」在孫綽看來，衛玠（君長）這種人雖有名氣，但在山水品賞與做詩上沒有靈性，不能起興，因而根本無法領略與享受藝術自由之境，因此，能否在生活與藝術上起興成了名士風韻的標誌。這種「以興為美」的時尚在《世說新語》這部記載名士軼事的筆記小品中有著生動的表現。收入這部筆記中的大都是漢末以來名士衝決禮法，率真自得，狂誕任放的軼事。他們的行動有著明確的追求，這就是拋棄了傳統儒家哲學中過於拘執的一些道德說教，而以自己的生命意志來支配行為，通過偶發性的情節率興而動，形成意興。最典型的則是王羲之的兒子王獻之雪夜訪戴的軼事：

　　王子猷居山陰，夜大雪，眠覺，開室，命酌酒。四望皎然，因起彷徨，詠左思《招隱詩》，忽憶戴安道。時戴在剡，即便乘小船就之，經宿方至。造門不前而返。人問其故，王曰：「吾本乘興而行，興盡而返，何必見戴？」（〈任誕〉）

　　這則故事很能說明魏晉人生與文藝「以興為美」的特點。位於江南的山陰之地很少下雪，雪夜皎潔的景色使富於生活情趣的王子猷油

然興感，想起左思的《招隱詩》，不由得想去剡溪造訪一位叫戴逵的高士，這種興致在於本身的偶發性，並不以功利目的即見不見戴逵為目標，故而興發而行，興盡而歸。在這裡，「興」就是目的與樂趣，南宋文人曾幾在《題訪戴詩》中說：「不因興盡回船去，那得山陰一段奇。」宗白華先生說：「這截然地寄興趣於生活過程的本身價值而不拘泥於目的，顯示了晉人唯美生活的典型。」[1]宗白華先生獨具隻眼地發現了這則軼事中蘊含的晉人唯美生活的意義。晉人對「興」的理解，早已超出漢儒從政教意義的解說，而與整個人生的根本意義相結合。

　　兩晉年代的思想界與文學界，在玄學影響下，人們廣泛開展了對人生意義的討論。而這種討論往往伴隨著對山水與自然的欣賞。在宇宙造化之中，人們發現了自身的微末，在觀照自然時也反思了自身的存在意義。這種觀照並非靜觀，而是通過偶發興感而達到，是生命的體驗。東晉王羲之等人在永和九年（353）於蘭亭舉行的文人集會，將文人的以詩會友與民間的三月三日禊飲之禮結合起來。「此地有崇山峻嶺，茂林修竹。又有清流激湍，映帶左右，引以為曲觴流水。列坐其次。雖無絲竹管弦之盛，一觴一詠，亦足以暢敘幽情。是日也，天朗氣清，惠風和暢，仰觀宇宙之大，俯察品類之盛，所以遊目騁懷，足以極視聽之娛，信可樂也。」王羲之的《蘭亭序》以優美清麗的筆調，描畫出位於江南的山陰蘭亭陰曆三月三日天朗氣清、惠風和暢與茂林修竹、清流激湍的景觀，詩人觸景生情，由物的感發，詩人們不由得想起人生的意義，它既不是莊子所說的一死生，也不是俗人所理解的外在功名，而是在於生命過程中的興趣：

1　《美學散步》，上海人民出版社1981年版，第188頁。

向之所欣，俯仰之間，以為陳跡，猶不能不以之興懷。況修短隨化終期於盡。古人云：「死生亦大矣。豈不痛哉！」每覽昔人興感之由，若合一契，未嘗不臨文嗟悼，不能喻之於懷。固知一死生為虛妄，齊彭殤為妄作。後之視今，亦猶由今之視昔。悲夫！故列敘時人，錄其所述，雖世殊事異，所以興懷，其致一也。後之覽者，亦將有感於斯文。

在這篇抒情與記敘融為一體的美文中，王羲之以景起興，對人生意義深發感慨。他探討了人生與永恆的宇宙相比，永遠是短暫的一瞬間，而人生的歡樂更是轉眼即逝，然而這種快樂給人帶來的意義卻是永恆的。文中一共三次出現了「興」：「猶不能不以之興懷」、「每攬昔人興感之由」「所以興懷」，這些興懷，都是對人生的感嘆與興懷。詩人由自然的景觀昇華到對人生的感喟興懷，這正是魏晉六朝之「興」與先秦兩漢之「興」的不同之處，先秦之「興」主要起自《詩經》三百篇，它往往從草木禽魚起興，進而詠歎社會人事與自己的遭際，漢代將這種「比興」與「美刺」相連繫，囿於政教的天地。而魏晉六朝人之興，由個體之「興」上升到對永恆的生命意義的詠歎，是一種尋找終極關懷的感興，也是源自人生又超越人生的精神創造，是生命意識的昇華，它體現出瀰漫魏晉六朝的人生悲劇觀念。在王羲之這篇美文中，我們發現詩人最能感物興懷的正是「死生亦大矣」的悲劇主題，即從宇宙永恆、人生短暫中興感到個體悲劇人生的價值所在。人生有限而天地無限，認識到此中意義並不是「一死生」即泯滅生命的意義，而是要在這短暫的人生中把握世界與人生的意義，珍惜這瞬間的快樂。但這又不是產生於同時代的《列子》〈楊朱〉篇中宣揚的及時行樂，因為人之所以不同於禽獸，就在於他擁有這種高峰體驗的可能

性，放棄這種人生的高峰體驗而逐於肉慾，等於將人生退化到禽獸之域。魏晉風度的形而上意義即在於此，這也是人們所以肯定其意義的精神價值所在。這種對生命意義尋求的興感，在《世說新語》中多有記載，比如：

王孝伯在京，行散至其弟王睹戶前。問：「古詩中何句為最？」睹思未答。孝伯詠：「所遇無故物，焉得不速老。」此句為佳。(〈文學〉)

王孝伯在京「行散」（即服食「五食散」之後散步以發藥，據王瑤先生考證），沿途見到景物轉換，無一故物，不禁興懷，深慨人生易逝。本來，《古詩十九首》的這兩句詩也是屬於興句，即由眼前所見之物感興，喟嘆人生如寄。在漢魏古詩中，這一類詠歎人生苦短的詩句是很多的，其中用以起興的心理即是追求人生意義的價值觀念。《世說新語》中還有一則人們經常引用的東晉梟雄桓溫的軼事：

桓公北征，經金城，見前為琅邪時種柳皆已十圍，慨然曰：「木猶如此，人何以堪。」攀條執枝，泫然流淚。(〈言語〉)

桓公為東晉權傾一時的人物，可是當他北伐途經過去任官之地時，見到樹已成材，由此突然興感，聯想到樹猶如此（生長之快），人焉能不速老？這也是魏晉人縈拂不去的悲劇意識。值得注意的是，這種「興」與兩漢言「興」多從「美刺」托寓角度去談不同，它沒有預先設定的功利目的，只是心境的偶然觸發，但是我們又不能說這種「興」無緣無故，恰恰相反，它由於人生感受與文化心理的沉澱，變成一種厚重的心境，較之「美刺」意蘊更為深廣，因而在偶然感召下風

水相逢，不得不發。

這種興感昇華為文學創作，往往最具感染力。唐代託名賈島的《二南密旨》中論「興」時説：「感物曰興，興者，情也。謂外感於物，內動於情，情不可遏，故曰興。」可以説是繼承了六朝人以情釋「興」的基本觀點。在《世説新語》中，這種記載是很多的：

衛洗馬初欲渡江，形神慘悴，語左右云：「見此茫茫，不覺百端交集。苟未免有情，亦復誰能遣此？」（〈言語〉）

荀中郎（羨）在京口，登北固，望海云：「雖未睹三山，便自使人有凌雲意。若秦漢之君，必當褰裳濡足。」（〈言語〉）

這兩則故事説明了魏晉名士的緣情起興。衛玠是兩晉名士，年少有風度，又善清談，為當時人所欽服。當他與家人在西晉末年為避北方戰亂渡江南下，離開故鄉時，心神悲悽，面對茫茫江水不禁油然興感，傷心家國的不幸。這種興感，是人情所致，難以排遣。而荀羨登北固山遠眺江海時，不覺感興澎湃，產生凌雲之志。這種感物起興的過程由於有著強烈的主體性，以情會景，必然使外物染上了濃烈的人情味道，使自然成為「人化的自然」，與人的情志相交流。《世説新語》〈言語〉記載：「顧長康從會稽還，人問山川之美。顧云：『千岩競秀，萬壑奔流，草木蒙籠其上，若雲興霞蔚。』」「王子敬云：『從山陰道上行，山川自相映發，使人應接不暇，若秋冬之際，尤難為懷。』」顧愷之與王子敬兩位名士在山陰道上行，「山川自相映發」，使他們產生了應接不暇、美不勝收的感覺，精神與人格都得到了前所未有的快樂與提升。在這裡，山水顯然不再是自在形態的物體，而是經過人的情感再造後的產物，具有了動態的結構。從句式上來分析，前一則故事第

一句的景色描寫之中本身就蘊含著美的評價，具有詩的意境，第二句「若雲興霞蔚」由興及比，興中有比。後一則故事的「興」則說出了「山川自相映發」使人「尤難為懷」的情感釀造過程。

　　魏晉六朝人之「興」，不僅在精神實質上與兩漢人有著巨大的不同，而且在表現方式上也有了很大的變遷。這就是從兩漢注重「比興」之中共性化的道德人品，演變為追求個性化的人物風韻，從而超離了政教內涵，具備了更加豐厚的審美內涵。《詩經》中的由物起興，大多是表現人物的愛情婚姻與各種社會遭際，從中見出風俗人情，政教得失，而魏晉六朝人的起興則關注人物風韻本身。《世說新語》〈言語〉記載：

　　劉尹云：「清風朗月，輒思玄度。」

　　梁代劉孝標引《晉中興士人書》曰：「許詢能清言，於時士人皆欽慕仰愛之。」余嘉錫疏引唐代道宣《三寶感通錄》：「晉時高陽許詢詣建業，見者傾都。劉恢（亦作惔）為丹陽尹，有名當世，日數造之，嘆曰：『今見許詢，使我遂為輕薄京尹。』於郡立齋以處之。至於梁代，此屋猶在。」這裡說的是劉恢感嘆許詢的故事。許詢是東晉玄學名流，深為劉恢所歎服，以至一見清風朗月就油然興想其人，清風朗月是引起劉恢起興的自然景物，前者與後者之間的連繫是貫穿其中的精神風韻，意為許詢的精神風韻有似於清風朗月，這種精神風韻為許詢所獨有。《世說新語》〈賞譽〉中還記載：

　　王恭始與王建武甚有情，後遇袁悅之間，遂致疑隙。然每至興會，故有相思時，恭行散至京口射堂。於時清露晨流，新桐初引，恭

目之曰：「王大故自濯濯。」

　　這故事說的是王恭原來與王忱（建武）交往甚深，後來被人離間，關係趨惡。但是王恭依然十分羨慕王忱，每到興會時就想念他。有一天王恭散步來到京口射堂之地，於時晨露初收，桐樹葉子剛剛長出，桐樹亭亭玉立，王恭油然興想，感嘆王忱卓然挺立的身姿，宛如新桐姿影一般。這段關於興會的軼事，說的也是王恭為王忱外在風度氣韻所折服的軼事。作為溝通「興」的橋樑，甲物與乙物之間有兩層關聯，一是甲物使乙物起情，二是甲物與乙物有內在擬人化的譬喻，這就是甲物成為乙物人格、個性的象徵與比喻。使二者產生連繫的是原先心境的積澱，而心境的觸發形式卻是無功利的自然感興的過程。這一點，與兩漢經學家論「比興」時強調從「美刺」出發的功利主義的創作觀有著很大的不同。

　　除了由物及人、感物起興之外，《世說新語》中還記錄了許多由人及物的起興品藻軼事。在中國古代，對人物的評價往往喜歡用自然界事物來加以比方，這就是先秦、兩漢時代廣為流行的「比德」說。如果說，先秦與兩漢時代的「比德」說讚美的是一些崇高之物的有形之美，較為重視外觀的象徵意義，那麼魏晉時代的士大夫注重的是自然物中超越形式感的韻律與風采，並且用它來比況人的神韻氣度。《世說新語》〈容止〉有數則人物品藻的筆記故事，便足以說明這一點：「時人目王右軍，飄如游雲，矯若驚龍。」、「有人嘆王公形茂者，云：濯濯如春月柳。」、「嵇康身長七尺八寸，風姿特秀。見者嘆曰：蕭蕭肅肅，爽朗清舉。」、「王戎云：『太尉神姿高徹，如瑤林瓊樹，自然是風塵外物。』」、「時人目夏侯太初，朗朗如日月之入懷；李安國，頹唐如玉山之將崩。」從這些人物品藻來看，朝霞、日月、孤松、春柳、玉

山、瑤林、瓊樹、游雲、驚龍等物，都是用來比況人的精神氣質與自然人格。這種由人及物的「興」與先秦兩漢的「比興」相比，儘管有一定的相似之處，如都是以自然景物比喻人物，但是在心理運作上是大不相同的，前者是一種無功利的對人物風韻氣度的品藻，是一種審美形式感上的歡賞，而很少或根本不顧及人物的道德善惡，注重的是人物的風采與個性，如對王敦、桓溫等人的品藻即是，因而這種品賞屬於美學意義上的品藻，在心理上也就必然呈現出偶發的「興」，是一種情感活動，而不是理智型的道德比況，這一點與《詩經》的由人及物之「比」是有所不同的，「興」中有「比」，將必然性融進偶然性之中，將共性化入個性之中，這是魏晉六朝審美活動與藝術創作常常出現的情況，也是其不同於兩漢文學的顯著特點。

第二節 「興」與文學創作

在魏晉六朝以來的文學創作中，崇尚感興的傳統也得到了弘揚，文學創作出現了新的氣象與風格。最明顯的就是《古詩十九首》所取得的成就。漢末文人深感於當時社會的黑暗與世道的不公，以及自己在社會上的淪落與失意，於是對社會的腐敗與黑暗進行了尖銳的批評與抨擊，抒發了內心的憤慨，同時流露出濃重的人生虛無，及時行樂的情緒。這些作品由於大多是當時失意士人所作，故而以直抒胸臆，不假雕飾為特徵，呈現出天真自然的風格。在創作手法上，它感物興情，真摯動人，兩漢大賦慣用鋪陳而少用「比興」的手法得到改變。梁啟超在《中國之美文及其歷史》一文中指出：「《十九首》第一點特色在善用比興。比興本為詩六義之一，三百篇所恆用，國風中尤什居七八。降及楚辭，『美人芳草』，幾舍比興無他技焉。漢人尚質，西京

尤甚，其作品大率賦體多而比興少。長篇之賦，專事鋪敘無論矣，即間有詩歌，也多半是徑情直遂的傾寫實感。到《古詩十九首》才把〈國風〉、《楚辭》的技術翻新來用，專務『附物切情。』胡馬越鳥，陵柏澗石，江芙澤蘭，孤竹女蘿，隨手寄興，輒增斌媚。至如『迢迢牽牛星』一章，純借牛女作象徵，沒有一字實寫自己情感，而情感已活躍句下。此種作法，和周公的〈鴟鴞〉一樣，實文學界最高超的技術。」實際上，《古詩十九首》作為五言詩的經典，反映出漢魏之際人們思想的解放以及對新的人生價值的尋求，其意蘊比《詩經》年代的憂憤遠為深廣，「比興」的運用也更為成熟，它藉助於情感的深摯、意韻的婉切，使得《詩經》、《楚辭》中的「比興」手法和人生的感喟結合得更好，正如明代胡應麟所說：「兩漢諸詩，惟〈郊廟〉尚辭，樂府頗尚氣，至《十九首》及諸雜詩，隨語成韻，辭藻骨氣，略無可尋，而興象玲瓏，意致深婉，真可以泣鬼神，動天地。」（《詩藪》內編卷一）胡應麟看到了《古詩十九首》興象玲瓏，意致深婉的特點。

　　《古詩十九首》的這種重視「比興」、以興起情的文學精神在嗣後的建安文學中得到了發揚。以曹操與「建安七子」為代表的建安文學，深感於漢末以來的社會動亂與民生的痛苦，渴望在動盪的年歲中建功立業，故而建安文學以反映動亂、抒寫懷抱為特點，感物興想成為這個時期文學創作的基本特色。曹丕《與吳質書》云：「白日既匿，繼以朗月。同乘並載，以游後園，輿輪初動，參從無聲。清風夜起，悲茄微吟，樂往哀來，愴然傷懷。余顧而言，斯樂難常，足下之徒咸以為然。今果分別，各在一方。」這篇文章談到了曹丕作為建安文學領袖人物與「建安七子」深相交納、共同為文的感人情景。當時的文人生當動亂年代，性命不測，常懷建功立業與人命不永的悲劇意識，使得他們對人生與宇宙有著深深的感慨，在創作上率興而為，不事雕飾。《文

心雕龍》〈時序〉中談到這一時期文人的創作風尚：「傲雅觴豆之前，雍容衽席之上，灑筆以成酣歌，和墨以籍談笑。」在建安文人的自敘中，我們也可以明顯地見到這類感興為詩的句子。如曹植《贈徐干》云：「慷慨有悲心，興文自成篇。」應瑒《公宴詩》：「辯論釋鬱結，援筆興文章。」可以說，當時建安文人是自覺的以「興」作文，而「興」不再是兩漢文論中的「比興」政教的含義，更多的是從人生感慨、自覺為文的角度去考慮的。唐代皎然在《詩式》〈鄴中集〉中說：「鄴中諸子，陳王（曹植）最高……語與興趣，勢逐情起。」這兩句評價，可以說是建安文學創作特色的概括。所謂「語與興趣，勢逐情起」，是指建安文學與曹氏父子的詩文具備了超離於兩漢政教意識，而憑借主觀情興來從事創作的氣概精神。

自建安文學之後，魏晉六朝的文學開始走上了自覺的道路，而此中契機，與「興」的重新弘揚是有直接關聯的。南宋葉適曾經指出：「魏晉名家，多發興高遠之言，少驗物切近之實。」（《徐道暉墓誌銘》，《水心文集》卷十七）這裡指的也是魏晉間名士創作「以興為美」，故造語天真，氣韻高古。這種文學傳統到了正始年代，又深入到一個更為深婉淒豔的境界之中。建安文學的下一代即是正始文學的作家（如阮籍之父即為「建安七子」之一的阮瑀）。正始文學的代表作家如阮籍、嵇康，繼承了建安文學憂患時政、追求事功的精神，但是時代環境卻戲劇性地發生了變化。迄至魏朝齊王曹芳的正始（240-249）年代，正是司馬氏政權當道、曹氏日危的年代。這是一個外表崇尚名教而實即虛偽透頂的年代，司馬氏集團以狡詐殘暴的手段架空了曹氏政權，又實行事實上的箝制輿論、打擊政敵的恐怖統治。在這種時候，阮籍、嵇康既不甘同流合污，又不能公開反抗，只好將滿腔的憂憤與痛苦通過著文寫詩表達出來，由此形成了詩文風格隱晦與激切清峻的

特點。特別是阮籍的《詠懷詩》，將建安文學中的緣情起興向著更為深婉隱晦的方向發展。在《詠懷詩》中，「興」不僅是用以緣物起情的由頭，更是用以象徵寄託的意象，從而使「興」由表層的感物興懷轉向深婉難測的象徵天地。清代沈德潛在《古詩源》中指出：「阮公《詠懷》，反覆凌亂，興寄無端，和愉哀怨，雜集於中，令讀者莫求歸趣。此其為阮公之詩也。必求中以實之，則鑿矣。」這些評語十分精闢地説出了阮籍以《詠懷詩》為代表的正始詩文在「興」的運用上的特點。《詠懷詩》自覺地繼承了《詩經》的「比興」手法，又作了極大的拓展，這就是使「興」的內涵加深了，從一般的「美刺」進入到更深層的對魏晉易代之際正直的士人無路可走的憂生之嗟，它把內心的痛苦與憂憤寫得如此美麗深婉，阮籍善於將情感托之於各種意象塑造，在紛繁萬象、撲朔迷離的意象中，透出內心的感嘆與思緒，它將建安文學感物而興的風格引向深致委婉、別有洞天的心靈世界，從仗氣寫懷轉向師心造像。《文心雕龍》〈明詩〉中説「嵇志清峻，阮旨遙深」，這「遙深」之境是「興寄」的手法所致。由於阮籍之興遙深，故而在鑑賞上必然會形成「可以陶性靈，發幽思」的效果，從而使詩的意境趨向深遠。阮籍在《詠懷詩》上所取得的成就，啟發了鍾嶸在《詩品序》中提出「文已盡而意有餘，興也」的觀點，它對於初唐陳子昂的「興寄」美學起了直接的影響作用。嵇康在音樂中則嚮往高情遠趣。《琴賦》中云：「美聲將興，固以和昶而足耽矣。」他推崇琴樂之「興」，使人進入邈遠深邈的意境之中。

西晉太康文學的代表人物如陸機、潘岳等人，生活在表面承平的西晉太康年間（280-289）。這個年代在深層裡其實是一個道德墮落、世風奢靡、士人奔競的年代，孕育著深刻的政治危機與道德危機。西晉統治者內部越來越趨激烈的政爭，使文士們敏銳地感受到時世的險惡

與進退出處的艱難，這個時代的文學風格，在外表的浮華後面卻隱藏著深深的憂思，正始文學中的憂生之嗟在太康文學中同樣是非常明顯的。陸機的詩賦《門有車馬客行》、《君子行》與潘岳的《西徵賦》、《秋興賦》等作品，其中多用「比興」手法，通過吟詠歷史人物與自然之景，將內心的感慨隱曲婉轉地寫出。其他作家如左思與劉琨的作品，氣調遒勁，興寄高遠，猶有建安風骨與正始風韻。東晉年間，玄學與山水詩風興盛。文士們面對暫時的偏安與秀麗的山水，模山範水，感興起情，形成時尚。士人面對山水，情不能已，欲借山水來化解人生鬱悶，滌除世俗之氣，淨化心靈世界。適應這種審美心態，「興」也就自然而然地脫離了「比德」的樊籠，化為瞬間的美感。

當東晉名士對秀麗的山水進行觀賞時，主客體往往融為一體，超越了生活中慾念與功名的束縛，這種美感不是康德所說的依存美，而是一種超功利的純粹美。自然美對人格美的陶鑄，在這一點上較諸先秦兩漢的「比德」說更富於美學與人文含義。從我們今天所能見到的典籍來看，魏晉南北朝的士人對這種美感有相當生動的描述。東晉高士戴逵《閒遊贊》中云：「況物莫不以適為得，以是為至。彼閒遊者，奚往而不適，奚待而不足。故蔭映岩流之際，偃息書琴之側，寄心松竹，取樂魚鳥，則淡泊之願於是畢矣。」戴逵是東晉著名雕塑家與隱士，他嗜好老莊，志向高潔，這篇文章述說了作者在閒遊時，觀賞山水林壑，會通莊老意境，養成淡泊心志，以擺脫塵世羈絆的過程與感受。東晉另一文士王微在《敘畫》中談到畫家面對山水感興起情的心境：「望秋雲神飛揚，臨春風思浩蕩；雖有金石之樂，珪璋之深，豈能彷彿之哉？」他刻畫了自己面對秀麗的山水感興暢神的情景。而讀者閱讀這些山水文藝時，雖不是直接面對真山水，但由於作品的傳神，也能獲得一種「神超形越」的美感，這也就是孔子所說的「詩可以興」

的發展。《世說新語》〈文學〉還記載：「郭景純詩云：『林無靜樹，川無停流。』阮孚云：『泓崢蕭瑟，實不可言。每讀此文，輒覺神超形越。』」郭璞的「林無靜樹，川無停流」寫出了山林河流靜謐蕭瑟的深緲之境，而阮孚讀後也獲得了相應的「神超形越」的美感。王國維在《紅樓夢評論》中說：「夫自然界之物，無不與吾人有利害之關係；縱非直接，亦必間接相關者也。苟吾人而能忘物與我之關係而觀物，則夫自然界之山明水媚，鳥飛花落，固無往而非華胥之國、極樂之土也。」王國維借鑑了西方康德與叔本華的美學，強調人一旦以無我之心去觀物，就能進入審美的極樂世界，這極樂世界亦即物我合一、超越功利的審美人格境界。它的特徵是排除了一切功利因素，從而使人格獨立不受羈絆。在六朝時代，真正達到與自然合為一體，在自然之美中擺脫官場濁穢的是田園詩人陶淵明。在他眼中的山水田園，不是如魏晉名士心目中的玄學化的山水自然，而是參與其中的田園山水。田園風光不僅是詩人生存勞作的對象，而且成了與詩人交融一體的審美對象。在與這種田園風光交融中，詩人去掉了世俗的羈絆，獲得了真實淳美的人生感受。當時著名的文人顏延之，在陶潛死後寫了一篇著名的《陶徵士誄》，評價陶淵明的意義：「夫璿玉致美，不為城隍之寶；桂椒信芳，而非園林之寶。豈其深而好遠哉，蓋云殊性而已。」意為美玉香草不為池湟之點綴，但它們隱在山林之中，孤芳自賞，這就像陶淵明那種清亮孤高的性格一樣。他的比喻，恰如其分地說出了陶淵明的人格境界。在陶淵明的田園詩中，自然起興是非常普遍的現象，元好問《論詩絕句》讚歎：「一語天然萬古新，豪華落盡見真淳。南窗白日羲皇上，未害淵明是晉人。」正說出了陶淵明之詩以「興」見長、風格自然的特點。謝靈運更是自覺運用感興的方式寫詩。《宋書》〈謝靈運傳〉云：「郡有名山水，靈運素所喜好。出守既不得志，遂肆意遨

遊，遍歷諸縣，動逾旬朔……所至輒為詩詠，以致其意焉。」謝靈運為了發洩內心對劉宋王朝的不滿，出任永嘉太守時經常遊山玩水，見到奇山異水時輒自然感興，抓住瞬間興起的審美意象，形諸詩章。所以鍾嶸《詩品》在談到謝靈運的山水詩說：「興多才高，寓目輒書，內無乏思，外無遺物。」沈約《宋書》〈謝靈運傳〉也稱他「興會標舉」。在魏晉南北朝，詩人抓住瞬間感興作詩是常見的事。如曹植《贈徐干》詩中云：「慷慨有悲心，興文自成篇。」鮑照《園中秋散》詩云：「臨歌不知調，發興誰與歡？」沈約《梁武帝集序》云：「日月光華，南風所以興詠。」《宋書》〈帛道猷傳〉云：「陵峰采詩，觸興為詩。」《南史》〈桂陽王鑠傳〉云：「遇其賞興，則詩酒連日。」梁代昭明太子蕭統在《答晉安王書》中說：「炎涼始貿，觸興自高，睹物興情，更向篇什。」從這些資料來看，「興」作為一種審美範疇，早已融化到魏晉六朝人的審美生命之中，使得他們能夠自覺地追求超越世俗、物我合一的藝術之境。

第三節　「興」與審美理論

作為美學理論範疇的「興」，正是建構在當時審美風尚之上的，是魏晉六朝人審美活動與藝術生命意識的凝聚。

比如西晉陸機《文賦》論創作的緣起時，突出了「以情起興」的特點。雖然他沒有直接用「興」這個概念，但是其中已經蘊含著對「興」的理解。他論詩人創作時提出：「遵四時以嘆逝，瞻萬物而思紛」，也就是摯虞在《文章流別志論》中說的：「興者，有感之辭也」的意思。陸機在《文賦》的後面批評文人創作時易犯的毛病中有一種「或託言於短韻，對窮跡而孤興」，《文選》李善注曰：「短韻，小文

也。言文小而事寡，故曰窮跡。跡窮而無偶，故曰孤興。」這裡批評有
的文章篇幅短小，孤興無偶，「興」亦即感物起情，「遵四時以嘆逝，
瞻萬物而思紛」的創作過程。西晉泰始年間的摯虞（？-311）所作的
《文章流別志論》，對傳統「比興」的解說作了一定的發展，是一篇在
魏晉六朝年代中論「興」的有代表性的篇章。摯虞在釋「賦、比、興」
時說：「賦者，敷陳之稱也。比者，喻類之言也。興者，有感之辭也。」
摯虞對「賦」與「比」的解釋沒有什麼新意，但是他對「興」的解釋
卻是極有創見的，他強調「興」的有感而發，顯然同漢魏以來重視感
興與應感之會的文學思想有關，由於文章的其他部分散失了，我們不
能見到摯虞論「興」的其他部分，但是這一命題的提出，卻對中國古
代文論產生了直接的影響，至少它打破了兩漢從「美刺」角度論「比
興」的套路，啟發人們從有感而發的角度去理解「興」。這也是當時文
學創作尚「興」的潮流所向。東晉年間，這種感興美學觀有了進一步
的延伸與發展。文士們模山範水，感興起情，東晉名士孫綽在《三月
三日蘭亭詩序》中說：

情因所習而遷移，物觸所遇而興感。故振轡於朝市，則充屈之心
生；閒步於林野，則遼落之志興。仰瞻羲唐，邈已遠矣；近詠台閣，
顧深增懷。為復於曖昧之中，思縈拂之道，屢借山水以化其鬱結，永
一日之足，當百年之溢。

孫綽在這裡將物感與起興相連繫，認為情之所興來源於景物的感
召。當人沉溺朝堂時，則志向難免低俗，而一旦來到林野，則「遼落
之志興」，山水可以化解內心的鬱結，使精神獲得解脫。孫綽還說：
「原詩人之致興，諒歌詠之有由。」將「致興」視為作詩的緣由。他所

說的「興」，已經顯然不是指創作方法，而是屬於創作動力即情感的觸發。這種觸發是詩人高逸之志的產物，是生命意志的爆發。孫綽的《秋日詩》體現出了這種借描寫秋日清麗之景抒發玄思的意味：「蕭瑟仲秋月，飂唳風雲高。山居感時變，遠客興長謠。撫葉悲先落，攀松羨後凋。垂綸在林野，交情遠市朝。澹然懷古心，濠上豈伊遙。」這首詩最能說明東晉士人為什麼嗜愛山水，從山水自然中汲取玄學意境的原委。他們推崇自然感興的創作態度，認為這是產生優秀篇什的前提，這些審美觀念反映出六朝文學自覺與獨立的品格追求。

劉勰、鍾嶸則從情物相感的高度來看待「比興」問題，對傳統的「比興」問題作出了新的理論建樹。首先，他們認為「興」是主觀情志在外物感召下形成的一種審美衝動，將「興」置於「物感」說之上，兩漢囿於政教天地的「興」走向了物我相感的境界，從一般的表現手法走向了創作本體論深處。劉勰在《文心雕龍》〈物色〉篇中說：「春秋代序，陰陽慘舒，物色之動，心亦搖焉。……歲有其物，物有其容；情以物遷，辭以情發。」他認為外界景物與氣候的感召是喚起人們心靈美感的動力，人心的觸發是對外物感召的應答，「情往似贈，興來如答」。劉勰特別強調感物吟志是一個自然而然的過程，而「興」則建立在這種感應關係之上的一種審美心理活動，從本質上來說，是情感所致，這樣，有助於「興」脫離政教的羈絆，成為獨立的審美範疇。他在《文心雕龍》〈詮賦〉篇中提出：

　　原夫登高之旨，蓋睹物興情。情以物興，故義必明雅；物以情觀，故詞必巧麗。

這裡明確地將睹物興情作為文學創作產生的動力，「情以物興」與

「物以情觀」成為文學創作相輔相成的過程，克服了摯虞在《文章流別志論》中簡單地將「興」說成「有感之辭」的缺點，它成為後世「情景」理論的肇端。將「興」與「情景」範疇相連繫，這是劉勰文學理論的重要貢獻。在劉勰的美學思想與文學思想體系之中，作為獨立的「興」與「比興」範疇的「興」是有所不同的，前者突出其感物起情之「興」的偶發性與自然性，基本上不含什麼政教意義，如《文心雕龍》〈物色〉篇所云「情往似贈，興來如答」，「四序紛回，而入興貴閒」，「殷仲文之孤興」，《文心雕龍》〈詮賦〉篇所言「至於草區禽旅，庶品雜類，則觸興致情，因變取會」，這些地方所言之「興」與魏晉六朝人所倡導的「興會」、「感興」基本上屬於同一範疇，它與唐宋人所言的興趣、意興差不多是同一意思。劉勰《文心雕龍》將「興」建立在「主情」說的基礎之上，表現出他站在時代前沿，善於總結當漢魏以來文學發展歷史經驗的先進眼光，從而有別於摯虞、裴子野等人的文學理論。

當然，在對待兩漢傳統的「比興」範疇時，劉勰還是有所吸取的。在《文心雕龍》集中談論「比興」問題的〈比興〉篇中，他對漢代詩學中的「比興」作了發揮：

故比者，附也；興者，起也。附理者，切類以指事；起情者，依微以擬議。起情故興體以立，附理故比例以生。比則畜（蓄）憤以斥言，興則環譬以托諷。蓋隨時之義不一，故詩人之志有二。

劉勰論「興」，與《毛詩》論「興」不同，首先是將「比」與「興」都視為創作情感的產物，不僅「興」是情感的發動，所謂「起情故興體以立」，而且「比則畜（蓄）憤以斥言」，也是情感所致。東漢鄭玄提出「比刺興美」，劉勰明確地反對此種說法，認為「興」也是「環譬

以托諷」，是包含諷刺的創作手法。當然，「興」與「比」相比，意義更深廣，手法更隱蔽，所以劉勰認為《毛詩》中獨標興體，是因為「比顯而興隱」。「比」是明顯地切類以指事，如文中所列舉的「麻衣如雪」、「兩驂如舞」之類皆是，但「興」則隱晦得多了，所謂「依微以擬議」，出自《周易》〈繫辭〉上：「擬之而後言，議之而後動，擬議以成其變化。」東晉韓康伯注曰：「擬議以動則盡變化之道矣。」這是指在運用「興」的過程中，經過反覆醞釀以「起其情」，依據外物與內心微妙複雜的連繫設計出興象，即《文心雕龍》〈神思〉篇中所說：「刻鏤聲律，萌芽比興」。這種興象與意蘊有時雖然並不明確，但是卻能烘托氛圍，觸發思致，使二者之間產生某種默契。比如《詩經》〈秦風〉〈蒹葭〉中的「蒹葭蒼蒼，白露為霜」與《詩經》〈邶風〉〈谷風〉中的「習習谷風，以陰以雨」之類，起興之景與後面的意蘊存在著微妙複雜的關聯。後來王夫之《薑齋詩話》中提出「興在有意無意之間」，也是突出了「興」的這層含義。劉勰認為「興」的特點是托物喻意，措辭婉轉而自成結構，所托之物與所喻之意關係比較隱晦深奧，不像「比」那麼明朗易曉，惟其如此，「稱名也小，取類也大」，「興」中之「類」與「比」中之「類」明顯地有所不同，前者是外在類比，後者則屬意義象徵。《文心雕龍》〈比興〉篇贊語中將「興」的運用說成「擬容取心」，也是強調「興」的運用在於由表及裡的提煉心象，熔鑄意蘊。劉勰論「興」與兩漢鄭玄等人論「興」不同，偏重從美學與文學理論角度立言，他批評兩漢之詩興義銷亡，「楚襄信讒，而三閭忠烈，依《詩》制《騷》，諷兼比興。炎漢雖盛，而辭人誇毗。詩刺道喪，故興義銷亡。於是賦頌先鳴，故比體雲構，紛紜雜遝，倍舊章矣。」劉勰在「比」、「興」二者之間，揚「興」貶「比」的傾向是十分明顯的，他認為比只是模仿事物外形的修辭手段，而在寄託情思、抒發憂憤方面，

顯然是不能與「興」相提並論的。

　　鍾嶸的《詩品》論「興」，更為大膽創新。他與劉勰一樣，將文學創作的動力建立在物情相感的基礎之上。《詩品序》一開始提出：

　　氣之動物，物之感人。故搖盪性情，形諸舞詠。

　　不過與劉勰相比，鍾嶸不僅強調自然之景與四時之物對人感興，而且更加突出社會人事中各種悲劇遭際對人心的感蕩作用，將其視為觸發詩情的直接動力。在《詩品序》中，鍾嶸提出了關於五言詩的審美標準：

　　五言居文詞之要，是眾作之有滋味者也，故云會於流俗。豈不以指事造形，窮情寫物，最為詳切者邪。故詩有三義焉：一曰興，二曰比，三曰賦。文已盡而意有餘，興也；因物喻志，比也；直書其事，寓言寫物，賦也。宏斯三義，酌而用之，干之以風力，潤之以丹采，使味之者無極，聞之者動心，是詩之至也。若專用比興，患在意深，意深則詞躓。若專用賦體，患在意浮，意浮則文散，嬉成流移，文無止泊，有蕪漫之累矣。

　　鍾嶸在這裡對五言詩的作用與功能作了概括。他認為五言詩與四言詩相比，後者「文繁而意少」，不能表達豐富的內心情志，而五言詩就好多了，它在「指事造形，窮情寫物」方面有著強大的功能，拓展了傳統的「賦、比、興」手法。值得注意的是，鍾嶸將「興」從傳統的「賦、比、興」次序中放到首位，大大突出了「興」的重要作用，並且將它解釋成「文已盡而意有餘」，這顯然是同他吸取了魏晉以來

「言意之辨」的理論成果有關。所謂「興」原來就包含著對內心世界的婉曲描寫與抒發，這種內心之意是難以言說的，它與「以此物比彼物」的「比」有很大不同，劉勰《文心雕龍》〈比興〉篇論「興」突出「興」的「依微以擬議」的特點，而鍾嶸另闢蹊徑，吸取了魏晉以來「言意之辨」的思想，用「意」來說明「興」的獨特內涵，這是一個巨大的理論發展。

　　魏晉時期，隨著儒學的中衰與玄學的興盛，於是「言意之辨」成為人們的談資。王弼的「言意之辨」，與前人相比，更強調「意」的不可知與作為精神實體的功能，而輕視認識工具「言」的作用，提出「得意忘象」的理論。他在《周易略例》〈明象〉中提出：「言者所以明象，得象而忘言；象者所以存意，得意而忘象。」王弼的「言意」理論與《周易》及《莊子》的「言意」理論不同之處，在於他更加突出在認識事物的本體時，必須舍筏達岸，不為外在的具象所迷惑，而直擊對象之意，正如湯用彤先生在《魏晉玄學論稿》〈言意之辨〉中所論，王弼的思想對魏晉人的生活方式與審美方式，產生了變革的意義。這種「意」的概念引進文藝理論領域之後，與原先的「言意之辨」中的「意」有所不同，原先的「意」主要是指客觀之意的範疇，而援引到文藝學領域之後，這裡的「意」一般是指主體感悟之意，主觀之意被視作對客觀之意（即「道」的別名）的體悟與意識，有時二者是統一的，有時又是相對分離的。陶淵明《飲酒詩》中云：「此中有真意，欲辨已忘言」，是說作為審美對象中寓含的「真意」即「道」，難以為理性所認識，所言說。

　　「言意之辨」被引入審美領域，對文學觀念的產生了很大的啟迪作用。因為「言意之辨」是指人們在從事理性認識時，不能憑藉語言來窮盡對象的本質，而用來說明文藝現象時，這種情況就更加明顯了。

審美與文藝之中的「意」，是指一種複雜的審美情感與理性交融之意，它具有語言所無法確指、概念所不能窮盡的特徵，魏晉人在他們的人生感受中，就已經體悟到這一點。例如嵇康就常常在他的音樂與詩中慨嘆自己的幽微心緒難以為人所識曉。《酒會詩》中就慨嘆：「操縵清商，游心大象。傾昧修身，惠音遺響。鍾期不存，我志誰賞？」詩中描寫自己操琴抒意，游心天地之道（大象），而世上卻沒有人能夠知音，因而詩人內心感到孤哀。向秀的《思舊賦》寫自己在不得已赴洛應郡舉回到山陽故居時，面對日薄虞淵、寒冰淒笛之景起興，「追思曩昔游宴之好，感音而嘆」，在賦中他哀嘆嵇康的冤死，寄託了自己的無限哀思，「聽鳴笛之慷慨兮，妙聲絕而復尋」。賦中給人的感覺是言不盡意的。魯迅在《為了忘卻的記念》一文中也談到，向秀的《思舊賦》所以剛開了頭就煞了尾，是因為作者處於司馬氏的恐怖統治下，只好將心中的憂憤埋藏在心頭，「言不盡意」，將弦外之音付於讀者去領會。《世說新語》〈文學〉中說：「劉伶著《酒德頌》，意氣所寄。」《世說新語》〈文學〉中記載：「庾子嵩作《意賦》成，從子文康見而問曰：『若有意邪，非賦之所盡。若無意邪？更何所賦？』答曰：『正在有意無意之間』。」庾敱（字子嵩）是東晉人，西晉末年的永嘉年間為石勒所害。據梁代劉孝標註引《晉陽秋》曰：「敱永嘉中為石勒所害。先是敱見王室多難，知終嬰其禍，乃作《意賦》以寄懷。」他作《意賦》不是文字遊戲，其中蘊藏著難言之隱，弦外之意。這「有意無意之間」恰如其分地說明了審美之意是一種微妙複雜的情感意緒。清代葉燮說：「可言之事，人人能言之，又安在詩人之言之？可征之事，人人能述之，又安在詩人之述之？必有不可言之理，不可述之事，遇之於默會意象之表，而理與事無不粲然於前者也。」（《原詩》）葉燮認為詩人之所以為詩人，就是要將那種難以言說的詩意與詩情抒寫出來，而這種

意象的營造，是不可依賴於語言符號系統，只能靠詩人的默會意領。黑格爾在《美學》第一卷的〈總論〉中提出：「藝術的顯現卻有這樣一個優點，藝術的顯現通過它本身而指引到它本身之外。（譯者朱光潛註：即『意在言外』）」黑格爾看到了藝術之美與自然之美的不同之處在於通過心靈的把握來表現絕對理念，而藝術之美對絕對理念的表現又只是相對的，但這種相對卻可以造成言不盡意的審美效果，使人在審美觀賞時得到回味無窮、意在言外的美感，這種美感所產生的美育效果，毫無疑問比一覽無餘的東西要深刻得多。

　　鍾嶸在《詩品序》中強調「文已盡而意有餘，興也」，在「興」的範疇發展史上，有著十分重要的意義，他既將「興」視為審美情感在外物感召下的自然觸發，反對鄭玄等漢儒鼓吹的「興，見今之美，嫌於媚諛，取善事以喻勸之」的說法，又強調在這種自然觸發下要有深沉的意韻可回味，反對一覽無餘，淺薄華豔的詩作。這實際上涉及文學創作價值所在的根本問題，文學創作要有感染力，實現自己的價值，既要有個體的真情實感，同時又要有深摯的社會內容，它是個體與社會、偶然與必然的統一，只有這樣的作品才能產生深摯的藝術感染力，而那些類似陸機批評的「孤興」則無法產生這樣的藝術魅力。在鍾嶸看來，真正的藝術作品，都是在意蘊深遠與文採精美上達到了高度的融合。鍾嶸盛讚《古詩十九首》「文溫以麗，意悲而遠」，阮籍的《詠懷詩》「言在耳目之內，情寄八荒之表」，蘊含著魏晉之際詩人的憂思感慨，意在言外，故而「可以陶性靈，發幽思」。相反，對張華的詩則加以批評：「其體華豔，興托不奇。巧用文字，務為妍冶。」所謂「興托不奇」也就是意蘊膚淺，徒有外表。鍾嶸認為通過「賦、比、興」的完美運用，再加上「風力」與「詞采」的融入，「使味之者無極，聞之者動心，是詩之至也」。鍾嶸提出真正感人的詩歌猶如回味無窮的

佳餚，他是在中國文學理論史上較早以「味」論詩的批評家。鍾嶸在
《詩品》將五言詩列為最能敘事抒情的詩體：「五言居文辭之要，是眾
作之有滋味者也」，五言詩與四言詩不同，可以「使味之者無極，聞之
者動心」，比如《古詩十九首》與曹植詩就屬於這類作品。反面的典型
則是玄言詩，鍾嶸指責它：「理過其辭，淡乎寡味，建安風力盡矣。」
鍾嶸以「味」論詩，是與他將「興」建立在「文已盡而意有餘」之上
的詩學觀相關的。迄至唐代，經過王昌齡、殷璠、劉禹錫、空海等人
的發揮與闡述，「意象」理論有了長足的發展，成為新的美學範疇。

第三章

唐宋詩學與「興」

　　「興」的審美範疇迄至唐宋年代，又有了新的發展，這就是依據當時文化的發展，形成新的風貌特徵，它兼收並蓄，融政教與審美為一體。

　　唐初陳子昂的「興寄」論吸收了儒家詩學的「比興」觀與六朝的「感興」論，嗣後李白、殷璠在此基礎上，倡導「清真自然、興象風神」之美，將「興」的審美範疇與大唐詩國的時代精神融為一體，至中唐與晚唐時代的皎然、司空圖等人，繼承了六朝詩學中「吟詠情性」的觀點，將傳統的「比興」說與「詩境」說相結合，力圖淡化「比興」之中的政教意味，注重從審美情興與韻味相融合的角度去探討「興」的美學內涵，從而開啟了宋代詩學論興重在清靜淡泊的審美觀念。當然，正統的儒家詩學，隨著唐宋以來封建社會危機的加劇，以及宗法意識形態的改造，不但沒有被解構，而且被賦予了新的理論形態與表述方式，比如白居易的「美刺比興」詩學，以及南宋朱熹《詩集傳》

中對漢代《毛詩》「比興」觀的重新解釋，可以說是對「興」的再構與發展。

第一節　尚「興」重情的唐代詩學

　　唐代詩學對「興」的發展，是與隋唐以來封建大一統帝國建立後，統治者對審美文化以及整個意識形態的再建息息相關的。六朝時代「緣情綺靡」的詩學觀，被政教與審美並重的文學觀念所替代。秦漢時代的「詩教」與「樂教」重新為唐代統治者所提倡。高祖李淵倡導「興化崇儒」，他於武德二年（619）下詔「有司於國子學立周公、孔子廟各一所，四時致祭」。唐太宗即位前於「秦府開文學館」，置杜如晦等十八學士，即位後又開弘文館，講論經義。貞觀二年（628）下詔尊孔子為先聖，顏淵為先師。接著又命顏師古考定《六經》，命孔穎達等撰定《五經正義》，綜合東漢至魏晉南北朝時期的經學各派，自成一家。玄宗既崇老子，更重孔教，認為「宏長儒教，誘進學徒，化民成俗，率由於是」（《唐會要》卷三十五）。唐代經學大師孔穎達在《毛詩正義序》中說：「夫詩者，論功頌德之歌，雖無為而自發，乃有益於生靈。」這奠定了唐代詩教的基調。「安史之亂」前後，隨著大唐王朝的衰微，一些文人，如杜甫、元結、賈至、梁肅等人弘揚儒學，嗣後韓愈、柳宗元與白居易、元稹等人都重倡儒家詩教，從而使六朝時代中斷的「美刺比興」的詩學傳統在唐代又得到延續。當然，初唐年代的統治者對六朝文學中的「情采」觀與傳統的「政教」觀作了融合，這一點也是很明顯的。

一、陳子昂的「興寄」論

　　初唐統治者吸取了隋代短命而亡的經驗教訓，非常重視總結歷史

經驗，以史為鑑，來為自己的統治服務。唐太宗接受了大臣令狐德棻關於修纂前朝歷史的建議，指定專人修成《魏書》、《周書》、《梁書》、《北齊書》、《陳書》、《隋書》等史書。這些史書大都嚴厲地斥責了六朝末期文學的淫靡，對六朝的衰亡負有不可推諉的責任，從而提醒人們對這種亡國之音要保持警醒。但是，初唐史家在倡言政教的同時，也不廢文學的審美與抒情的功能。在他們看來，文學的審美作用與政教功能是可以兼容的，理想的文藝應該是集政教與審美為一體的產物，而不應當互相排斥；六朝與兩漢的一些文人往往是顧此失彼，造成政教至上或審美至上，唐代作為氣魄恢宏的統一王朝，應當吸取漢代與六朝文學創作的經驗教訓，創造博大精深的文化體系。陳子昂的「興寄」論正是在這種時代氛圍下形成的。

陳子昂（661-702），是初唐著名文人與思想家。他一生坎坷不幸，早年雖中了進士，但在武則天統治時期並不受重用，武后時他屢屢上書，要求實行政治改革，陳子昂對武則天的某些苛政並不讚同。武則天雖然賞識他的才華，對他的上書卻並不欣賞。因而陳子昂在武則天時期始終處於孤獨中，著名的《登幽州台歌》與《感遇詩》就是他這種孤獨心態的抒發，陳子昂對「正始之音」的代表作家阮籍的《詠懷詩》產生了強烈的共鳴。他倡導「漢魏風骨」，開一代詩文革新之風氣。

陳子昂的文學主張主要見之於他的《修竹篇序》。在這篇文章中，他對六朝文學末期的淫靡作了尖銳的批評，同時提出了自己重視「興寄」的文學主張：

文章道弊五百年矣。漢魏風骨，晉宋莫傳。然而有文獻可征者。僕嘗暇時觀齊梁間詩，彩麗競繁，而興寄都絕，每以詠歎。思古人常

恐逶迤頹靡，風雅不作，以耿耿也。一昨於解三處，見明公《詠孤桐篇》，骨氣端翔，音情頓挫，光英朗練，有金石聲。遂用洗心飾視，發揮幽鬱，不圖正始之音，復睹於此，可使建安作者相視而笑。

　　陳子昂這篇文章雖然只是一篇與友人的書札，但是從其思想容量來說，卻無異於唐代文學革新的宣言。文章首先慨嘆「文章道弊五百年矣」，這是他對漢魏以來文學發展與衰變的總的概括。陳子昂對晉宋之後文學發展的評價不無偏頗之處，但重要的是他對文學之道的理解與呼喚。他所說的「道」與後來韓愈所說的「道」有所不同，主要指「漢魏風骨」與「正始之音」，其中充滿著憂患時政、追求自由的意蘊。「文章道弊」，就是指「漢魏風骨」與「正始之音」到了晉宋之後失傳了，迄至齊梁時代，文人們競相吟詠山水與女色，「彩麗競繁，而興寄都絕」。他所說的「興寄」，是指凝聚在詩作中的社會人生內涵。傳統的「比興」一般強調「比顯興隱」，用形象的手法寫出政教的道理。劉勰《文心雕龍》〈比興〉篇中還持這樣的觀點，但是陳子昂獨創的「興寄」概念偏重於個體的感受與寄託，它更多地繼承了鍾嶸《詩品序》「文已盡而意餘」的美學觀，倡導在作品中寄慨遙深，意在言外。這樣的「興寄」在阮籍的《詠懷詩》中表現得最為顯著。陳子昂慨嘆看了東方虬的《詠孤桐篇》之後，「不圖正始之音，復睹於此」。他的《感遇詩》也體現了追求「興寄」的風格特徵。齊梁時代的文學雖然也重感興，但是已與建安年代和正始年代文學中深邃沉重的人生蘊涵相去甚遠，偏重於風花雪月的吟歎。文人與帝王為了逃避末世的憂恐心理折磨，在寄情山水，低吟女色中自我陶醉，「興」的人生蘊涵日趨消解，而與士大夫的麻醉情趣相融合，用由南入北的詩人庾信的詩來說，是「眼前一杯酒，誰論身後名？」而「興」的人文內涵一旦

消解掉，詩歌與文學也就失去了生命創造的意義，故陳子昂指責齊梁間詩「彩麗競繁，興寄都絕」，實際上也是對文學價值觀的重新規定。

然則陳子昂對「興寄」的提倡，又絕不是想恢復先秦兩漢的儒家詩學，而是要遙承建安文學與正始文學的積極精神，將文學的個體性與社會性，「情」與「志」凝聚在深沉的人生感懷與藝術天地之中。陳子昂是一個初唐時代由進士躋身官僚集團的人物，這個階層的人物與六朝年代的世族人物漠視政治，唯以家族利益為重的人生價值觀念不同，他們對社會人生與大唐王朝具有執著的責任感與憂患意識，其所服膺的儒家人生信條投射到文學觀念上，便是對於《左傳》上所說的人生「三不朽」境界的追求，文學創作成了他們在立德、立功皆不就情況下的追求與慰藉，他們在文學中往往寄託著深遠的人生意蘊。陳子昂早年在《上薛令文章啟》中就感嘆：「斐然狂簡，雖有勞人之歌；悵而詠懷，曾無阮籍之思。徒恨跡荒淫麗，名陷俳優，長為童子之群，無望壯夫之列。」他深深感嘆自己不能建功立業，只能寄跡文章，卻又不能像阮籍那樣寫出寄託深遠的《詠懷詩》，只能寫出跡荒淫麗之作來。在這種充滿憂憤與牢騷的話語中，我們還是能夠看出他對「興寄」美學旨趣的贊同，以及對齊梁無病呻吟之作的鄙薄。在《喜馬參軍相遇醉酒歌序》中，他感慨平生：「吾無用久矣。進不能以義補國，退不能以道隱身……夫詩可以比興也，不言曷著？」陳子昂認為，傳統的「比興」說可以寄託自己的微思隱憂，是自己失落的心態與遭際的慰藉，從而使其「興寄」說與劉勰的「比興」說，以及鍾嶸的「文已盡而意有餘」的興論相融合。

陳子昂所以能超越初唐王勃等人的儒家文學復古論，在於他對六朝感興論並沒有簡單否棄，而是吸取了其中的積極成分，因為文學的「興寄」歸根到底要通過個體的感受與抒情來達到，這是六朝文學高出

於兩漢文學的成功之處，也是劉勰、鍾嶸文學理論的基本立足點。在陳子昂的詩文中，類似六朝山水詩人緣情起興的句子是很多的：「至於挾清瑟，登高山，白雲在天，清江極目，可以散孤憤，可以游太情……蜀山有雲，巴水可興。」（《贈別冀侍御崔司議序》）「路迴光逾逼，山深興轉幽。」（《入峭峽安居溪伐木溪源幽邃林嶺相映有奇致焉》）「寄孤興於露月，沉浮標於山海。」（《洪崖子鸞鳥詩序》）「興盡崔亭伯，言忘釋道安。」（《秋日遇荊州崔兵曹使宴》）從這些詩句來看，陳子昂是一個詩情興發、儒道兼修的文士，他具有豪放與修身兼重的人格追求，當他達則兼濟天下時，執著於儒家的政教理想，而當他失意蹉跎時，往往寄情山水，自然感興，從而繼承了六朝陶、謝等山水詩人的人生追求。陳子昂將這種人生追求融注到美學範疇時，便概括出「興寄」說。「興寄」說從理論結構來說，是將個人的深沉體驗與社會人生意蘊凝為一體，將建安與正始年代興托深遠、情兼雅怨的文學精神發揚光大，以適應初唐年代中特定社會歷史環境中的人生感喟與文學表達。

其次，陳子昂的「興寄」與兩漢「比興」說重在微言大義不同，它是建立在文學特有審美規律之上的。陳子昂讚美友人的《詠孤桐篇》「骨氣端翔，音情頓挫，光英朗練，有金石聲」，既有道勁的風骨，又音律鏗鏘，文采華茂，這樣的審美風貌，正是建安文學與正始之音情采並重、文質相扶體貌的再現，也是唐初統治者對文學審美要求的表現，陳子昂特意強調，《詠孤桐篇》這樣的作品使人「洗心飾視，發揮幽鬱，不圖正始之音，復睹於此，可使建安作者相視而笑」，實際上是在倡導文學復古的外表下，確立唐代的文學精神。而盛唐年代李白杜甫的「興」論，則是站在新的時代審美理想的高度上，提出了自己的觀點。

二、李白與杜甫的詩興觀

李白（701-762），字太白，是唐代著名的大詩人，他的文學主張與陳子昂相同，以復興詩教為己任。在《古風》（其一）中寫道：「大雅久不作，吾衰竟何陳？王風委蔓草，戰國多荊榛。龍虎相啖食，兵戈逮狂秦。正聲何微茫！哀怨起騷人。揚馬激頹波，開流蕩無垠。廢興雖萬變，憲章亦已淪。自從建安來，綺麗不足珍。聖代復元古，垂衣貴清真。群才屬休明，乘運共躍鱗。文質相炳煥，眾星羅秋旻。我志在刪述，垂輝映千春。希聖如有立，絕筆於獲麟。」從這首著名的詩中我們可以見出，李白要求恢復〈雅〉、〈頌〉中的開明政治。儒家認為《詩經》中的雅頌之音反映了周代開國之初的政治清明，李白對此心嚮往之，而對戰國動亂與秦朝暴政十分憤慨，這正是他「濟蒼生」、「安黎元」思想的反映。他也十分推崇屈原的《離騷》，在《江上詠》中慨嘆：「屈平詞賦懸日月，楚王台榭空山丘。」認為屈原之後，他的弟子宋玉、唐勒、景差等人喪失了風騷精神。李白指責建安之後的文學失去了以悲為美的傳統，這種思想與劉勰與鍾嶸的文學批評觀念十分接近。

李白與陳子昂相比，在批評齊梁文學重「詞采」而忽略「風骨」的地方是一致的，但陳子昂只對「建安風骨」與「正始之音」給予高度評價，對晉宋之後的文學則持否定的態度，李白相對寬和一些。他對晉宋以來的文學中的一些著名詩作，如鮑照、謝靈運、謝朓、謝惠連等人的作品十分欣賞。李白雖然說過「自從建安來，綺麗不足珍」，但是他並不否定綺麗之美，只是否棄那種雕琢辭令、放棄清真的美。李白稱道韋太守的詩「清水出芙蓉，天然去雕飾；逸興橫素波，無時不招尋」。（《經亂離後天恩流夜郎憶舊遊贈江夏韋太守良宰》）陳子昂強調「興寄」，李白的「逸興」則追求率興而感。他將深摯的思想內容

與自然的風格統一起來，認為這樣才能繼承風騷教化傳統。在《古風》（三十五）中李白寫道：「一曲斐然子，彫蟲喪天真。」李白對那種醜女效顰、邯鄲學步式的做法無情嘲笑，稱讚莊子所說的匠石運斤成風、一氣呵成的創作，認為要恢復雅頌傳統，首先要破除齊梁文學中過於雕琢的風格。他所稱道的六朝詩人的作品，大都是指「池塘生春草」，「澄江靜如練」等自然英旨。李白對陳子昂的文學宗旨作了一些發展與修正。陳子昂的作品倣法漢魏風骨，作品風格質樸古直，一掃綺靡之風，但是他的五言詩不免意思深奧，作為生活在武周當道年代的詩人，陳子昂的政治理想與武周政權多有齟齬，他的思想與正始年代的阮籍、嵇康有相通之處。陳子昂的《感遇詩》刻意倣法阮公的痕跡十分明顯，他的詩歌創作與「寄興」論是初唐邁向盛唐的橋樑，而創新精神少了一些。清代葉燮《原詩》就說：「吾猶謂子昂古詩，尚蹈襲漢魏蹊徑，竟有全似阮籍《詠懷》之作者，失自家體裁。」陳詩無七古、七律，近體詩不嫻，部分詩如《感遇詩》失之玄澀，過分追求「興寄」，易於導向晦澀沉悶，這與盛唐之音的開朗興發、奮發向上自然是不相切合的。但陳子昂開拓的文學關注現實人生，要求文學恢復風雅傳統，對李白的文學「感興」論產生了巨大的影響，故李白曾說：「國朝盛文章，子昂始高蹈」，對陳子昂的文學實踐與「興寄」論給予極高的評價。正是沿著陳子昂的文學之路，李白開創了盛唐之音，在文學感興論也作出了相應的發展。李白詩五言與七言俱用，將詩歌引向意境清新、語言生動的方向。如果說陳子昂強調「興」之中的寄託，因而風格難免晦澀不明朗，而李白則強調「興」的天真自然，不拘一格；陳子昂的「興寄」指向游心內運，而李白之「興」則指向外在的感受與吟詠。它不怎麼強調「比興」與「美刺」，而是將深刻的社會內容付諸汪洋恣肆的描寫之中，它在美學旨趣上，不再是追求意內言外的解

讀，而是以開放自然的意象和豪放狂肆的情感來感染人、打動人，展現自己的個性風采，胸懷意趣。將《詩》、《騷》精神凝聚成外向型的感興與意象，這是李白不同於陳子昂的地方，展現了盛唐之音迥異於初唐之音的風格。

在李白詩作中，「興」主要表達了由內而外的審美感受與體驗。李白非常重視用「興」來作詩。唐劉全白在《故翰林學士李君碣記》中說：「善賦詩，才調逸邁，往往興會屬詞，恐古人之善詩者亦不逮。」他用「興會屬詞」來說明李白的創作特點是非常恰當的。在李白的作品中，時常可見這種興會標舉的自覺意識，如：「興酣落筆搖五嶽，詩成笑傲凌滄洲。」（《江上吟》）「試發清秋興，因為吳會吟。」（《送鞠十少府》）李白詩作中言及「興」的，有的是對自然美景的感興，如：「三山動逸興。」（《與從侄杭州刺史良遊天竺寺》）「感嘆發秋興，長松鳴夜風。」（《峴山懷古》）「我覺秋興逸，誰言秋興悲。」（《秋日魯郡堯祠亭上》）有的則是對社會人事的感嘆：「人分千里外，興在一杯中。」（《江夏別宋之悌》）「還歸布山隱，興入天雲高。」（《贈別王山人師布山》）還有的則是對前代人物故事的感興，如：「昨夜吳中雪，子猷高興發。萬里浮雲卷碧山，青天中道流孤月。」（《答王十二寒夜獨酌有懷》）「頓驚謝康樂，詩興生我衣。」（《酬殷明佐見贈五云裘歌》）「蓬萊文章建安骨，中間小謝又清發：俱懷逸興壯思飛，欲上青山攬明月。」（《宣州謝朓樓餞別校書叔雲》）從這些詩作來看，李白欣賞的「興」更多的是繼承了六朝時謝靈運、謝朓等人之「興」，善於將內心的情思通過意興的瞬間感發表達出來，其中又蘊含著特定的人生感慨。由於這種「興」的終端是指向生動可觀、天真自然的形象，通過通俗易懂的民歌化的語言顯示出來，因而「興」與「象」的結合也就順理成章。清代詩論家翁方綱曾云：「子昂、太白皆疾梁陳之豔薄，而

思復古道者。然子昂以精深復古，太白以豪放復古，必如此，乃能復古耳。若其揣摹於形跡以求合，奚足言復古乎？」（《石洲詩話》卷一）可見，陳子昂的復古還未能走出「比興」的模式，而李白的「興」則以自己的創新真正繼承發揚了風騷傳統與漢魏文學精神。由他的「興」論，很自然地通向了盛唐之「興」。

　　杜甫（712-770），字子美，是唐代偉大的詩人。他的詩論立論深刻，內容豐富，被人稱作「千古操觚之準繩也」（史炳《杜詩瑣證》），其中最著名的是《戲為六絕句》等作。

　　杜甫詩論與他的詩歌創作一樣，受「安史之亂」後國政與身世的刺激，具有很深的憂患國事、關心民瘼的特點。他曾稱讚元結的《舂陵行》和《賊退示官吏》二首詩，在《同使君舂陵行》一詩並序中說：

　　不意復見比興體制，微婉頓挫之詞，感而有詩。

　　可見他對元結的「比興」諷刺是持肯定態度的，他自己創作的許多詩，如著名的《三吏》、《三別》中也寓含著「比興」精神。但是他又沒有回到白居易、元結等人以「比興」涵括詩學的老路，尤其是在對待六朝文學的評價之上，他明顯地超出了唐代許多人的見解，對六朝詩歌的聲律和詞采等形式之美持繼承與吸取的態度。在《戲為六絕句》中說：「不薄今人愛古人，清詞麗句必為鄰。」、「別裁偽體親風雅，轉益多師是汝師。」杜甫不僅對六朝的形式之美大膽汲取與借鑑，而且對六朝詩論與美學中的興會神到也十分讚賞。在六朝美學與詩論中，對神韻氣力的尚好是一個重要的特點。六朝美學與兩漢美學一個明顯的不同之處，是從表現形質昇華到對內在神韻的追求之上，東晉顧愷之與南朝謝赫等人的畫論，以及劉勰等人的文論，即已大倡「以

形寫神」、「傳神寫照」、「神與物游」之說。從表現對象來說，六朝美學將人物內在的精神氣質作為最高的審美層次，從創作主體來說，則倡導「應會感神」、「萬趣融其神思」，即以直觀感興的態度來捕捉與表現對象的內在精神之美。杜甫論詩，也十分重視用「神」這個概念來表現創作時全神貫注，心物一體的神妙境界。這種創作境界類似於靈感境界。比如，在他的詩歌中，有許多這樣的描述：

> 感激時將晚，蒼茫興有神。（《上韋左相二十韻》）
> 醉裡人為客，詩成覺有神。（《獨酌成詩》）
> 草書何太古，詩興不無神。（《寄張十二山人彪三十韻》）
> 詩應有神助，吾得及春遊。（《游修覺寺》）
> 揮翰綺繡揚，篇什若有神。（《八哀詩》）
> 乃知蓋代手，才力老益神。（《寄薛三郎中據》）

從這些詩句來看，杜甫通過自己的創作經驗與體會，意識到在詩作過程中有一種天機自動的境界，它不假思索，興會神到，而感興則是入神的必備心理條件。杜甫也贊同元結等人的「比興刺譏」說，但是他本人更讚揚的是六朝的興會神到、無所依傍的創作狀態。在他的詩作中，出現過許多對「興」讚美的句子，一種是對他人創作狀態的讚揚，如「阮籍行多興」（《毒熱寄簡崔評事》），「庾信興不淺」（《秦州雜詩》之十五）；另一種則是對自己創作情狀的描繪，如「興來不暇懶」（《晦日尋崔戢李封》），「興盡才無悶」（《風疾舟中伏枕書懷》）等。

杜甫論「興」，還將詩興作為排遣人生憂悶的器具，這一點與白居易、元結等人的詩論並不完全相同。杜甫既主詩以刺世，亦不反對以詩遣興。他的詩作中也出現過「寬心應是酒，遣興莫如詩」（《可惜》），

「愁極本憑詩遣興」（《至後》），這些詩句真實地描寫了杜甫受六朝詩學「吟詠情性」觀念的浸潤。在創作論上，杜甫更是從感興的角度去說明詩的產生。六朝時代的「物感」說，往往伴隨著「興會」論。杜甫亦是如此，他在詩句中經常寫到自然景物對人詩情的觸發，如「雲山已發興」（《陪李北海宴歷下亭》），「興與煙霞會」（《嚴公宴同詠蜀道畫圖》），「發興在林泉」（《春日江村》之二），「山林引興長」（《秋野》之三），「在野興情深」（《課小豎鋤斫舍北果林》）；另一種則是對身世與國事的感嘆，如「平生江海興，遭亂身世促」（《南池》），「年侵頻悵望，興遠一蕭疏」（《奉贈盧五丈參謀》）。他的《遣興》與《秋興》也正是以秋發興，抒發自己對國事與身世的無限感嘆。杜甫以自己的創作實踐與體會，對六朝以來的「感興」說，作了新的發揮。

三、《河岳英靈集》的「興象」論

如果說，李白與杜甫的「興」論是陳子昂的「興寄」論向盛唐之興的轉折，那麼，殷璠的《河岳英靈集》則是通過「當代詩選」的形式，展示盛唐之音的成就，並且通過選本與評點的範式，正式提出了以「興象」為範疇的盛唐詩學精神。陳子昂與李白的「興」論不脫復古的外裝，而殷璠的「興象」論不傍古人，依據當時人的詩作提出了具有時代特徵的審美範疇，它既是對盛唐詩人成就的理論概括，又揭示出盛唐詩學的風華精神。

殷璠，生卒年不詳，他的《河岳英靈集》是盛唐詩人名家的選本，其中包括王維、王昌齡、儲光義等二十四位「河岳英靈」的詩選，殷璠通過卷首緒論及正文選錄作品，加以評論，其體制與鍾嶸的《詩品》大致相似，是通過詩選與作品評論的方式，來闡發自己的文學觀點。在序文中，殷璠傲傚鍾嶸的《詩品序》，提出自己的詩學觀：

　　夫文有神來、氣來、情來。有雅體、野體、鄙體、俗體。編紀者能審鑑諸體，委詳所來，方可定其優劣，論其取捨。至如曹劉詩多直語，少切對，或五言並側，或十字俱平，而逸駕終存。然挈瓶庸受之流，責古人不辨宮商徵羽，詞句質素，恥相師範。於是攻異端，妄穿鑿，理則不足，言常有餘，都無興象，但貴輕豔，雖滿篋笥，將何用之？自蕭氏以還，尤增矯飾。武德初，微波尚在；貞觀末，標格漸高；景云中，頗通遠調；開元十五年後，聲律風骨始備矣。

　　這一段話是殷璠論「興象」的基本理論支架。與傳統的詩論相比，這裡沒有多談「六義」，而是擺脫了「比興」的思路，鮮明地提出：「夫文有神來、氣來、情來」，這三者雖不可細詁，但是卻直觀地告白盛唐之音的美學追求與時代精神。從單個詞來說，「神」，指精神的昂揚向上；「氣」，指遒勁的氣骨；「情」，指特定的慷慨激昂的情感內容，而不是指柔靡之情。這三者兼提，表明了盛唐詩論家所鍾情的審美風範與審美理想，它既是對漢魏風骨的繼承，更是對盛唐佳作的揄揚，故而殷璠讚揚曹劉古詩人的直致，即注重直然感興的創作態度，而鄙薄齊梁詩人拘執聲律，失其神采的做法。「都無興象，但貴輕豔」，這四個字是殷璠站在全新的視角對齊梁詩人所作的批評。倘若說劉勰從情采合一的角度批評齊梁詩人的綺靡，鍾嶸從「三義」說與「自然英旨」的角度批評齊梁詩人的追逐聲律與堆垛典故，殷璠則從推舉盛唐詩人的佳作角度，指責齊梁詩人的失卻「興象」，唯重輕豔。「興象」範疇的提出，既是對傳統「比興」論的改造，更是對新的時代審美理想的要求，它同後來中國文學理論史上出現的「興趣」、「意興」等與「興」相關的範疇一樣，是詩論家高瞻遠矚、繼往開來的美學觀念。

　　在殷璠的《河岳英靈集》中，有三處提到「興象」，除了序論中提

到的「都無興象，但貴輕豔」之外，還評陶翰的詩「既多興象，復備風骨」，評孟浩然詩「至如『眾山遙對酒，孤嶼共題詩』，無論興象，兼復故實」，從這些語詞來看，殷璠認為「興象」與「風骨」等概念既可以並列，也可以互相融合，其確切的定義並沒有規定過，但是結合殷璠對盛唐詩人的批評用語，我們可以肯定，「興象」大約是指一種「神來、氣來、情來」，即情感充沛、意思爽朗的詩歌形象，也是一種特定的詩歌形象，因為「興」作為一種情興，雖然有各種內容與風貌，但是作為一種審美理想，殷璠推舉的盛唐詩人之作大多是這種格調的作品。如他評高適之作「多胸臆語，兼有氣骨」，崔顥詩「風骨凜然」，而其代表作則是「殺人遼水上，走馬漁陽歸。錯落金鎖甲，蒙茸貂鼠衣」（《古遊俠呈軍中諸將》）。他說陶翰詩「既多興象，兼備風骨」，也是指入選的「大漠橫萬裡，蕭條絕人煙。孤城當瀚海，落日照祁連」等五言詩，展現了盛唐之詩特有的豪放汪洋、慷慨激昂的風格氣骨，是盛唐之音的典型。南宋嚴羽在《滄浪詩話》中用「慷慨悲壯」來說明盛唐之音，並且大力推崇這種風格而貶斥中唐年代孟郊一派的詩風：「高岑之詩悲壯，讀之使人感慨；孟郊之詩刻苦，讀之使人不歡。」從風格的多樣化來說，慷慨悲壯與沉鬱淒苦各有千秋，正如嚴羽所說：「子美不能為太白之飄逸，太白不能為子美之沉鬱。」（《滄浪詩話》〈詩評〉）但是作為一種審美理想來說，評論家卻有權依據時代的需要與文學發展的方向，對特定的時代風格加以褒揚，以確立新的審美理想，廓除不良的文風。從殷璠《河岳英靈集》中對「興象」、「風骨」的張揚，到南宋末年嚴羽《滄浪詩話》中對盛唐風格的倡舉，都說明了這一點。

　　殷璠除了用「興象」說明總體的風格形象之外，還注意到用「興」來說明不同的風格特點，因為每個詩人在緣情起興方面，有不同的表

達方式，由此形成了風格特點。真正的批評家不僅善於依據時代和文學發展的需要，高屋建瓴地提出新的審美理想，以呼喚新的文學精神，而且還要對作家與詩人的個性作出實事求是的分析與評價。漢代的《詩大序》等詩論光顧及一般的批評原則，沒有看到詩歌創作的個體性；而漢魏六朝以來的批評，如劉勰與鍾嶸的文學批評不僅提出了一般的文學原則，而且充分顧及文學的個性特點，在他們具體的批評實踐中，無不貫徹了這種原則與方法，從而超越了漢代的文學批評模式。殷璠《河岳英靈集》在以「興」論詩的時候，也充分顧及到了不同的詩人的興發情狀。如卷上評常建詩：「建詩似初發通莊，卻尋野徑，百里之外，方歸大道。所以其旨遠，其興僻，佳句輒來，惟論意表。至如『松際露微月，清光猶為君』，又『山光悅鳥性，潭影空人心』，此例十數句可稱警策。」殷璠認為常建興會時意蘊僻遠，時有佳句，他的創作特點與他感興時不同凡響的做法有關，人們欣賞時也要善於追尋其旨趣意蘊，不能浮光掠影，一覽無餘。殷璠這樣評論常建的詩，顯然是從著眼於詩人用「興」的個性化的角度去啟示讀者的。再如評劉眘虛詩：「眘虛詩情幽興遠，思苦語奇，忽有所得，便驚眾聽。頃東南高唱者數人，然聲律宛態，無出其右，惟氣骨不逮諸公，自永明以來，可傑立江表。」這裡也強調劉眘虛之詩情思幽遠，興托高遠，然每有所得，自然卓絕眾人。而常、劉二人的作品時有類似中唐隱逸詩人的淒清孤遠之作，殷璠對此也是認同的，並沒有加以排斥，並且指明他們創作風格與旨趣是從取興僻遠、不同凡俗而來的。由於取興角度與審美趣味不同，風格或慷慨激昂如高適、岑參，或清淡高遠如王維、孟浩然之詩。唐代詩人自覺地在詩中追求這種逸興，如：「興來每獨往，勝事空白知。行到水窮處，坐看雲起時。」（王維《入山寄城中故人》）「弱年好棲隱，煉藥在岩窟。及此離垢氛，興來亦因

物。」（薛據《出青六往南山下別業》）即使是邊塞詩人岑參，也有寫隱逸之興的詩作，如：「晝還草堂臥，但與雙峰對。興來恣佳游，事愜符勝慨。」（《終南雙峰草堂作》）這些作品也都是「興象」之作。但「興象」的最高指向，卻是在「神來、氣來、情來」基礎上形成的融內容與形象為一體的審美範疇，是盛唐詩歌風貌氣象的概括，同時也是對傳統的「興」範疇的演化與改造。值得注意的是，初唐年間陳子昂倡舉「興寄」說，推崇「意在言外」的文學形象，但是正如鍾嶸《詩品序》中所說：「若專用比興，患在意深，意深則詞躓矣。」「興寄」弄得不好，很可能造成意思深僻。妨礙意興的傳達。殷璠的年代，已不同於陳子昂所處的士人蹭蹬武週年間，而是士人蹈厲發憤的年代，時代精神從游心內運趨向建功立業，士人們興會標舉，直面世俗。而「興象」範疇的提出可謂適逢其時，正如魯迅先生所說，文藝是國民精神的火光。盛唐審美範疇中體現出來的國民精神，正是時代狀況的映射。

四、皎然《詩式》論「興」

皎然（生卒年不詳），是謝靈運的十世孫，也是中唐時代的一位詩論家，他的詩學觀融合儒、道與佛教，將儒家的教化論與道家的創作論相糅合，倡導「詩之中道」，即「以和為美」的審美規範。皎然所處的中唐年代，也是文化開始衰頹的年代，他與白居易、韓愈等人一樣，有很深的文化憂患感，對於恢復詩教的心願是十分強烈的。在《詩式》中，他明確地指出：

夫詩者，眾妙之華實，《六經》之菁英。雖非聖功，妙均於聖。

彼天地日月，元化之淵奧，鬼神之微冥。精思一搜，萬象不能藏其巧。其作用也，放意須險，定句須難，雖取由我衷，而得若神授。至若天真挺拔之句，與造化爭衡，可以意冥，難以言狀，非作者不能

知也。洎西漢以來，文體四變，將恐風雅浸泯，輒欲商較以正其源。今從兩漢以降，至於我唐，名篇麗句，凡若干人，命曰《詩式》，使無天機者坐致天機。若君子見之，庶有益於風教矣。

　　皎然這段話開宗明義即倡舉詩是「眾妙之華實，《六經》之菁英」，顯然是調和儒家詩教與佛教之思想。所謂《詩》為《六經》之首，為最得風教之旨，是傳統的說法，但皎然將詩教與佛教之「眾妙之華實」的說法融合一體。「眾妙」一詞，道、釋均有解說，主要是指一種不可言說的玄境與禪境。皎然將詩說成是「眾妙之華實」，是指詩歌有無窮的奧秘可尋，是語言所無法描述的。皎然認為，要論詩歌的教化問題，首先要將詩歌的特殊規律弄清楚，這樣才能使詩歌發揮其教化作用，「庶有益於風教矣」，像白居易那樣，將詩歌作為諫書，不顧詩歌的特殊規律，只會抹殺詩教作用。

　　皎然認為詩歌要實現自己的教化作用，關鍵是要確立「詩之中道」，所謂「中道」，儒家與道家乃至佛家哲學都有所論述，主要是指一種至而不偏、居中兼容的境地。皎然認為詩要寫得好，關鍵要處理好詩歌創作中出現的各種矛盾，做到顧此而不失彼。《文鏡秘府論》南卷錄皎然語曰：「且夫文章關其本性，識高才劣者，理周而文窒；才多識微者，句佳而味少。是知溺情廢語，則語朴情暗；事語輕情，則情闕語淡。巧拙清濁，有以見賢人之志矣。抵而論屬於至解，其猶空門而證性有中道乎？何者？或雖有態而語嫩，雖有力而意薄。雖正而質，雖直而鄙，可以意會，不可言得。此所謂詩家之中道也。」皎然認為詩歌創作在處理才與識、理與采、情與語方面容易產生偏差，詩人難以處理這些矛盾。皎然所說的這些矛盾，在陸機《文賦》論五種文病，即「唱而靡應」、「應而不和」、「和而不悲」、「悲而不雅」、「雅

而不豔」上，都有所表現；在《文心雕龍》中，這種「惟務折衷」，提倡「中和」，成為基本的原則與方法。皎然以「中和」為美的思想，在他辨析詩歌的風格、境象、體勢、格調，以及創作構思、欣賞諸方面得到了全面的貫徹。

皎然論「興」，也明顯地帶有調和折中的意味，但是他從總體上來說，還是偏向於六朝時代劉勰、鍾嶸一派論「興」的旨趣的。他在〈詩議〉中提出：

夫詩工創心，以情為地，以興為經，然後清音韻其風律，麗句增其文采。如楊林積翠之下，翹楚幽花，時時間發。乃知斯文，味益深矣。

這裡明確地將「情」作為經，「興」作為緯。先秦兩漢以來，詩論家論「興」大致有兩派：一派將「興」置於「比興」「美刺」的範疇，強調「比」與「興」喻類之辭的功能，也就是說，「比」與「興」的區別就在於通過顯喻與隱喻的手法來說出一定的政教道理，表達社會與人生的意蘊；另一派則將「興」作為情感的表現，強調與突出它相對獨立的情感和審美意蘊，六朝時代的「比興」觀，從摯虞的「興者，有感之辭也」到劉勰的「起情，故興體以立」，都反映了這一點。而皎然明確地將「興」作為情感的表現，說明他的「比興」觀主要是承襲六朝人的「比興」觀。當然，皎然對傳統的「比興」觀重視傳達人生意蘊、表達政教觀念的觀點也是肯定的。中唐時代，以白居易、元結為代表的新樂府運動的詩人，一反齊梁以來的綺靡文風，大力倡導詩歌關注社會人生、反映民間疾苦的諷興精神，以「美刺」作為創作目的，說明兩漢的詩教說有其積極的一面。皎然對「比興」中蘊含的這

類社會內涵也是持肯定態度的。但是他認為「比興」首先要關注的是自身的美學規律。皎然在《詩式》〈用事〉中提出：「取象曰比，取義曰興，義即象下之意。凡禽魚草木人物名數，萬象之中，義類同者，盡入比興，〈關雎〉即其義也。如陶公以孤雲比貧士，鮑照以直比朱弦，以清比冰壺。」他在《辨體有十九字》中又提出：「其比、興等六義，本乎情思，亦蘊乎十九字中。」由於將「比興」放在情思的大範圍之中，故而皎然論「比興」能跳出先秦兩漢儒家詩學論「比興」的格式，從使情成體的角度來探討「比興」。在他看來，所謂「比」是使情思形象化的過程，「興」則是偏重意蘊的提煉，這種意蘊又離不開形象，「義即象下之意」。這樣就使「比」與「興」都建立在主觀情思與客觀物象相融合的基礎之上。皎然的「比興」觀實際上與他的取境即詩歌意境的塑造和追尋是一致的，他在《秋日遙和盧使君游何山寺宿敳上人房論涅槃經義》一詩中提出「詩情緣境發」，而詩境的觸發與營造，正是藉助於「比興」的完成。這樣就使「比興」與詩境營造結合起來，故而郭紹虞先生主編的《中國歷代文論選》中說：「他所說比興，實際是屬於意境的範疇。」[1]正因為重視「比興」中的寄託與意蘊，所以他列舉的陶淵明以孤云比貧士，嚴格說來是屬於「興」的手法，皎然將屬於「興」的陶淵明詩句說成「比」，說明他非常強調「比」與「興」都要有弦外之音與言外之意。皎然在《詩式》〈團扇二篇〉中說：「評曰：江則假象見意，班則貌題直書。至如『出入君懷袖，搖動微風發，常恐秋節至，涼飆奪炎熱。』旨婉詞正，有潔婦之節，但此兩對，亦足以掩映。江生詩曰：『畫作秦王女，乘鸞向煙霧。』興生於中，無有古事。假使佳人玩之有手，乘鸞之意，飄然莫偕。雖蕩如夏姬，自

1　《中國歷代文論選》（第二冊），上海古籍出版社1979年版，第84頁。

忘情改節。吾許江生情遠麗辭，方之班女，亦未可減價。」皎然比較了漢代班婕妤的《團扇詩》與南朝江淹的《詠扇詩》，前者以扇相比，比較直露；而後者取興於秦女乘鸞，正是「興於中，無有古事」，意蘊更為深遠，皎然譽之為「情遠麗辭」。雖然班婕妤的詩旨婉詞正，但在「比興」運用之上，江詩並不比班詩遜色。皎然在《詩式》中強調「真於情性，尚於作用，不顧詞彩，而風流自然」，「但見情性，不睹文字」，「靜，非如松風不動，林狖未鳴，乃謂意中之靜。遠，非如渺渺望水，杳杳看山，乃謂意中之靜」。從這些論述來看，皎然論「興」與「造境」相統一，追求淡遠和諧之美，這種美惟其淡遠，故而有韻外之致，景外之景，這與晚唐司空圖的詩學有相合之處。

皎然不僅將「比興」作為詩學體系的重要範疇，而且還以此作為評判文學史的重要標準。他在〈詩議〉中提出：「古詩以諷興為宗，直而不俗，麗而不朽，格高而詞溫，語近而意遠，情浮於語，偶像則發，不以力制，故皆合於語，而生自然。建安三祖、七子，五言始盛，風裁爽朗，莫之與京，然終傷用氣使才，違於天真，雖忘從容，而露造跡。正始中，何晏、嵇、阮之儔也。嵇興高遐，阮旨閒曠，亦難為等夷；論其代，則漸浮侈矣。晉世尤尚綺靡，古人云：『采縟於正始，力柔於建安。』宋初文格，與晉相尚，更相憔悴矣。」皎然推崇《古詩十九首》這樣的作品「諷興為宗」，認為它達到了很高的「中和」之美境界。他對建安文學的評價與鍾嶸等人不同，一方面讚揚它仗氣使才，以「興」為詩，尤其是讚美陳王曹植之詩。在《詩式》〈鄴中集〉中皎然評道：「鄴中七子，陳王最高。劉楨詞氣偏，王得其中，不拘對屬，偶或有之，語與興驅，勢逐情起，不由作意，氣格自高，與《十九首》其流一也。」但另一方面也指出曹植過分用氣使才，反傷自然，破壞了「以興為美」的原則。他稱讚「嵇興高遐，阮旨閒曠」，但是卻

難於與古詩比儔，到了晉宋時代風氣則更尚綺靡，齊梁時的詩歌競相追逐聲律，於是使古詩之興蕩然無存。

皎然將「興」作為一種審美批評的標準來論詩，同時也非常注重「興」在詩人創作中的呈現。「興」作為一種使情成體的創作手法，在每個詩人那裡，有著鮮明的個性特徵，即使是在同一詩人寄託深遠的詩中，由於具體環境和心境不同，緣情造境的方法也各不同。謝靈運的山水詩歷來以「興會標舉」、「興多才高」為特點，但在具體的詩作中，也是取興各別。皎然論興重視這一特點。他在論謝靈運的名句「池塘生春草」與「明月照積雪」中，強調詩人取興造境不同，各有千秋，不可妄論優劣。在《詩式》〈池塘生春草明月照積雪〉中提出：「且如池塘生春草，情在言外，明月照積雪，旨冥句中，風力雖齊，取興個別。古今詩中，或一句見意，或多句顯情。」皎然認為，像「池塘生春草」這樣的詩句，屬於偶得之妙句，起興不凡，故而一句見情，但如「明月照積雪」起興就較為深杳幽微，需要結合全篇才能揣摩其中意蘊與興致。可見，以「興」論詩不是一件容易的事。

五、白居易的「比興」諷喻論

白居易（772-846），是中唐時期的著名詩人，也是新樂府運動的代表人物。他的詩學結合中唐時代文學發展的情況，對先秦兩漢以來儒家的「風雅」與「美刺」傳統作了新的發揮，是自漢末詩教衰落以來對文學政教傳統的再度弘揚，其思想比陳子昂、李白更為激切。

白居易的創作生平，與他的文學主張與美學觀念密切有關。他在任左拾遺時期，屢屢上書，對朝廷的弊政以及改革朝政的問題作了各種闡述，還寫了諸如「唯歌生民病，願得天子知」的諷喻詩，企圖感動皇帝，結果不但沒有感動皇帝，反而使皇帝對他十分惱怒，在白居易四十四歲那年將他貶為江州司馬。此後白居易失去了早期銳意進取

的勇氣，採取了明哲保身的態度。白居易早期的詩學思想帶有明顯的政治功利性，力圖恢復儒家將詩歌作為諫書的做法。在《與元九書》中他說：「感人心者，莫先乎情，莫始乎言，莫切乎聲，莫深乎義。詩者，根情、苗言、華聲、實義。僕當此日，擢在翰林，身是諫官，手請諫紙。啟奏之外，有可以救濟人病，裨補時闕而難於指言者，輒詠歌之，欲稍稍遞進於上。」白居易認為在儒家經典中，《詩經》具有最重要的地位，它可以感人心，動天地，移風易俗，詩歌的教化諷諫通過情感、語言、聲律與思想內容體現出來。在這一點上，其實吸取了六朝的美學觀念。他自敘寫作詩歌是為了將詩歌當作諫書，達到「救濟人病，裨補時政」的目的，強調詩情也是為了能夠打動皇帝。

白居易認為，詩歌要達到諷刺時政、改革弊政的目的，必須通過《毛詩序》的「美刺」說來實現。他在〈采詩官〉中說：「欲開壅蔽達人情，先向歌詩求諷刺。」白居易強調詩歌與民謠一樣，可以起到溝通民情，傳達下情的作用，聖明的皇帝應該利用詩歌來聽取下情。可惜的是周代之後，由於皇帝的昏庸與臣下的壅蔽，這種觀風俗、知厚薄的傳統丟棄了，廟堂上充斥著阿諛奉承之作。白居易認為詩歌的當務之急不是歌功頌德，也不是「吟詠情性」，而是恢復諷諫精神，使詩歌的作用建立在諫諍精神之上。在《與元九書》中，白居易認為晉宋以來的文學已去了「六義」之意：

洎周衰秦興，采詩官廢，上不以詩補察時政，下不以歌洩導人情，乃至於諂成之風動，救失之道缺，於時，六義始刓矣。國風變為騷辭，五言始於蘇、李。蘇、李騷人，皆不遇者，各系其志，發而為文，故「河梁」之句，止於傷別；澤畔之吟，歸於怨思。徬徨抑鬱，不暇及他耳。然去《詩》未遠，梗概尚存。故興離別則引「雙鳧」、「一

雁」為喻，諷君子則引香草、惡鳥為比，雖義類不具，猶得風人之什二三焉。於時，六義始缺矣。晉、宋以還，得者蓋寡。以康樂之奧博，多溺於山水；以淵明之高古，偏放於田園。江、鮑之流，又狹於此。如梁鴻《五噫》之例者，百無一二焉。於時，六義浸微矣，陵夷矣。至於梁、陳間，率不過嘲風雪、弄花草而已。噫！風雪花草之物，《三百篇》中豈舍之乎？顧所用何如耳。設如「北風其涼」，假風以刺威虐也；「雨雪霏霏」，因雪以愍征役也；「棠棣之華」，感華以諷兄弟也；「采采芣苢」，美草以樂有子也。皆興發於此，而義歸於彼。反是者，可乎哉？然則「餘霞散成綺，澄江靜如練」，「離花先委露，別葉乍辭風」之什，麗則麗矣，吾不知其所諷焉。故僕所謂嘲風雪、弄花草而已。於時，六義盡去矣。

　　白居易這些話是對先秦以來文學發展的重新評價。從方法上來說，他與兩漢儒家詩教十分接近。在其他的一些詩作中，白居易也多次將儒家「風、雅、比、興」作為詩教之正宗。在《讀張籍古樂府》中說：「為詩意如何？六義互鋪陳。風、雅、比、興外，未嘗著空文。」他將「風、雅、比、興」作為「六義」的精髓所在，並作為評判歷代與當今詩作的重要尺度。在他看來，自秦代以來，詩歌中的「風、雅、比、興」就日漸淪喪，但像《離騷》與漢末蘇武、李陵別詩一類五言詩，還算有一些「風、雅、比、興」的遺風，蘇、李古詩中一些「比興」的運用，「雖義類不缺，猶得風人之什二三焉」。但晉、宋以來，詩人忘卻了「六義」，沉溺於山水田園，即使如陶淵明這樣的詩人也未得「比興」之真諦。白居易對六朝人之「興」是看不起的，將它與「風、雅、比、興」中之「興」對立起來，認為六朝緣情而興，只是為了表現風花雪月，脫離了政教內容，「比興」之重要，就在於服從「美

刺」之需要，如果沒有諷諫內涵，即使是華麗動人，也是沒有價值的。這樣的話，「比」與「興」又都回到了先秦兩漢儒家詩教的軌道中去了，成為宣傳政教義理的表現手法與修辭手法。白居易這樣理解「比興」當然是非常狹隘的。即使如他所舉的《詩經》中的一些描寫風花雪月的句子，如「北風其涼」，「雨雪霏霏」也只是烘托起興的景物描寫，至於其中所指，歷來見仁見智，即使是儒家內部，對此也是眾說紛紜。漢代大儒董仲舒曾宣稱「詩無達詁」，而白居易站在漢代詩學的立場上，奉漢代詩學為圭臬，將「比興」作為「美刺」的附庸，並將陶淵明之詩指責為背離「比興」之義，這是十分偏激的。其實，陶淵明的詩在吟詠田園中寄託人生感嘆，淡泊志遠，有很深的教化作用。昭明太子蕭統在《陶淵明集序》中評論道：「嘗謂有能觀淵明之文者，馳競之情遣，鄙吝之意祛，貪夫可以廉，懦夫可以立，豈止仁義可蹈，抑乃爵祿可辭，不必傍游泰華，遠求柱史。此亦有助於風教也。」相比之下，白居易對教化的理解就比較狹隘了，他對陶淵明詩歌「比興」的理解與皎然相比，顯得十分片面與狹隘。在對當代詩人的評價方面，白居易也是急功近利。他認為唐興二百多年期間，其間詩人不可勝數，但唯有陳子昂《感遇詩》與鮑防的《感興詩》略可稱道。至於如李白、杜甫，他也頗有微詞，認為他們的詩作在「美刺比興」上做得很不夠，特別是「李（白）之作，才矣奇矣，人不逮矣，索其風雅比興，十無一焉」。自敘為了達到這種效果，自己力圖創造一種新的詩體，「自拾遺來，凡所適所感，關於美刺興比者，又自武德迄元和因事立題，題為《新樂府》者，共一百五十首，謂之諷喻詩」。白居易這些論述在中國古代文論史上有著重要的意義，它標誌著中國古代美學與文論中「興」的範疇在歷經漢末魏晉六朝以來的嬗變，從依傍政教向著審美獨立道路邁進後，由於時代的轉折，再度向著「美刺」政教

的方向靠攏。出現這種情況當然是有其必然性的。

　　由於中國封建社會自中唐之後，出現了整體性的危機，即大一統的皇權受到地方軍閥與朝廷內部宦官勢力的侵害，作為皇權護法神的儒學地位也受到前所未有的佛學與道教的挑戰，故而一大批沿著科舉進士道路躋身統治者集團的官僚文人，產生了嚴重的憂患意識，他們希冀用傳統的儒學去整合傷痕纍纍的封建機器，修補千瘡百孔的儒學體系。在他們看來，大唐帝國以及整個封建統治的危機，不僅表現在諸多的經濟政治和軍事弊政上，更主要體現在思想意識的真空上，文學作為人們思想意識與社會情緒的反映，更能表現出這一點。因而他們在大聲呼籲改革政治的同時，也提出了文學復古的要求，從韓愈、柳宗元的古文運動，到元結、元稹、白居易等人的新樂府運動，無不表現出這種借文學革新來推動政治改革的憂患意識。這樣，原先相對獨立的審美和文藝必不或免地向政治靠攏，文學理論也被重新解釋，「比興」作為儒家詩學的重要範疇，其超越功利的審美內涵再度受到指責，而被填充進了傳統詩學的「比興」觀。

　　白居易為了使新樂府詩合於所謂「風、雅、比、興」的創作手法，還倡導「辭質」、「言直」、「事實」、「體順」的要求。在《新樂府序》中，他提到自己的創作：「其辭質而徑，欲見之者易諭也；其言直而切，欲聞之者深誡也；其事核而實，使采之者傳信也；其體順而肆，可以播於樂章歌曲也。總而言之，為君為臣為民為物為事而作，不為文而作也。」白居易介紹了自己的新樂府作品的體制特點，是為了更好地發揮詩的「美刺勸懲」的作用，實現「為君為臣為民為物為事而作」的目的。在這些要求中，白居易最突出的是內容的可靠與語言的樸實無華，他之所以反對六朝文風的綺靡，也是因為這些作品有悖於政教的宗旨，對於風花雪月型的詩文，他認為：「麗則麗矣，吾不知其所諷

焉。」為此他的諷喻詩力求寫得質直易曉，但由於不講求意境，往往流於周詳淺露，沒有詩意。唐末司空圖批評他：「元白力勍而氣孱，乃都市豪估耳。」(《與王駕評詩書》) 也是看到了新樂府運動的領導人過於直露的弊病。但白居易在中唐年代國力不振、皇權衰落之際，挺身而出，以一介文士身分大聲疾呼，要求恢復文學批判現實、警醒當世的作用，弘揚傳統詩學中的諷諫精神，它的意義與影響並不在於具體的文學主張上，而是在困難的年代中高揚了知識分子的人格精神，發展了傳統詩學干預時政、代民立言的積極思想。

第二節　平淡入「興」的宋代詩學

中國古典美學的「興」範疇到了宋代又產生了重大的變化。作為時代審美精神在範疇上的投射，唐代之「興」反映了詩人蹈厲發憤、雄渾激昂的創作意識與風格特徵，「興象風神」成為唐詩的主要風貌。而宋詩明顯地與唐詩不同。錢鍾書教授在《談藝錄》中說到唐詩與宋詩不同時指出：「唐詩、宋詩，亦非僅朝代之別，乃體格性分之殊。天下有兩種人，斯分兩種詩。唐詩多以丰神情韻擅長，宋詩多以筋骨思理見勝。」這種詩學之體格風貌，乃是由唐、宋整個時代狀況所決定的，真是說來話長。

自隋唐以來的大一統封建帝國建立了科舉制，注重吸收基層的地主階級文人進入上層統治集團，宋代科舉制度更加趨於平民化，人數更多，所受殊榮遠甚於隋唐。唐、宋士人的利益已與封建統治凝結成一體，因而他們對社稷、對社會有執著的責任感與憂患意識。由於宋代是一個積弱積貧的封建王朝，各種社會矛盾異常激烈與尖銳，許多文人躋身政治鬥爭行列，卻遭受殘酷的迫害與打擊，內心倍感苦悶悲

涼，老莊的人生理想與審美現想也就滲入心靈世界，對天道人事展開深邃的思索。宋代知識分子在鐵馬金戈、建功立業上遠不及唐人，但是在思辨領域，卻又是唐代文人所不及的。宋代是一個十分類似於黑格爾所說的「反思的時代」，黑格爾認為反思的時代是人類自我意識成熟的象徵，我們據此也可以說，宋代正是中華民族思維精神全面進行反思的時代。宋人對政治、社會文化、哲學、藝術的探討尚理而不滿足於一般的現象描述是一種普遍的風氣，這是繼魏晉玄學之後又一次理性精神的弘揚。南宋有個文人叫王柏的曾經說過：「『文以氣為主』，古有是言也。『文以理為主』，近世儒者嘗言之。」（《魯齋王文憲公文集》〈題碧霞山人王公文集序〉）以理為文推動了以淡遠和諧為美時尚的形成。所以儘管宋代蘇軾、梅堯臣等人的美學旨趣與理學家的美學追求尖銳對立，但在推崇沖和淡遠的審美理想上卻有一致之處。陶淵明沖和雅遠的詩歌風格成為眾所推賞的逸品，美學議論的重點，已從一般的討論情物、構思和風格問題轉到探討境界問題上。黃休復的「逸品」說、蘇軾的「情性自由」說、嚴羽《滄浪詩話》的「興趣」說就是理論代表。

宋代文人論「興」，也是建立在這種審美觀念之上的，這就是追求「興」的涵養性情，剔除了其中的怨刺成分。如程頤說：「興於詩者，吟詠性情涵暢道德之中而歌動，有『吾與點也』氣象。」（《程氏外書》卷三）漢代儒生論「比興」大都將其與「美刺」相連繫，唐代白居易更是強調詩作的「美刺比興」。到了宋代，雖然宋初猶有王禹偁、梅堯臣等人倡導：「聖人於詩言，曾不專其中。因事有所激，因物興以通。自下而磨上，是之謂〈國風〉。雅章及頌篇，美刺亦道同。」（《答韓三子華韓五持國韓六玉汝見贈述詩》）曾一度弘揚了白居易的詩學精神，但隨著理學的興起，以及文禍的頻繁，許多人，如江西詩派的黃庭堅

鄙棄怨刺，提出：「詩者，人之性情也，非強諫爭於庭，怨忿詬於道，怒鄰罵座之為也。」（《書王知載朐山雜詠後》）南宋理學家朱熹在《詩集傳》中更是對漢代《毛詩》的「美刺比興」説作了否定。於是，「比興」之中蘊含的怨刺精神被消解了。宋代理學家倡導平淡入興，而反對六朝與唐代以怨起興的詩學精神：

> 詩者人之志，非詩志莫傳。人和心盡見，天與意相連。論物生新句，評文起雅言。興來如宿構，未始用雕鑴。（邵雍〈談詩吟〉，《伊川擊壤集》卷十八）

> 萬物靜觀皆自得，四時佳興與人同。道通天地有形外，思入風雲變態中。（程顥〈秋日偶成〉，《二程全書文集》卷三）

宋代文人受道、釋思想影響，理學家表面排斥佛學，但很受莊老與禪宗思想的浸染，他們糅合道、釋，以空明澄澈的心胸來會應天理，領略道德義理的神聖，進而濡涵人格，為此他們提倡在讀書養氣的基礎上來靜觀萬象，會應天道，於是「興」的內涵去掉了主觀之情，成了邵雍説的「以物觀物，而兩不相傷」，六朝與盛唐詩人那種感物吟志，莫非自然的創作態度被否棄。宋代文人強調以淵博深邃的人文修養來為詩，以才學議論，明理盡性來填充詩髓，從而使宋詩呈現出與唐詩不同的以思理清峻見長的風貌，在「比興」的運用上，唐詩重「興象」，而宋詩尚「義理」，因而宋詩使傳統的「比興」原則受到冷落。清代吳喬曾指出：「唐詩有意，而托比興以雜出之。其詞婉而微，如人而衣冠。宋詩亦有意，惟賦而少比興，其詞徑以直，如人而赤體。」（《圍爐詩話》卷一）吳喬用「人而赤體」來比喻宋詩的直露，是很生動的説明。唐詩與宋詩各有特點，這自是不爭的事實，但中國古典詩

歌畢竟要以興象韻致來打動人，這是由中華民族特定的審美心理所決定的，不是由哪個人所規定的，也不是學術上爭長論短的事。詩畢竟是詩，不是學問議論，互有特點並不等於不分高下，這是兩個截然不同的概念。這一點，南宋末年的嚴羽在《滄浪詩話》中針對宋代以江西詩派為代表的詩風進行了激烈的批評，提出了「以盛唐為法」的主張，而批評的主要武器，則是「興趣」與「意興」，漢魏六朝之「興」與唐人之「興」中的昂揚向上、渾然天成的詩歌精神再度得到弘揚，從而使中國古典美學之「興」的生命力得以張大與傳承。

一、楊萬里的「詩興」說

楊萬里是南宋一位早年服膺於江西詩派，後來又在詩學上有所創新的詩人。黃庭堅詩學的要義是強調從古人的經驗中得到做詩的真諦，要求恪守固定的句式與章法，而忽略了自然天成的神會興到。楊萬里早年也曾信奉過這類詩學模式，結果越學越感到詩思枯竭，而一旦從古人的格套中解放出來，放眼自然與社會人事，便覺詩學天地為之一變，而「詩興」正好可以彌補詩人在書齋中的空虛寂寥。在《答建康府大軍庫監徐達書》中，他提出：

> 大抵詩之作者，興上也，賦次也，賡和不得已也。我初無意於作是詩，而是物是事適然觸乎我，我之意亦適然感乎是物是事。觸生焉，感隨焉，而是詩出焉，我何與哉？天也。或屬意一花，分題一草，指某物課一詠，立某題懲一篇，是也，非天也，然猶專乎我也。斯之謂賦。至於賡和則孰觸之，孰感之？孰題之哉？人而已矣。出乎天猶懼戕乎天，專乎我猶懼弦乎我，今牽乎人而已矣，尚冀其一銖之天。

　　楊萬里將作詩分成三種境界：第一種是無意作詩而詩興自到，第二種則是有意為詩即「賦」，第三種「賡和」完全是迫於外在壓力而為詩。這裡所說的「興」與「賦」已經跳出「六義」中的「賦」與「興」，而被解釋成創作動力與源泉。楊萬里認為，越是興會神到越是能作出好詩，而刻意造作反而失其天真。他在《誠齋荊溪集序》中說：「萬象畢來，獻予詩材，蓋麾之不去，前者未讎，而後者已迫，渙然未覺作詩之難。」（《誠齋集》卷八十）在他的創作中，經常有這樣的記錄：

　　郊行聊著眼，興到漫成詩。（《春晚往永和》）

　　煉句爐槌豈可無，句成未必盡緣渠。

　　老夫不是尋詩句，詩句自來尋老夫。（《晚寒題水仙花並湖山》）

　　山思江情不負伊，雨姿晴態總成奇。

　　閉門覓句非詩法，只是征行自有詩。（《下橫山灘頭望金華山》）

　　從這些詩句來看，楊萬里主動地追求渾然天成的詩境，以修正自己早年信奉的拘泥於詩法而忽略自然的詩學宗旨。當然，作為宋代尚興的重要詩論家，楊萬里不會重複六朝劉勰、鍾嶸等人的「物感」說與「自然英旨」這類主張，而是在宋代普遍追求文化韻味的基石上來論「興」，將自然感興凝聚成深厚豐潤的詩味。他倡導精神人格與文化心胸對於自然景物的感受和浸潤作用。他在《應齋雜著序》中說：「至其詩皆感物而發，觸心而作，使古今百家、景物萬象皆不能役我而役於我。」所謂「不能役我而役於我」，也就是說以自己的主體人格去消解對象，使客觀外物成為自己精神韻趣的寫照，而不是如六朝人從情物關係上去談創作構思與自然感興。六朝文論家愛談「登山則情滿於山，觀海則意溢於海，我才之多少，將與風雲而並驅矣」（《文心雕龍》

〈神思〉）。而宋代文士論「興」，則強調「興」的渾然無跡與韻致深遠。如南宋深受理學影響的文人包恢曾説：「天下山水之佳處也，非身親履，目親見，安能知其真實。若直坐想而臥遊，是猶觀圖畫於紙上爾，然真實豈易知者。要必知仁智合內外，乃不徒得其粗跡形似，當並與精神意趣而自得。境觸於目，情動於中，或嘆或歌，或興或賦，一取而寓之於詩，則詩亦如之，是曰真實。」（《敝帚稿略》卷五〈書吳伯成遊山詩後〉）包恢強調，對山水自然的感受是人們都有的，但是要從其中發現與自己的精神意趣相合，並與之交流，最終融化到精神詩境中去，卻是不容易的。這種「物我合一」的詩境不同於六朝時代強調的「物感」説與一般「情物交感」之説。楊萬里受理學與江西詩派的影響，強調「興」之中須有主體人格的輻射與加入，使自然向文化人格生成，從而創造出淡遠有味的詩境。這是宋代詩人論「興」與六朝盛唐詩人論「興」的不同之處。當然，同時楊萬里也重視性靈情趣在詩創作中的作用。據清代袁枚《隨園詩話》卷一中引述他的話：「從來天分低拙之人，好談格調而不解風趣。何也，格調是空架子，有腔口易描，風趣專寫性靈，非天才不辦。」這段話雖不見於《誠齋集》，但與楊萬里的詩學顯然是相合的。

二、朱熹對「興」的重論

朱熹是南宋著名的理學家，同時也是一位文學造詣很深的文學理論家。他的《詩集傳》、《楚辭集注》對傳統詩學之「興」作出了全面的發展。朱熹論「興」，善於從創作手法的角度去論述「興」的一般特徵。他説：「比是以一物比一物，而所指之事常在言外；興是借彼一物以引起此事，而其事常在下句。但比意雖切而卻淺，興意雖闊而味長。」（朱鑑《詩傳遺説》引）朱熹最重興：「比雖是較切，然興卻意較深遠。」（朱鑑《詩傳遺説》引）「《詩》之興，最無緊要，然興起人

意外正在興。會得詩人之興，便有一格長。」（朱鑑《詩傳遺說》引）
朱熹反對漢儒對「興」的「美刺」解說，而強調「興」對人性情的感
染。他說：「古人獨以為興於詩者，詩便有感發人底意思。今人讀之無
所感者，正是被諸儒解殺了，死著詩義，興起人善意不得。」（《朱子
語類》卷八十）朱熹反對漢儒以「美刺比興」來論「興」，認為「興」
的作用重在對人情性的引發與感化，所謂「興」也就是情性的潛移默
化。在《詩集傳序》中，朱熹對漢儒解說《詩經》的觀點十分不滿，
提出了一套重在政教的理論：

> 或有問於予曰：詩何為而作也？予應之曰：人生而靜，天之性
> 也；感於物而動，性之慾也。夫既有欲矣，則不能無思；既有思矣，
> 則不能無言；既有言矣，則言之所不能盡，而發於咨嗟詠歎之餘者，
> 必有自然之音響節奏，而不能已焉。此詩之所以作也。曰：然則其所
> 以教者何也？曰：詩者，人心之感物而形於言之餘也。心之所感有邪
> 正，故言之所形者有是非。惟聖人在上，則其所感者無不正，而其言
> 皆足以為教。其或感之之雜，而所發不能無可擇者，則上之人必思所
> 以自反，而因有以勸懲之，是亦所以為教也。

在傳統詩學理論中，涵泳與諷誦相比，更注重精神人格的提升，
並以此為契機，來對作品心領神會，是一種更深入的審美掌握方式。
因為外在的音律與節奏易於領會，而要心胸的參與應會，則須依賴於
人格心胸的長期陶冶，變成一種涵養功夫。而這種涵養功夫得力於長
期的美育薰陶。在這方面，宋代理學家關於性情修養的話語可以用來
說明。朱熹在《詩集傳序》中談到學詩以涵養性情時說：

章句以綱之，訓詁以紀之，諷詠以昌之，涵濡以體之。察之情性隱微之間，審之言行樞機之始，則修身及家、平均天下之道，其亦不待他求而得之於此矣。

朱熹這裡說的是對於《詩經》的學習與領會，須從幾個方面著眼，即章句、訓詁的解讀，諷誦吟詠的人情，心胸人格的涵濡，將外在的語言解讀與內在情性涵養結合起來，以培育閱讀者的人格精神，進而可得修身齊家治國平天下之道。他在解釋〈關雎〉一詩時說：「孔子曰：『〈關雎〉樂而不淫，哀而不傷。』愚謂此言為此詩者，得其性情之正，聲氣之和也……然學者姑即此詞而玩其理以養心焉，則亦可以得學詩之體矣。」從這段話可以看出，朱熹對詩的外在文本並不是很重視的，他感興趣的是要通過「玩其詞」來實現養心的目的。

朱熹論「興」，敢於擺脫《毛詩序》的格式，向《毛詩序》為代表的「比興」觀挑戰，這自是其特點，但人們過去對《詩集傳》中體現出來的「比興」觀肯定得過多，而對其不如《毛詩序》的地方則大多沒有批評，這是並不確切的。《詩集傳序》中對毛詩序的「美刺比興」觀加以批評，固然有正確的一面，這就是反對將《詩經》中的許多篇章納入「美刺」範圍，他在《詩序辨說》中指出：「大率古人作詩，與今人作詩一般，其間自有感物道情，吟詠情性。幾時儘是譏刺他人？只緣序者之例，篇篇要作美刺說，將詩人意思盡穿鑿壞了。……必欲如《序》者之意，寧失詩人之本意不恤也，此是《序》者大害處。」這當然說得是非常對的。但是《毛詩序》所以要將《詩經》解釋成「美刺比興」，明顯的是緣於漢代封建大一統帝國君權的無所約束，要用儒家學說與天人感應的理論來制約過於膨脹的君權，使封建皇權在儒家的「天人合一」與中庸文化的庇護下得到發展，這實際上是中國古代

互相制衡的政治與文化一體化的機制。同時，漢代統治者對「美刺比興」說的容忍，至少也說明這個階段的統治者還有相對寬容的一面，還能接受緣自《詩經》這種元典文化中的批評精神，一直到唐代白居易還發揚了這種「美刺比興」的風骨。但到了宋代，一方面是文網日緊，文士們因文字羅禍屢見不鮮，另一方面則是理學對批評精神的消解，文人們在「惟務養性情，其他則不問」的心境下，對社會人生的批評風骨，遠不如兩漢與唐代時代的儒學與文士。在這種情況下，朱熹有意識地對《詩經》中的怨刺精神以及《毛詩》的「美刺」說法進行了剔除，重點突出《詩經》是涵養性情的教科書，這同清代沈德潛用「溫柔敦厚」來曲解《詩經》中怨刺精神的做法異曲同工。

朱熹對《毛詩序》中對「興」的解釋也作了很大的改造。他改變了《毛詩》只標「興」不標「賦」與「比」的做法，也不像《毛詩》中每首詩只在一處標「興」，而是逐章分別標以「賦」、「比」、「興」。對《詩經》，他共分成一千一百四十一章，其中標「賦」七百二十六章，標「比」者一百一十章，標「興」者則有兩百七十四章。值得注意的是，朱熹對《毛詩》所標的一百一十六首「興」詩加以刪改，將其中的十九處改標為「賦」，二十八處改成為「比」，三處改標為兼類，即讓人不知所云的「比而興」、「興而比」、「賦而興」之類。朱熹這麼做，當然是有其深意的。從《詩集傳》的寫作指導思想來說，朱熹是想淡化乃至消解《詩經》中的憤慨不平之情，對孔子的「詩可以怨」的思想也採取避而不談的方式，重點是想將《詩經》變成涵養性情，存天理、滅人欲的教科書，他對「比興」的重新解說，離不開這種總體上的考慮。朱熹減少「興」詩而增加「比」詩，是因為「比」更能突出詩教，使容易產生歧義的「興」詩變得意思更加明確，可以充作他所謂的理學教材。由於這種思想的指導，朱熹論「比興」就不可能

真正從詩學理論的角度去探討「比興」，而是將一些問題越搞越亂[2]。朱熹一方面批評《毛詩》論「比興」時的主觀臆斷，實際上他的穿鑿附會較諸《毛詩》有過之而無不及。在解說《詩經》時，他的偏執時時可見。人們經常稱引的朱熹論「比興」的兩句話，是在具體解說《詩經》中的篇章時提出的。在〈周南〉〈關雎〉中第一章四句後的解釋時他提出：

興者，先言他物以引起所詠之詞也。周之文王生有聖德，又得聖女姒氏以為之配。宮中之人，於其始至，見其有幽閒貞靜之德，故作是詩。言彼關關然之雎鳥，則相與和鳴於河洲之上矣。此窈窕之淑女，則豈非君子之善匹乎？

再看朱熹首次論「比」，是在〈周南〉〈螽斯〉第一章之後：

比者，以彼物比此物也。后妃不妒忌而子孫眾多，故眾妾以螽斯之群處和集而子孫眾多比之，言其有是德而宜有是福也。後凡言比者放（仿）此。

從這裡引述的《詩集傳》中論「比興」的兩段話中，我們可以看出，朱熹論「興」與論「比」，都是著眼於政教角度，其功利性甚於《毛詩》。所謂「比」與「興」，在朱熹看來，只是表現手法有所不同而已，「比」是直比其事，而「興」則是先言他物以引起所詠之詞。在《楚辭

集注》〈離騷經〉中，朱熹提出：「賦則直陳其事，比則取物為比，興則托物興事。」這和東漢鄭眾的「比者，比方於物也；興者，託事於物也」的說法並無什麼不同，只是在表達上更為明白一些。但在朱熹的《詩集傳》中，「比興」只是為了宣揚微言大義、明理見性的一種手段。這種先入為主的思想，使得朱熹在標註「比興」時很難不陷入前後不一、互相齟齬的境地。比如〈國風〉〈周南〉中的〈螽斯〉與〈麟之趾〉在表現手法上基本一致，都是詠物起興的，朱熹在釋〈麟之趾〉第一章時的注法基本與〈螽斯〉相同：「文王后妃仁德修於身，而子孫宗族皆化於善，故詩人以麟之趾興公子。」但奇怪的是〈螽斯〉標為「比」，而〈麟之趾〉卻標為「興」。再如〈邶風〉〈柏舟〉，其第一章「泛泛柏舟，亦泛其流。耿耿不寐，如有隱憂。微我無酒，以敖以游」，這首詩的旨意許多學者歷來有爭議，原因是起興模糊。《毛傳》曰：「柏舟，言仁而不遇也。衛頃公之時，仁人不遇，小人在側。」《毛傳》在「泛泛柏舟，亦泛其流」下標曰：「興也。」鄭玄注曰：「興者，喻仁人不見用而與群小人並列，亦猶是也。」《毛傳》與《鄭箋》基本上是從「刺」的角度來談這首詩的，雖然他們的見解不一定對，但他們認為這首詩的起首是「興」，大致是不錯的，但朱熹卻為了消解《毛詩》的「諷刺」說，卻將這首詩改標為「比」：「比也……夫人不得於其夫，故以柏舟自比，言以柏舟為詩，堅致牢實，而不以乘載，無所依薄，但泛然於水中而已，故其隱憂之深如此，非為無酒可以遨遊而解之也。《列女傳》以此為婦人之詩。今考其辭氣卑順柔弱，且居變風之首，豈亦莊姜之詩也歟？」對比《毛傳》與《鄭箋》中對這首詩的理解，我們認為朱熹的偏執更甚。他不僅將起興之詩錯改為「比」，其目的是將關鍵性的「興」曲解為貞婦之比，而且認為這首詩「辭氣卑順柔弱」（顯然與詩中情感不符），是莊姜一類賢夫人頌詩。至於對〈野有死麕〉這

一類屬於民間愛情的詩，更是歪曲成「南國被文王之化，女子有貞潔自守，不為強暴所污者，故詩人因所見以興其事而美之」，真是偏見比無知離開真理更遠。清代吳喬就批評他：「朱子盡去舊序，但據經文以為注，使《三百篇》盡出於賦乃可，安得據比興之詞以求遠古之事乎？宋人不知比興，小則害唐體，大則為害於《三百》。」（《圍爐詩話》卷一）朱熹批評漢儒以「美刺」論詩，故而去掉「比興」的寄託意蘊，而直接在原詩下標上興，照吳喬看來，他的這種做法，與漢儒相比，更是穿鑿附會，完全不知「比興」，是用「賦」的方法來論「興」。

　　朱熹對《楚辭》的註釋也貫徹了以《詩經》中「賦、比、興」來論斷的方法。他仿照《詩集傳》中「六義」言詩的體例，以「賦、比、興」來分析楚辭中的創作特點，進而演繹出他所指認的香草美人、男女之事中寓含的綱常倫理。他說：「賦則直陳其事，比則取物為比，興則托物興詞，其所以分者，又以其屬辭命意之不同而別之也。誦詩者先辨乎此，則《三百篇》者，若網在綱，有條而不紊矣。不特《詩》也，楚人之詞，亦以是而求之，則其寓情草木，托意男女，以極遊觀之適者，變《風》之流也；其敘事陳情，感今懷古，以不忘乎君臣之義者，變雅之類也。至於語冥婚而越禮，攄怨憤而失中，則又〈風〉〈雅〉之再變矣。……然詩之興多而比少，騷則興少而比、賦多，要必辨此，而後詞義可尋。」（《楚辭集注》卷一）從這些論述來看，朱熹對《楚辭》的看法，基本上沒有超出東漢王逸與齊梁時劉勰的看法，是所謂《離騷》依《詩》取興的看法，他對屈原之怨的評價遠不如淮南王劉安與司馬遷，而是更接近於東漢的班固。在《楚辭集注序》中提出：「竊嘗論之，原之為人，其志行雖或過於中庸而不可以為法，然皆出於忠君愛國之誠心。原之為書，其辭旨雖或流於跌宕怪神、怨懟激發而不可以為訓，然皆生於繾綣惻怛、不能自已之至意。雖其不知

學於北方，以求周公、仲尼之道，而獨馳騁於變〈風〉變〈雅〉之末流，以故醇儒莊士或羞之。然使世之放臣、屏子、怨妻、去婦，拉淚謳吟於下，而所天者幸而聽之，則於彼此之間，天性民彝之善，豈不足以交有所發，而增夫三綱五典之重？」他對《離騷》中的所有章節都標明「比也」，「賦而比也」，「比而賦也」，但是這些標註都同《詩集傳》中的標法一樣，是在先入為主的思想觀念下進行的，以解讀《楚辭》的方式，推銷程朱理學體系，是「我注《六經》」的產物。雖然這種以「賦、比、興」論《楚辭》的方法從東漢王逸到齊梁時的劉勰早就用過，是認為《離騷》原出《五經》的儒家偏見，不過，朱熹在其中畢竟融進了自己的一些新見解，對《楚辭》中的情感體驗有許多獨到的體味與發現。這也是不可否認的。

三、《滄浪詩話》的「興趣」說

嚴羽（生卒年不詳），字儀卿，自號滄浪逋客，宋末隱居不仕。在中國古典美學史上，嚴羽的《滄浪詩話》具有獨特的地位，它對於中國美學的一些基本特點，如重視東方式的感悟，強調審美心理體驗，以及詩的藝術特點，都作了不同於前人的闡發，它是繼《樂記》、《文心雕龍》、《二十四詩品》之後的中國古代美學史的又一部重要作品。

《滄浪詩話》的美學思想有著鮮明的時代特徵。嚴羽所處的南宋末年，奸臣當道，國君昏昧，他無以報國，只好將滿腔的憂憤傾注在對文藝現象的研究上，意圖通過對盛唐之音的倡導來喚醒時代精神。《滄浪詩話》的宗旨是總結晚唐以來五、七言詩之發展，揭示詩的本質特徵，樹立盛唐的榜樣，以矯正宋詩末流之弊。

嚴羽所處的南宋末年，宋詩的弊端已充分顯露出來了。這就是背離了中國古代詩歌重視「比興」原則，講究滋味意趣的特點，一味在詩中講述哲理、炫耀才學，結果使詩歌失去靈氣，味同嚼蠟。嚴羽在

〈詩辨〉中說：

> 夫詩有別材，非關書也；詩有別趣，非關理也；然非多讀書，多窮理，則不能極其至。所謂不涉理路，不落言筌者，上也。詩者，吟詠情性也。盛唐諸人惟在興趣，羚羊掛角，無跡可求。故其妙處透徹玲瓏，不可湊泊，如空中之音，相中之色，水中之月，鏡中之像，言有盡而意無窮。近代諸公作奇特解會；遂以文字為詩，以才學為詩，以議論為詩。以是為詩，夫豈不工，終非古人之詩也，蓋於一唱三歎之音有所歉焉。且其作多務使事，不問興致，用字必有來歷，押韻必有出處，讀之反覆終篇，不知著到何在。

　　這一大段話說得痛快淋漓，是對在理學與江西詩派影響下詩壇現狀的撻伐。嚴羽認為詩人需要有不同於做學問的才學與興趣，同時善於將「才」與「理」融會在審美感興之中，如「盛唐詩人惟在興趣」，這種詩才是好詩，在這一點上嚴羽繼承了從鍾嶸到蘇軾的文學思想。嚴羽在〈詩評〉中說：「唐人好詩，多是征戍、遷謫、行旅、離別之作，往往能感動激發人意。」唐詩無意教化他人反而能「激發人意」，宋人的詩好為人師，反而不能打動人們。宋代文人包恢甚至說：「果無古書則。有真詩，故其為詩多自胸中流出。」嚴羽指責宋代江西詩派之作「多務使事，不問興致」，可以說是擊中要害。江西詩派沉溺才學與議論，而失卻了盛唐詩人的興致衝動，雖然學問修養、涵養情性上有前人所不及的地方，但在主觀精神的進取，人生意興的感發上，卻是大為衰頹的，也是文人面對日益不振的國勢採取的一種心靈退遁，它與理學的自我封閉異曲同工。嚴羽所說的「興趣」，就是一種從個體的生命體驗出發而進行的審美創造，它充滿著自由的精神張力，故而無

須依傍外在的東西，體現在詩歌意象上則是「不涉理路，不落言筌」，是詩歌自有的審美規律與趣味，這是一種不同於理性思維的趣味。嚴羽並不否定才學與理性，但他認為這種才學與理性必須為自己的興趣所融化、所吸收，而不是主體人格為外在的才學所逼退，在這一點上，嚴羽論「興」也明顯地吸取了宋人論「興」重視文化素養的觀點，並沒有像後來一些偏見的文士所指詰的那樣浮浪。嚴羽在〈詩評〉中說：「詩有詞、理、意興。南朝人尚詞而病於理；本朝人尚理而病於意興；唐人尚意興而理在其中；漢魏之詩，詞、理、意興無跡可求。」嚴羽用比較的方式說明了自漢魏以來詩人在對待「詞、理、意興」三者時的不同態度。南朝人尚「詞」但是忽於「理」也就是思想內容，有形式主義的毛病；宋代人的毛病則是恰恰相反，尚「理」而缺少「意興」，淡乎寡味；最好的例子則是唐人的詩尚「意興」而「理」在其中。這樣的詩才能創造出自然神韻來，實現詩教之旨趣。擺正詩歌創作中「理」與「意興」的關係，是使詩歌創作健康發展的重要前提。嚴羽正是出於這種考慮，才對宋詩之弊作了矯正的。

　　嚴羽在《滄浪詩話》中的〈詩辨〉還提出了學習盛唐之音的主張，在他看來，學詩的第一步免不了要以經典作品為參照，如若第一步未能選擇上乘之作，很容易走入旁門左道，再改過來就很難了。所以他在〈詩辨〉中說：「夫學詩者以識為主，入門須正，立志須高。以漢魏晉盛唐為師，不作開元、天寶以下人物。若自生退屈，即有下等詩魔入其肺腑之間，由立志之不高也。行有未至，可加工力；路頭一差，愈騖愈遠，由入門之不正也。」嚴羽認為，學詩的入門是非常重要的，行有未至可以通過努力來達到，但是如果方向錯了，那麼愈用力則離目標愈遠。他推崇漢魏至盛唐詩人的作品，而對於唐玄宗開元、天寶之後的作品則持菲薄的態度。這是為什麼呢？其實結合嚴羽所處的年

代國力衰弱、士心低迷,「亡國之音哀以思」的情況,我們就可以明白,嚴羽所以呼喚漢魏風骨與盛唐之音,是為了用中華民族昔日的輝煌來振奮時代精神,發洩內心的痛苦。他對於盛唐之音的時代風格雖沒有明確說出,但參照其他的文章與《滄浪詩話》的全文,其大體上是用「雄渾」、「悲壯」來涵括之。在《答出繼叔臨安吳景仙書》中,嚴羽說:「又謂『盛唐之音,雄渾雅健』,僕謂此四字但可評文,於詩則用『健』字不得。不若〈詩辨〉『雄渾悲壯』之語,為得詩之體也。毫釐之差,不可不辨。坡、谷諸公之詩,如米元章之字,雖筆力雄健,終有子路事夫子時氣象。盛唐諸公之詩,如顏魯公書,既筆力雄壯,又氣象渾厚。其不同如此。」既「筆力雄壯」,又「氣象渾厚」,可以說是對盛唐詩歌的概括,這種風格與「盛唐詩人惟在興趣」,「尚意興而理在其中」的旨趣是一致的,正是以「興趣」、「意興」為詩,唐人才創造出了筆力雄壯、氣象渾厚的詩作,發一代強音,成萬世詩範。嚴羽所概括的盛唐之音,與我們今天的理解有不盡相同之處,但是總的格調是不差的,它反映了在盛唐年代蹈厲發憤精神鼓舞下,詩人們唱出的時代最強音。嚴羽在《滄浪詩話》的〈詩評〉中,曾有不少地方對比盛唐之音與中唐詩歌:「李(白)、杜(甫)數公如金翅擘海、香象渡河。下視(孟)郊、(賈)島,直蟲吟草間耳。」「高(適)、岑(參)之詩悲壯,讀之使人感慨;孟郊之詩刻苦,讀之使人不歡。」嚴羽對高適、岑參之詩的偏愛與鄙棄孟郊等人的詩作,並不是由於個人所好,而是出於他對時代強音的呼喚與對現實的不滿。他改變了宋代許多文人倡導平淡之美的趣味。他所鍾情的李、杜與高、岑,或雄渾悲壯,或沉著痛快,都是盛唐之音的顯示。嚴羽以其慷慨激昂的愛國主義情懷,對文藝與時代的關係作出了新的解釋,他渴望在當時的背景下,以詩來振奮時代精神,使盛唐詩神得到弘揚。

　　嚴羽的「興趣」說是對中國古代美學中「興」範疇的發展。「興」在中國美學的發展歷程之中，與多種概念術語相互滲透融合，表現出中國古典美學範疇的開放與兼容的特徵。這種相互融合往往是依據不同的時代需要對範疇的重新解釋與標舉，南朝時鍾嶸《詩品》用「興托」、「興多才高」等概念來批評當時追逐用典與聲律的詩壇風氣，而嚴羽則用「興趣」這一範疇來作為當時詩壇所需的審美標準。這是具有重要的意義的。漢代人論「比興」，重在「美刺比興」；六朝人尚「興」重在緣情造物；唐朝人好「興」，重在感興騁情；而嚴羽所推崇的「盛唐詩人惟在興趣」，不僅是對盛唐詩人創作精神的寫照，更主要是借詮釋唐人來倡舉他心目中的審美理想。就這一點來說，「興趣」這一審美範疇的提出，實在是具有振聾發聵、指摘時弊的意義。

　　如果說，唐代殷璠在《河岳英靈集》中標舉「興象」是通過正面評論當時詩人作品來揭示盛唐詩歌的審美理想與文學精神，那麼嚴羽在《滄浪詩話》中大力呼喚盛唐「興趣」，則是在風雨飄搖、山河破碎的情況下，以一個中國古代良知未泯、熱血未涼的在野文士的身分，通過批評當時詩壇之弊，力圖重振盛唐雄風，再造盛世強音，雖然這種聲音在當時是多麼微弱，其理想也只是一種幻想，但其文化復興的意義在後來產生了重要的影響。「以盛唐為法」成為南宋之後一直到「五四」之前中國古典詩學中的不絕聲音，可見其意義之所在。嚴羽倡舉「興趣」，是為了通過打破江西詩派以才學、議論為詩等種種風氣對文學精神造成的桎梏，重振南宋末年的時代精神，而「興」的原始生命力的爆發力與衝擊力，在這種衰世與人的主體生命意識空前衰微之時，得以重倡，再次證明這一美學範疇中的生命本體與解放意義，是中國古代美學精神的激活。

第四章

明清詩學之「興」

　　宋代之後，中國古代文論中的「興」範疇從理論的基本內涵來說，已經沒有太多新意了。但是由於元、明、清以來，中國古代文論出現了眾多的流派與思潮，因而「興」也被眾多的詩論家所闡發，形成了一些頗有影響的詩學主張。比較有代表性的是明清時代的「格調」說、「性靈」說與「神韻」說。這些詩說在構築自己的理論體系時，都對中國傳統文論情物關係的肯綮「比興」之說作了發揮，使「比興」範疇又得到了豐富與發展。尤其是在明清之際天崩地裂的時世刺激與文化裂變促動下，陳子龍、王夫之等富有憂患意識的志士仁人對傳統文論進行了全面的反思，提出了深刻的理論見解。這些文學思想，較之文人墨客的坐而論詩，具備了更廣博深沉的人文蘊涵，深得中國古典詩學之真髓。

第一節　「格調」說與「比興」

　　「格調」說是明代與清代影響頗大的詩論派。「格調」是從思想內容與聲律形式兩方面所倡導的詩歌審美規範。早在《文鏡秘府論》、宋代姜夔《白石道人詩說》與嚴羽《滄浪詩話》中，就已經提出從「格調」因素論詩的觀點，但到了明代才出現了將「格調」作為詩學正宗的詩論。這是有著歷史原因與文化背景的。

　　明太祖朱元璋在鎮壓各路農民起義軍，推翻蒙古族統治的元朝基礎之上，建立起封建專制統治王朝。同時用八股取士，禁錮士人思想，重新祭起程朱理學，用作官方的意識形態。明初的文壇缺少生氣，適應明代建國之初暫時的昇平氣象，那種千篇一律的「台閣體」便應運而生，它以歌舞昇平、粉飾太平為特徵，再加上作者以台閣大臣的身分為之助威，在明初的文壇很是風光了一陣子。但是這種東西畢竟不是真正的藝術品，因而很快讓位給明代前、後「七子」的復古主義文學思潮。「前七子」是以李夢陽（1473-1530）、何景明（1483-1521）為首的七位文人集團；「後七子」則是以李攀龍（1514-1570）、王世貞（1526-1590）為代表的七位文人集團。前、後「七子」的文學主張並不完全相同，「前七子」中的李夢陽與何景明，曾就學習古人的問題發生過激烈論戰，但他們的基本思路則是明確的，這就是出於類似韓愈、柳宗元、嚴羽那樣的憂患意識，呼喚漢魏風骨與盛唐之音，抨擊虛靡的「台閣體」。他們提倡「文必秦漢，詩必盛唐」，主張古文以秦漢為宗，近體詩以盛唐為宗。他們還將這種古人風範上升到「格調」的高度來論證，也有的文人主張推陳出新，不必一味步趨古人。為了抨擊宋詩之弊，恢復盛唐之音，他們將情感與「比興」作為重要的範疇來論證，認為詩之「格調」與「意興」構造密切關聯，離開「比

興」，則意象無法塑造，情感無從表現，聲律與字句再美也失去意義。前、後「七子」的擬古主義詩學，繼承嚴羽「以盛唐為法」的主張，從「格調」論的角度對被宋詩忽略的「比興」詩學傳統作了闡發與倡導。

明初著名文人李夢陽，字天賜，又字獻吉，號空同子，是「前七子」的代表人物。他對當時文壇上存在的宋詩餘緒深為不滿，對明初文壇領袖李東陽的「萎弱」更是瞧不起，倡言「文必秦漢，詩必盛唐，非是者弗道」。李夢陽的詩學主張以「格調」作為法式，來重振詩學昔日的輝煌。他提出：

> 夫詩有七難：格古，調逸，氣舒，句渾，音圓，思沖，情以之。七者備而後詩昌也。然非色弗神，宋人遺茲矣。（《潛虬山人記》）

李夢陽認為詩歌應是「格」「調」等七種要素的綜合，當然七者之中「情」是本體，「格」「調」是在「情」的基礎上形成與生發的。從「格調」結構來說，「格」偏重於思想內容，「調」則注重聲律形式。而「格」以前人為法。李夢陽認為唐人之詩在於高昂的情感通過詩之聲調表現得淋漓盡致，堪為後人作法，而最糟糕的是宋人以抽象義理為詩，遂使唐人格調蕩然無存。他批評：「詩至唐，古調亡矣，然自有唐調可歌詠，高者猶足被管弦。宋人主理而不主調，於是唐調亦亡。黃、陳師法杜甫，號大家。令其詞艱澀，不香色流動。」（《缶音序》）李夢陽以聲律論詩，他認為唐代另闢聲調之門，宋人主理而廢調，使唐調消泯無傳。可見李夢陽對聲調是相當重視的，但是李夢陽畢竟意識到聲調只是外在之物，它依託於詩人的興會感發，從這一意義來說，情感的興會感發是聲調的靈魂，因而他緊接著又說：

夫詩，比興錯雜，假物以神變者也，難言不測之妙，感觸突發，流動情思，故其氣柔厚，其聲悠揚，其言切而不迫，故歌之心暢聞之者動也。宋人主理作理語，於是薄風雲月露，一切剷去不為，又作詩話教人，人復不知詩也。（《缶音序》）

從這些論述來看，李夢陽對「興」的論述繼承了魏晉六朝文論的一些觀點，是相當開放的，但是，面對封建末世審美精神的不振，以及明代早期「台閣體」的萎頹，他看不到新的審美火花，於是同嚴羽一樣，只好將未來托之於復古，呼喚盛唐之音，希冀以此來重振詩國輝煌。他提出：「高古者格，宛亮者調。」（《駁何氏論文書》）在《答周子書》中又說：「文必有法式，然後中諧音度。如方圓之於規矩，古人用之非自作之，實天生之也。今人法式古人非法式古人也，實物之自則也。」將法古說成是法自然，這不能不說是昏瞶。李夢陽的「格調」論陷入了理論的怪圈，他大力倡導倣法古人格調，正如「前七子」中的另一幹將何景明指責他「刻意古範，鑄形縮模，而獨守尺寸。僕則欲富於材積，領會神情，臨景構架，不仿形跡」。（《與李空同論詩書》）實際上何景明標榜的「領會神情，臨景構架」，即興會神到，在李夢陽的詩論中並非沒有，他也多次強調情感的興發是格調的動力所在。李夢陽曾說：「情者，動乎遇者也。……情動則會，心會則契，神契則音，所謂隨遇發者也。」（《梅月先生詩序》）正因為李夢陽對情的本體作用一直非常重視，視為詩之靈魂與要妙所在，而當時民間歌詩中卻充溢著大量鮮活的情感魅力，這使李夢陽不能不為之動心，也使他跳出了在古人詩歌中找出路的框架，晚年時他不無愧疚地反省：

李子曰：曹縣有王叔武云，其言曰：夫詩者，天地自然之音也。

今途咢而巷謳，勞呻而康吟，一唱而群和者，其真也，斯之謂風也。
孔子曰：禮失而求之野。今真詩乃在民間。（《詩集自序》）

　　李夢陽他引述了王叔武的話，說明詩歌是天地自然之音，而民間歌詩恰恰又是天地自然之音的表現，在情感真實這一點上，是文人之作無法比擬的。民歌中運用「比興」是最多的，而「比興」的生命在於真實，正是真實的抒情，使得「比興」生動多樣，充滿靈氣。李夢陽又轉述王叔武的話說：「王子曰：詩有六義，比興要焉。夫文人學子比興寡而直率多，何也？出於情寡而工於詞多也。夫途巷蠢蠢之夫，固無文也；乃其謳也，咢也，呻也，吟也，行咭而坐歌，食咄而寤嗟，此唱而彼和，無不有比焉、興焉，無非其情焉。斯足以觀義矣。故曰：詩者，天地自然之音也。」（《詩集自序》）這些話使一貫自負的李夢陽「憮然失，已灑然醒也」，心悅誠服。李夢陽詩學觀的轉變，也說明「格調」論的破產是勢所必然的。

　　謝榛（1495-1575），字茂秦，號四溟山人。「後七子」中重要代表人物，著有《四溟詩話》等。謝榛對詩歌的特徵有過很好的論述，他強調詩歌以興為主，認為詩本乎情，沒有情就無所謂格調、神韻。他說：「詩有四格：曰興，曰趣，曰意，曰理。太白《贈汪倫》曰：『桃花潭水深千尺，不及汪倫送我情。』此興也。陸龜蒙《詠白蓮》曰：『無情有恨何人見，月曉風清欲墮時。』此趣也。王建《宮詞》曰：『自是桃花貪結子，錯教人恨五更風。』此意也。李涉《上於襄陽》曰：『下馬獨來尋故事，逢人惟說峴山碑。』此理也。悟者得之，庸心心求，或失之矣。」謝榛的觀點明顯地繼承了嚴羽《滄浪詩話》論詩歌結構的觀點。嚴羽在《滄浪詩話》中提出：「詩之法有五，曰體制，曰格力，曰氣象，曰興趣，曰音節。」謝榛與嚴羽相比，更加突出了「興」的主導

作用，所謂「興」就是自然感發的創作心態，它是使情物相合的天機。謝榛提出：「走筆成詩，興也；琢句入神，力也。」（《四溟詩話》卷三）又說：「詩者不立意造句，以興為主，漫然成篇。此詩之入化也。」（《四溟詩話》卷一）他力圖用「興」的概念來激活「格調」，使「格調」建築在興會的基礎之上。如果說「前七子」的李夢陽是主張從「格調」入手來因情立體，將情感框定在固有的古人「格調」之中，而謝榛則試圖以「興」為主，激活「格調」，將「格調」放在「興」的情感基石之上，使固定的「格調」與內在的情興意象融合一體，他的詩論，頗為類似江西詩派後期人物呂本中的「活法」。

不僅如此，謝榛還力倡「興」之中的天機自發，文無定法。他在《四溟詩話》中說：「詩有天機，待時而發，觸機而成。」他根本反對「作詩貴先立意」之說：「宋人謂詩貴先立意。李白鬥酒百篇，豈先立許多意思而後措詞哉？蓋意隨筆生，不假佈置。」宋代詩人以「理」為詩，故對於立意非常強調，但他們的立意一味與理致才學相等同，意在詩前最後往往成了以理為詩，情興全無。謝榛對宋人為詩之弊是看得很清楚的，因而他承襲了嚴羽「尚意興而理在其中」的觀點，以「興趣」論詩，將詩法置於詩趣之下。「前七子」的另一人物徐禎卿在《談藝錄》中也提出：「情者，心之精也。情無定位，觸感而興，既動於中，必形於聲。」徐禎卿的這些說法要言不煩，突出了情無定位、觸感而興的特徵。這對於釐定詩的美學特點，是非常重要的。如果說前、後「七子」的「格調」說還有一些活力與價值的話，那就是他們吸取了六朝以來的「感興」說，用來激活古法，使古法有了些許生氣。

謝榛對傳統詩學的情與景關係作了新的闡發，其主要特徵，不僅是強調情與景的互相依存，而且用「興」來作為情與景相合的觸發點。「情」與「景」，或者「情」與「物」，是詩文與藝術創作的兩個基本範

疇。然而如何處理情與景或者情與物關係卻是體現了不同的美學旨趣，也因此造成藝術境界的高低。古代詩論中有一些受形而上學影響的文人，往往將情與物視為孤立對峙的關係，在解說佳句時又用三家村學究的眼光來曲解。謝榛在這一點上，是早於王夫之用辯證的觀點看待情與景的互動。而情與景互動的關鍵是「興會」，唯有「興會」，才能使情與景水乳交融，渾然一體，創作出高妙之作。謝榛指出：「景出想像，情在體貼，能以興為衡，以思為權，情景相因，自不失重輕也。」（《四溟詩話》卷三）「夫情景相觸而成詩，此作家之常也。或有時不拘形勝，面西言東，但假山川以發豪興爾。譬若倚太行而詠峨嵋，見衡漳而賦滄海，退近以徹遠，猶夫兵法之出奇也。」（《四溟詩話》卷四）從這些論述中可以看出，謝榛認為使情成體，因景言情，「興會」與思索是權衡所在，然而理性是融解在「興會」之中的，而「興會」的過程是借東言西，即此及彼。他的論述，正契合「興」的基本特點，即一是自然感發，二是借此言彼，也即古人常說的「感發志意」與「引譬連類」之特點。

王世貞（1526-1590），字元美，是「後七子」中的重要人物，他是「後七子」中的一位終結者，也可以說是向性靈派過渡的一位人物。他的《藝苑卮言》與謝榛的《四溟詩話》齊名。王世貞在論「格調」時主張「才生思，思生調，調生格。思即才之用，調即思之境，格則調之界。」（《藝苑卮言》卷一）王世貞與前、後「七子」其他人相比，將「格調」置於才思的統率之下，認為才思是「格調」的主體，這樣，他的詩論就從格律聲調這些外在之美轉到內在的才思之上，而才思是由情感與靈興所決定的。《藝苑卮言》在論及七言律詩的篇法時提出：

　　篇法之妙，有不見句法者；句法之妙，有不見字法者。此是法極

無跡，人能之至，境與天會，未易求也。有俱屬象而妙者，有俱屬意而妙者，有俱屬高調而妙者，有直下不尋偶爾妙者，皆興與境詣，神合氣完使之然。

　　王世貞從篇法追溯到句法，再從句法追尋到字法，認為最高的法度恰恰是無法之法，即境與天會，興與境偕。這些卻是無法追步古人，只能依恃作者自己的天分與才思。王世貞在評論漢魏古詩時強調了這一點。他說漢魏古詩「神與境會，忽然而來，渾然而就，無岐級可尋，無聲色可指」。王世貞認為，神與境會是「興會」的創造所致。這種詩境的創作，又有著強烈的主體性，這種主體性也就是「意」的範疇。在這一點上，他與謝榛的看法有所不同，以「興」為詩，也就是使意成體的過程。他說：「吾於詩文不作專家，亦不雜調。夫意在筆先，筆隨意到，法不累氣，才不累法，有境必窮，有證必切。」（《藝苑卮言》卷七）在他看來，詩人的「才」與「法」是作詩的必不可少的條件，但是須通過「意」的興會神到才能激活，這種過程往往是內外相感，興會所至的過程，是自己也無法左右的。他在《陶懋中鏡心堂序》中指出：「凡人之文，內境發而接於外之境者十恆二三；外境來而接於內之境者十恆六七。其接天也，而我無與焉，行乎所當行者也。意盡而至，而我不為之綴，止乎所不得不止者也。」王世貞指出詩之創作是內外相感的產物，有的以情為主，有的以景為主。但是最高的詩境卻是情與景的自然會妙，無跡可求，意行則行，意盡而止，它頗為類似於北宋蘇軾所說的「常行於所當行，常止於不可不止」，而在這一過程中，「興」的隨意性與偶發性則是起決定作用的。王世貞晚年時分，實際上也認識到天分與興會是「格調」的宗主，而「興會」與天分是無法模仿的，是詩人個性精神與創造意識的爆發。所以他在《鄒

黃州鷛鷋集序》中感慨:「蓋有真我而後有真詩。」這算是對自己早年的「格調」説與整個「格調」派的反思與突破。

第二節　「性靈」説與「興會」論

「性靈」説是盛行於明清時代的詩學流派,以明代公安派袁宏道與清代袁枚為代表人物,它以「獨抒性靈,不拘格套」為核心。它的產生,是明代文學思想解放運動的產物,是在徐渭、李贄等人影響下形成的文學主張。中國傳統文學理論發展到了明清時期,由於內部機制與外部條件的交互作用,產生了明顯的裂變,這就是由於代表新興力量的工商市民階層的興起,一種全新的不同於傳統士大夫文學觀念的思想,在社會各個階層中流行起來,雖是士大夫階層也不能抗禦其影響。這種文學思想倡導個性,標舉情興,反叛禮法,向著新的審美觀念漸變。其中最有代表性的是徐渭、李贄等人的文學思想。他們論「興」,將狂傲個性與激烈情感作為藝術感興的內涵,大大延伸了「興」之中的生命張力。

徐渭(1521-1593),字文長,是明代後期文學解放思潮中的一位先驅性的人物,也是一位悲劇性的文人。他多才多藝,詩、畫、文、曲無所不通,也是一位多產的作家。徐渭由於個性倔強,不合世俗,一生坎坷,其文章與戲曲繪畫作品,成了內心憤慨的宣洩。

徐渭從推崇個體情性創作的文藝觀念出發,在《葉子肅詩序》中,對前、後「七子」的復古論進行了尖銳的批評,稱他們的主張是「鳥有學為人言者,其音則人也,而性則鳥也」,他認為文學是進化的,是依據歷史的發展而發展的,完全沒有必要去模仿古人,如鳥之學人,應該發出自己的聲音。而自己的聲音就是通過「比興」表現出來。所

以古代的聲音與現在的聲音只是時間不一，但在「比興」言情上卻是一致的。徐渭指出，復古論者所犯的一個最大的錯誤，在於他們沒有將自我之興作為第一要義。他在《論中》〈四〉中指出：

夫詞其始也，而貴於詞者曰興也。故詞，一也，古之字於詞者如彼而人興，今之字於詞者如此而人亦興，興一也而字二耳。興一而字二者，古字艱，艱生解，解生易，易生不古矣。不古者，俗矣。古句彌難，難生解，解生多，多又生多，多生不古，不古生不勁矣。是時使然也，非可不然而故然之也，興不興系。故夫詩也者，古《康衢》也，今漸而裡之優唱也；古《墳》也，今漸而裡唱之所謂賓之白也，悉時然也，非可不然而故然之也。故夫准文與詩也者，則《墳》與賓、《康》與裡，何可同日語也？至興，則文固不若賓、《康》不勝裡也。非獨小人然，大人固且然也。今操此者，不務此之興，而急彼之不興，此何異奪裘葛以取溫涼，而取溫涼於獸皮也，木葉也？

徐渭認為「興」是隨時代而發展的歷史範疇。古代有古代之「興」，《康衢》、《墳》這些古詩文是當時人之「興」，能感動當時人，但在今天，這些古詩文已不能感動今人了，今天感動人的是那些優唱賓白。徐渭從時代發展的角度，對文學的革新與發展作出了不同於前、後「七子」的答案。徐渭將「興觀群怨」之「興」作為時代審美感興的標準，這種「興」是隨著人們生命意識的張揚而得到體認的，而不是作為僵死的偶像來被頂禮膜拜的。

更可貴的是，徐渭對「興觀群怨」的理解也不同於傳統的解釋，而是從抒發真實情感的角度去說的。過去人論「興觀群怨」，大多是從「溫柔敦厚」的詩教角度去說的，而徐渭則對孔子的「興觀群怨」之

「興」則了全新的發揮,「興」成了人的個性生命精神的爆發。在《答許北口》一文中他説:

> 試取所選者讀之,果能如冷水澆背,陡然一驚,便是興觀群怨之品;如其不然,便不是矣。

徐渭所説的「興觀群怨」,實際上就是指那種憤怒激昂、一反「中和」之美的情感。他認為只有這種情感才最能打動人。徐渭的創作也體現出這種衝突之美。袁宏道評他的詩説:「其胸中又有一段不可磨滅之氣,英雄失路,托足無門之悲。故其詩如嗔如笑,如水鳴峽,如種出土,如寡婦之夜哭,羈人之寒起。當其放意,平疇千里;偶爾幽峭,鬼語秋墳。」(《徐文長傳》)在明末的浪漫主義文學潮流中,以衝突的美來作為教育打動人的美,以代替平和中正之美,標誌著中國古代美學精神的重大演變。徐渭以其自己的創作與理論主張,對中國傳統文論的變革起到了先驅的作用。

明代萬曆年間著名的思想家與文學家李贄(1527-1602),對當時的思想解放潮流作了進一步的推動。李贄的思想在一定程度上代表了封建社會後期工商市民階層的利益。李贄的思想,集中到一點,就是崇尚個性,推舉真實,追求自由,惟其如此,在世俗與充滿偏見的社會中難以為人們所容,但他同時也決不屈服,「我是以寧漂流四處,不歸家也」(《感慨平生》)。他寧肯在叛逆思想的荒野中漂流,也不返歸封建禮教的虛幻家園中去。後來魯迅的文化個性就很受嵇康與李贄這一類人物的影響。

李贄用道家的赤子之心來反對禮義對人的束縛。在著名的《童心説》中,他説:「童子者,人之初也;童心者,心之初也。夫心初曷可

失也。然童心胡然而遽失也？蓋方其始也，有聞見從耳目而入，而以為主於其內，而童心失。其長也，有道理從聞見而人，而以為主於其內，而童心失。」李贄的「童心說」從表面來看，是從老子那兒而來的。老子曾以嬰兒（童子）之心比喻人心的素樸無瑕，提出：「專氣致柔，能嬰兒乎？」但老子的「童心」是排斥人欲的，而李贄則將人的私心視為人的「最初一念之本心」，也就是人的童心，他之所謂「童心」帶有濃厚的工商市民的色彩，這也是李贄之所以超越前輩思想家的地方。他不是如魏晉名士與蘇東坡那樣，從老莊與佛家那兒討生活，在這些與儒家思想相對立的前輩那裡演繹其學說，而是站在時代的前沿，對當時日益興起的市民階層的生活倫理觀唸作了極大的發揮。

李贄對長期統治文壇的《毛詩序》「發乎情，止乎禮義」的說法提出了挑戰：「蓋聲色之來，發於情性，由乎自然，是可以牽合矯強而致乎？故自然發於情性，則自然止乎禮義，非情性之外復有禮義可止也。惟矯強乃失之，故以自然之為美也。又非於情性之外復有所謂自然而然也。故性格清澈者音調自然宣暢，性格舒徐者音調自然疏緩，曠達者自然浩蕩，雄邁者自然壯烈，沉鬱者自然奇絕。有是格便有是調，皆情性自然之謂也。莫不有情，莫不有性，而可以一律求之哉？」李贄從風格的多樣性角度說明只要出於真情，無論是宣暢、疏緩、浩蕩、壯烈……，都屬於美的，而只有那種扭曲自己本性的作品才是醜的。出於自然真心的作品，也就是超越了一切功利的因素，故能達到天工自然，不露痕跡的境致。李贄對班固的音樂美學觀提出了尖銳的批評：「《白虎通》曰：『琴者禁也。禁人邪惡，歸於正道，故謂之琴。』余謂琴者心也，琴者吟也，所以吟其心也。」琴本是用來吟其心的，就像詩是用來言其志的，但在班固編纂的《白虎通義》中，琴被說成是禁人心靈的，這真是奇談。李贄非常讚賞嵇康的樂論與音樂創作，而

反對班固《白虎通義》説法。他列舉嵇康臨刑東市前彈琴的軼事，説明琴是抒發個體人格與志的：「吾又以是觀之，同一琴也，以之彈於袁孝尼之前，聲何誇也？以之彈於臨絕之際，聲何慘也？琴自一耳，心固殊也。心殊則手殊，手殊則聲殊，何莫非自然者，而謂手不能二聲可乎？而謂彼聲自然，此聲不出於自然可乎？」（《琴賦》）嵇康認為琴是抒發幽情、宣和情志的，他的音樂實踐也做到了這一點，故其在朋友袁准（孝尼）面前彈出的聲音與臨刑前在東市彈出的聲調絕不相同，一是「誇」（飄逸），一是「慘」（悽慘），但都是他真實的個體思想感情的自然流露，李贄稱讚的正是這種藝術精神與人格意志。如果説在北宋時代蘇軾等人將自然之道的創作與平淡之美相連繫，是道家「大音稀聲」、「至樂無樂」思想的延續，李贄則在這裡倡舉一種衝突之美，狂狷之美，是與世俗社會和孔孟之道決不妥協的個性精神。李贄的「感興」論正是建立在這種理念之上的。他在《藏書》〈史學儒臣司馬遷〉中説：

夫所謂作者，謂其興於有感而志不容已，或謂情有所激而詞不克緩之謂也。

他認為司馬遷的作《史記》正是有感而發，這樣的文章才對世道人心有所裨補。在另一處他還説：「夫天下善文章，如良醫善用藥，古今天下亦不可少矣。」（《曹公二首》）李贄的這些見解，對中國傳統文學理論作出了自己的創建，具有鮮明的時代特點。在他看來，天下人是非常需要好文章的，而當時的社會太缺乏有真情實感的文章，在偽風滋蔓的社會中，人們言不由衷，罕有實話，在強調儒學教化的同時，恰恰失去了文藝教育他人與社會最基本的因素，即真情實感，因

此，在這種時候，道家的自然之道的美學觀正可以醫治這種偽風，而恢覆文學的教育與感動人的功能。

那麼，什麼樣的作品才能達到天工自然的境地呢？李贄在這一點上繼承了孔子的「詩可以怨」與司馬遷「發憤著書」的創作觀，認為一般說來，憤怒出詩人。當人遭受各種壓制與不幸時，創作出來的作品往往容易打動人，正如韓愈所說：「窮苦之言易好，而歡愉之辭難工」。李贄說：

> 且夫世之真能文者，比其初皆非有意於文也。其胸中有如許無狀可怪之事，其喉間有如許欲吐而不敢吐之物，其口頭又時時的許多欲語而莫可所以告語之處，蓄極既久，勢不能遏。一旦見景生情，觸目興嘆，奪他人之酒杯，澆自己之壘塊；訴心中之不平，感數奇於千載。（《雜說》）

這一段帶有感情色彩的話是李贄自己人生經歷與創作體會之所在，也是對歷史上成功的作品的總結。如果說在北宋時代蘇軾等人將自然之道的創作與平淡之美相連繫，是道家「大音希聲」「至樂無樂」思想的延續，李贄在這裡倡舉一種衝突之美，狂狷之美，則是對封建勢力決不妥協的反抗宣言。李贄並不否定文藝的教育作用，他認為好的作品應該有助於改造社會，解放人性，但前提要有自己的人格與個性，而不是人云亦云。這些見解，對傳統文學理論進行了大膽的批判，傳達出明代文人思想解放的氣息。

第三節　陳子龍、王夫之論「興」

　　陳子龍（1608-1647），是明末著名的抗清志士，在清初順治年間曾組織太湖義軍反清復明，後因事洩被捕，在押解南京途中投江殉節。陳子龍早年也曾參加幾社，這一文學團體開初也欲追步前、後「七子」的文學主張，恢復傳統的「格調」論。但是在時事的感召下，陳子龍逐漸放棄了早年的擬古主義文學主張，而轉向《詩》、《騷》傳統，將詩歌創作與「憂時托志」結合起來，而「比興」原則成了他詩學中的重要主張，傳統「比興」說的積極一面在他身上得到了弘揚。

　　陳子龍早年開始，就對公安派與竟陵派的末流深表不滿，批評他們：「然舉古人所為溫厚之旨，高亮之格，虛響沉實之工，珠聯璧合之體，感時托諷之心，援古證今之法，皆棄不道，而又高自標置，以致海風不學之小生，游光之緇素，侈然皆自以為能詩。」（《安雅堂稿》卷十四）他的批評應當說是有相當道理的。公安派與竟陵派的末流，將「吟詠情性」「獨抒性靈」變成了率興所為，流於膚淺庸俗，不能自已。一些文人對明末的政治動盪、民生痛苦視而不見，於是詩歌成了他們寄託所謂「幽情單緒」的象牙之塔，嚴重地脫離了社會人生，也使文學面臨著深刻的危機。而在民族危難與社會動盪之際，文學更需要的顯然不是這種文學性靈論，而是自《詩經》、《楚辭》以來的風騷精神，即詩文憂患時政，寄託情思的精神境界。陳子龍論詩，首重風騷之志，他說：「而詩之本不在是，蓋憂時托志者之所作也。苟比興道備，而褒刺義合，雖途歌巷語，亦有取焉。……夫作詩而不足以導揚盛美，譏刺當時，托物連類而見其志。則是〈風〉不必列十五國，〈雅〉不必分大小也。雖工，余不好也。」（《六子詩序》，《陳忠裕公全集》卷二十五）陳子龍認為詩貴在言志，是「憂時托志」的產物，如果不

能貫徹這種精神，雖然工麗，也是無足道的。在他看來，文學的功用主要有兩端，即「褒」、「刺」，也就是漢代經生所說的「美」、「刺」二端，「美」、「刺」的功能實現，在創作手法上必然要用到「比興」，陳子龍強調，「比」與「興」二者基本不分，都是為了達到憂時托志的目的而採用的詩法。當然，陳子龍對《詩經》之後中國古代詩歌的發展與演變的歷程，也是持肯定的態度的，但是他認為，在詩的發展過程中，其他的要素，如題材、音律上雖有演進，但是《詩經》所開拓的寄寓「比興」精神卻是不可移易的。他在《李舒章古詩序》中論及漢魏古詩時嘗云：

自《三百篇》以後，可以繼風雅之旨、宣揚暢郁、適性情而寄志趣者，莫良於古詩。蓋措思非一端，取境無定準，博諭而不窮，言近而指遠，君子幽居曠懷，娛道無悶之善物也。為之有三難：一曰托意，二曰征材，三曰審音。

陳子龍認為漢魏古詩是最能體現《詩經》風雅真諦的，其妙處在於「適性情而寄志趣者」，即表現了「情志合一」的風雅精神，通過「比興」的運用，使人產生了言約意豐、回味無窮的美感。他進而總結，古詩在三個地方發展了《詩經》，其中最主要的是「托意」，陳子龍認為從《詩經》到古詩的創作範例，證明了托意「比興」是一種根本的創作手法與原則：「夫深永之致皆在比興，感慨之衷麗於物色。故言之者無罪，而使人深長思，足以興善而達情，此托意之微也。」他的論述，繼承了南朝鍾嶸論《古詩十九首》「文溫以麗，意悲而遠」的詩學觀念，又所以發展。這就是將處於憂患年代的文學精神與傳統的《詩》《騷》傳統融合一體，通過弘揚古老的風騷之志，來重鑄明末以來日漸

式微的詩魂。其中的理論武器，並不是新式的詩學理論，而是傳統的「風、雅、比、興」之說。

這種文學精神，最主要的是一種關心時事，勇於刺譏。陳子龍雖然也同意詩的歌頌作用。但在當時國事日非的情況下，他更推崇的是詩的刺譏功能，以實現他心中的拯危救亂的宏圖大志。他說：「詩以言志，喜怒之情鬱結而不能已，則發而為詩，其託辭觸類不能不及於當世之務，萬物之情狀，此其所以為本末也。」（〈詩經類考序〉，見《安雅堂稿》卷三）陳子龍是主張詩以宣發情感的，但是他認為這種情感必須蘊含強烈的「當世之務」，就這點來說，他與白居易的「文章合為時而著，歌詩合為事作」的文學主張是一致的。為此，他認為聖人的文章與詩歌一樣，都是憂時感物、陳述時政的產物：「夫文之統系，俶載《五經》……《詩》、《書》所載，則觸物而生譏頌，因事而陳治忽，篇非連類，文以情生，雖理致宏深，要亦應世而作也。若夫《易》之有序、論，《禮》之存銘、誄，《春秋》之記書、檄、贊、傳，成書之內，時見散文，乃知《五經》之書無多，大半遇人事而作。」（〈應本序〉，《陳忠裕公全集》卷二十五）陳子龍認為聖人的《五經》所以流傳千古，並不在於其天人感應一類的神妙之處，而是聖人「遇人事而作」的產物，如果說司馬遷在《報任安書》與《史記太史公自序》中強調聖人之作「此人皆意有所鬱結，不得通其道也，故述往事，思來者」，注重的是個人鬱積之意的宣洩，是「發憤著書」的產物，而陳子龍更推重的是聖人以天下為己任、以文干世的入世精神。他這麼說，雖然有重蹈白居易詩學主張之嫌，將文學干預時事的作用作了不恰當的誇大，但是在當時風雨飄搖的時勢下，陳子龍以志士與文人的身分，力倡文學的入世精神與反抗作用，這是難能可貴的。因為文學畢竟不可能脫離社會人生成為個人性靈的宣洩與寄託。

　　從這一觀點出發，陳子龍認為感時憂世，托物言志，「比興」是最好的運用手段，《詩》、《騷》之所以成為不祧之祖，同「比興」言志是密不可分的，沒有「比興」，也就沒有風騷精神。他指出：「托象連類，本出於詩人，寓言體物，極於《騷》、《雅》。……凡愉悼感激之懷，皆造端於觸發，而比興所以獨長，風流所以不墜也。」（〈譚子彫蟲序〉，《安雅堂稿》卷二）陳子龍論「比興」，還將「比興」與人格精神加以連繫。因為「比興」的運用有各種層次，既有人格精神的表徵，亦有一般的手法之用。陳子龍論「比興」，更重視其中的社會倫理作用與道德感染功能。他十分推崇屈原《離騷》中的「比興」寄託，首先是有感於屈原人格的高尚，進而論及屈原之賦的「比興」高遠：「自古忠義善士，不明於時，鬱陶隱軫而托於文詞者何限？然自〈風〉〈雅〉而後，必以屈平為稱首，此非獨平之工於怨，而亦平之工於辭也。君子之修辭也，正言之不足，故反言之；獨言之不足，故比物連類而言之，是以六義並存，而莫深於比興。夫平之為書，上言天人之理，中托鬼神之事，下依寓於山川人物，草木禽獸以自廣其意，蓋欲世之明者哀其志，而昧者勿以為罪也。」（〈文用昭雅似堂詩稿序〉，《安雅堂稿》卷一）陳子龍認為屈原的《離騷》等作品，不僅是詩人內心之怨的寫照，而且表現了詩人善於怨刺的文學才能。這種融志向與才華於一體的文學構思，得力於他的善用「比興」。他進而申論了君子言志與「比興」手法的關係，「六義」（風、雅、頌、賦、比、興）並存，而「比興」最深，因為唯有「比興」，最能使作者的情志得到完美的表現。他還批評中晚唐詩人之詩「或事關幽怨，體涉豔輕，或工於摹境，徵實巧切，或荒於措思，設境新詭，要能使人欣然以慕，慨然以悲，惟其意存刻露，與古人溫厚之旨或殊，至其比興之志，豈有間然哉？」（〈沈友夔詩稿序〉，《安雅堂稿》卷二）陳子龍認為中晚唐詩人的作

品，雖用「比興」與「象徵」等手法，但體涉輕豔、一味幽怨，在思
想境界上與古詩無法媲美。他特意點出「比興之志」，是十分有意思的
一個命題，「比興」不只是一種詩法，更主要是人格精神的投射，倘若
沒有詩人人格的投射，則「比興」只能成為卑瑣心志的表現。陳子龍
在傳統的「比興」說日漸淪為詩教工具的情況下，依據自己的熱血精
神，對業已垂危的「比興」說作了最大的激活，而其動力則是詩人人
格生命的爆發。讀他的「比興」之論，雖然並沒有太多的創見，但是
自有一股勃勃生氣與熱血精神在湧動，這也證明中國古代詩學之「興」
從來就是與人格生命融合一體的體驗美學，而不是思辨美學。

　　被稱作中國古代詩學總結者的王夫之的詩學更加體現了這一點。
王夫之（1619-1692），號姜齋，他生當明清之際，目睹了明代的腐敗與
滅亡，也參加了明清之際的反清鬥爭。明亡後潛入湖南衡陽西北的船
山著書。他對明代文壇的思想解放與前、後「七子」的復古主義文學
主張都不贊同，他的詩學立足於重建傳統詩教的角度，對文藝問題作
了新的反思與論述。王夫之對孔子所說的「興觀群怨」很感興趣，認
為它足可以概括詩歌的各種功能與作用。在《姜齋詩話》卷一中他說：

　　「詩可以興，可以觀，可以群，可以怨」，盡矣。辨漢魏唐宋之雅
俗得失以此。讀《三百篇》者必此也。「可以」云者，隨所「以」而皆
可也。於所興而可觀，其興也深；於所觀而可興，其觀也審。以其群
而怨，怨亦不亡；以其怨而群，群乃愈摯。出於四情之外，以生起四
情；游於四情之中，情無所窒。作者用一致之思，讀者各以其情而自
得。故〈關雎〉興也；康王晏朝，而即為冰鑒。「訏謨定命，遠道辰
告」，觀也。謝安欣賞，而增其遐心。人情之遊也無涯，而各以其情
遇，斯所貴於有詩也。是故延年不如康樂，而宋唐之所由升降也。謝

疊山、虞道園之說詩，井畫而根掘之，惡足知此？

　　王夫之對孔子的「興觀群怨」之說作了新的解釋與發揮，他強調「興觀群怨」四者的內在連繫，而四者的基本規則是情的表現，而不是理性的延伸，作者用情來寫作品，而讀者則用情來解讀作品。以往的文人與儒家論孔子的「興觀群怨」之說，大都強調四者的不同功能，尤其是一些儒學中人，推崇詩教的作用與功能，對《詩經》的認識與教化作用頗感興趣，而對「興」的總攝功能大多迴避不談，而王夫之首先強調「興觀群怨」是讀者的一種鑑賞活動，這種鑑賞活動有著強烈的主觀性，「人情之遊也無涯，而各以其情遇，斯所貴於有詩也」。人們在鑑賞過程中，往往是各得其所，而各得其所的基礎是因為「興」的驅使。「興」是一種審美情感，而「觀」「群」「怨」則是建立在「興」基礎之上的審美活動。這種情感活動又與認識、教育與陶染活動相融合，故四者可以互相滲透，互相促進，「興」中有觀，其興必深，因為這種感興之情不再是個人的風花雪月，而是積澱著豐厚的人生與社會哲理。同樣，「觀」中有「興」，其「觀」必審，因為藝術的認識功能只有通過強烈的情感作用才能實現與升華，無情之詩，焉能動人，焉能觀物？

　　當然，王夫之論「興觀群怨」有著鮮明的詩教目的，他有鑒於明末士風的靡爛與人心的淪喪，以及文風的頹唐，特別強調「興觀群怨」是一種情理相融以實現社會人生理想的審美活動。他力圖在闡釋「興觀群怨」時，將藝術與人生、情感與道德結合起來。在《四書訓義》卷二十一中，他發揮《論語》〈陽貨〉中孔子論詩的話語，指出：

　　詩之泳游以體情，可以興矣；褒刺以立義，可以觀矣；出其情以

相示，可以群矣；含其情不盡於言，可以怨矣。其相親以柔也，邇之
事父者道在也；其相協以肅也，遠之事君者道在也。聞鳥獸草木之名
而不知其情狀，日用鳥獸草木之利而不知其名，詩多有焉。小子學
之，其可興者即其可觀，勸善之中而是非著；可群者即其可怨，得之
樂則失之哀，失之哀則得之愈樂。事父即可事君，無己之情一也，事
君即以事父，不懈之敬均也。鳥獸草木並育不害，萬物之情統於合
矣。小子學之，可以興，觀者，即可以群怨，哀樂之外無是非。可以
興觀群怨者，即可以事君父；忠孝，善惡之本，而歆於善惡以定其
情，子臣之極致也。鳥獸草木亦無非理之所著，而情亦不異矣。「可
以」者，無不可焉，隨所「以」而皆可焉。古之為詩者，原本於博通
四達之途，以一性一情周人情物理之變，而得其妙，是故學焉而所益
者無涯也。

　　王夫之對傳統的「興觀群怨」之說結合他當時的人生憂患與社會
主題，著重對其中蘊含的由個體的「興觀群怨」所昇華的意蘊作了闡
發。他認為「興觀群怨」始於個體的感發志意，但是最終的指向卻是
事父事君的人倫大業，而且他強調學詩者在「興觀群怨」的過程中，
唯有將個體的一己之情通向社會與人生大道，這種鑑賞活動才能產生
無窮的創造力，「古之為詩者，原本於博通四達之途，以一性一情周入
情物理之變，而得其妙，是故學焉而所益者無涯也」。

　　他論「興觀群怨」與其他問題一樣，充滿著深重的歷史與人生的
憂患感，善將詩學與藝術問題的個別命題上升到天道人生的高度來概
括。這是船山文論與詩論的特立獨行之處。

　　正因為如此，王夫之強調，要使詩作產生巨大的感染力，使人在
「興觀群怨」之中，得到一種動人心魄的感染力，這就絕不是靠一味在

形式上翻新所能奏效的。他在《姜齋詩話》中批評北宋文學家歐陽修的詩文革新理論與創作，過多地從形式上對「西崑體」進行抨擊，而沒有重視詩作的「興觀群怨」問題，遂使北宋之詩從一種極端走向另一種極端：「歐陽永叔亟反楊億、劉筠之靡麗，而矯枉已迫，還入於枉。遂使一代無詩，掇拾誇新，殆同觸令。胡元浮豔，又以矯宋為工，蠻觸之爭，要於興觀群怨，未有當也。」王夫之認為歐陽修光靠形式的矯枉過正，是不能真正從詩風得到革新，其結果是使有宋一代詩歌的發展不重意象「比興」，在「興觀群怨」上一無可取，而元代之詩又走向了浮豔之風，使「興觀群怨」的詩學傳統喪失殆盡。他在《古詩評選》卷五評袁彖《遊仙詩》云：「無端無委，如全匹成熟錦，首末一色。惟此，故令讀者可以其所感之端委為端委，而興觀群怨生焉。」王夫之盛讚袁彖的這首詩寫得意象渾融，十分成熟，令讀者讀後「興觀群怨」之情油然而生。可見，王夫之首先強調詩歌是一種藝術創作的結果，而要感動人，使人產生「興觀群怨」，必須是審美價值與思想價值的統一。「興觀群怨」是從詩歌接受的角度來印證作品的價值所在。王夫之的這一觀點是十分有見地的。以往的詩論家較多地從創作論方與文體論方面，討論詩歌的「比興」與「意境」諸問題。這當然是十分必要的，因為創作論是文學理論的關鍵所在，也是作品成功與否的第一步，但是作品的成功與否不僅是創作者本身的問題，而且亦是社會的作用問題，「文章千古事，得失寸心知」，但得失不應僅是文人的自我感覺，更應是社會評判的問題。真正的藝術家，從來就不會將作品僅僅視為個人的事，而是視為與天道宇宙、蒼生社稷相關聯之千秋大業，善將詩作與社會人生融為一體。這樣的作品具有巨大的貫通穿透力，在讀者之中產生「興觀群怨」的巨大感染力。王夫之論阮籍《詠懷詩》的藝術魅力是十分有識見的：

　　惟此宵宵搖搖之中，有一切真情在內，可興，可觀，可群，可怨，是以有取於詩。然而因此而詩，則又往往緣景，緣事，緣已往，緣未來，終年苦吟而不能自道。以追光躡景之筆，寫通天盡人之懷，是詩家正法眼藏。（《古詩評選》卷四）

　　在王夫之看來，阮籍《詠懷詩》的奧妙之處，正在於通過一己之情，寫出了天道人生，與時代悲劇，因而使讀者「可興，可觀，可群，可怨」，使人回味無極，他認為這才是「詩家正法眼藏」，即詩歌創作的樣板。

　　王夫之論認為詩歌要寫出「興觀群怨」之上乘之作，又與詩人自身的人格修養密切相關。他認為「興」並不是一種藝術鑑賞水平高低的問題，而且是與鑑賞者的胸襟人格緊密相關的。他在《姜齋詩話》中提出：「作者用一致之思，讀者各以其情而自得。故〈關雎〉興也；康王晏朝，而即為冰鑒。『訏謨定命，遠猶辰告。』觀也。謝安欣賞，而增其遐心。」在王夫之看來，作品雖是同一的，但是讀者各以其情而得，由於讀者之情又是與人生閱歷、文化修養、道德境界相連繫，能否對詩作進行感興，挖掘詩意，昇華人格，與作者的審美人格息息相關。比如《詩經》中的「訏謨定命，遠猶辰告」這兩句詩，說的是有遠見卓識的政治家制定好了方略之後，將它佈告天下，昭明遠近。這兩句詩寫得很有氣勢，凡人讀了後只是作一般的瞭解，而謝安作為東晉著名政治家，有雄才大略，讀了之後「增其遐心」，感受到一種深沉的宏圖大願。王夫之通過對這首詩的賞析，說明人格與「興觀群怨」的關係。他在另一處更是坦言：

能興即謂之豪傑。興者，性之生乎氣者也。拖沓委順，當世之然而然，不然而不然，終日勞而不能度越於祿位田宅妻子之中，數米計薪，日以挫其志氣，仰視天而不知其高，俯視地而不知其厚，雖覺如夢，雖視如盲，雖勤動其體而心不靈，惟不興故也。聖人以詩教蕩滌其心，震其暮氣，納之於豪傑而後期之以聖賢，此救人道於亂世之大權也。（《俟解》）

　　王夫之在這裡將詩的「興觀群怨」與人格培育結合起來，可以說是對孔子「興觀群怨」之說的新發展。他認為「興」是關乎人的生命意識與朝氣之所在，一個人倘若心胸狹隘，志氣猥瑣，終日為身邊瑣事所糾纏，就必然不能起興；同樣，這種心胸也是與該人長期缺少詩教所致，長此以往，則變得渾渾噩噩，宛如行屍走肉。因此，聖人以詩教振奮人心，使人們從日常生活的瑣屑與無奈中解放出來。王夫之認為，在當時風雨飄搖之世，這是聖人救世至要。在《張子正蒙注》〈樂器篇〉中，王夫之也提出：「詩樂之合一以象功。學者學詩則學樂，興與成，始終同其條理。惟其興發意志於先王之盛德大業，則動靜交養，以暢於四支，發於事業，蔑不成矣。」從這些話語中可以見出，王夫之論詩的「興觀群怨」具有明顯的時代意識，他痛心疾首於當時的世風淪喪，人心飄蕩，希圖用詩教來感染人心，淨化人心。這表現了他深重的文化憂患意識。

　　王夫之還從創作論的角度，對感興在情景關係中的作用，作過深刻而全面的論述。這一點，我們在第七章中還要詳細論及。

第四節　王士禎的「興會神到」說

　　王士禎（1634-1711），是清初著名詩人與詩論家。著有《帶經堂詩話》等詩論著作，另編選有《古詩選》《唐人萬首絕句》《唐人三昧集》等等。

　　王士禎論詩，力倡「神韻」說。「神韻」作為繪畫美學批評的術語，早在南齊謝赫的《古畫品錄》與唐人張彥遠的《論畫六法》中就已出現，大致是指繪畫中所傳達的人物精神氣韻之美，以與形軀外狀相對應。宋代嚴羽《滄浪詩話》中提出：「詩之極致有一，曰入神。」明代詩論家胡應麟等人亦以此概念批評詩歌，大致是指「興象風神」一類。但王士禎專標「神韻」，並且作為詩歌最高的審美意境，卻是有其深意的。他說：

　　　　表聖論詩有《二十四品》，予最喜「不著一字，盡得風流」八字。又云「采采流水，蓬蓬遠春」，二語形容詩境亦絕妙，正與戴容州「藍田日暖，良玉生煙」八字同音。（《香祖筆記》卷八）
　　　　嚴滄浪以禪喻詩，余深契其說，而五言尤為近之。如王、裴輞川絕句，字字入禪。（《詠雪亭詩序》）

　　王士禎將「神韻」與唐末司空圖與南宋嚴羽的詩學相契合，但是除去了這二人當時提倡「不著一字，盡得風流」與「興趣」說的憂患背景。因為司空圖當時處於王朝末代，民生凋敝，山河破碎，他提倡道家美學，是為了排遣內心的憂憤，營造心目中的空靈詩境，而嚴羽倡導「興趣」說，本質上並非嘉獎王維、孟浩然的隱世，恰恰相反，他是為了力辟江西詩派以議論、才學為詩的弊病，重新倡舉盛唐之

音，喚起當時士人的民族精神。王士禎閹割了他們詩學中的精神，適應清初統治者消弭清兵入關後的血腥之氣和人民的憤恨之情的需要，故意倡舉詩歌的「神韻」。他之所謂「神韻」，只是中國古典詩詩歌中受道家與禪宗影響下形成的一派，代表人物有唐代的王維、裴迪與孟浩然等人。他用清淡高遠、虛無飄逸的詩境來涵括中國古典詩境，顯然是有失片面的。中國古代的詩境，即有道家與禪宗一派的淡遠之境，亦有受儒家美學影響下的雄奇壯健的一派。而王士禎偏嗜一端，並且將這種詩境作為審美理想來推舉，這就有點專斷了。顯然，這不是他的無知，而是作為幫忙文人的良苦用心所致。

王士禎既然將「神韻」作為一種詩境來推崇，「興會」之說成了他論創作主體的主要理論支點。首先，他將六朝的「興會」說作為與「神韻」說相融的創作態度。六朝時代，文人們自覺地用「興會」說與「感興」說來破除儒家的「美刺」論，通過主體對自然景物的偶然感發來緣物感興，借物抒情，使「興」從傳統的「比興」範疇中相對獨立出來。王士禎意識到清初文人學士對清朝入主中原的民族仇恨是一時無法消除的，當時的著名文人如王夫之、顧炎武、黃宗羲與廖燕等人還在倡舉「興觀群怨」，以詩來反映天崩地坼的時代變遷與民生痛苦，抒發亡明之痛，在這種時候，王士禎巧妙地借用六朝時代的「興會」論來抵消文人的這種情結。令人深思的是，魏晉六朝以來作為文人破除儒學迷信，進行思想解放的「興會」之說，到了王士禎那裡，卻被當成消解文人民族意識、維護清朝專制統治的詩學，這真是六朝的文人始料未及的。王士禎在《漁洋詩話》卷三說：

蕭子顯云：「登高極目，臨水送歸。蚤（早）雁初發，花開葉落，有來斯應，每不能已。須其自來，不以力構。」王士源序孟浩然詩云：

「有製作，佇興而就。」餘生平服膺此言，故未嘗為人所強作，亦不耐為和韻詩也。

王士禎稱讚蕭子顯與王士源的詩論，自詡生平最喜歡自然感興的詩作。在詩評中，他屢屢推舉那些「興會神到」的詩，將其他流派的詩擱置不論。他編的《唐賢三昧集》竟然將李白、杜甫的詩摒斥在外，而嚴羽《滄浪詩話》〈詩辨〉嘗云：「詩而入神，至矣盡矣，蔑以加矣，惟李杜得之。」嚴羽認為李白、杜甫最得詩之神韻，而王士禎卻將李、杜排斥在「神韻」之外，白居易諸人更是受到拒斥，可見他自詡的崇尚嚴羽詩學不過是招牌。王士禎在《帶經堂詩話》卷三〈佇興類〉中歡賞：

香爐峰在東林寺東南，下即白樂天草堂故址，峰不甚高，而江文通《從冠軍建平王登香爐峰》詩云：「日落長沙渚，層陰萬里生。」長沙去廬山二千餘里，香爐何緣見之？孟浩然《下贛石》詩：「暝帆何處泊？遙指落星灣。」落星在南康府，去贛亦千餘裡，順流乘風，即非一日可達。古人詩只取興會超妙，不似後人章句，但作記裡鼓也。

世謂王右丞畫雪中芭蕉，其詩亦然。如「九江楓樹幾回青，一片揚州五湖白。」下連用蘭陵鎮、富春郭、石頭城諸地名，皆寥遠不相屬。大抵古人詩畫，只取興會神到，若刻舟緣木求之，失其指矣。

王士禎在《古夫於亭雜錄》卷三中還稱讚王維《送梓州李使君》詩句「萬壑樹參天，千山響杜鵑。山中一夜雨，樹杪百重泉」為「興來神來，天然入妙，不可湊泊」。從這些摘句批評中可以見出，王士禎論「神韻」，一是指詩人「興會神到」的創作態度，他之所謂「佇興」

是指成竹在胸，偶然興發的創作過程。這種說法，也看到了詩歌創作中經常出現的靈感心理現象，在這種心態下產生的詩作往往具有不假外物、超乎尋常的佳句妙言。王士禎論「神韻」，二是強調「興會神到」之詩不可以膠柱鼓瑟、刻舟求劍，死摳字眼。應當說，王士禎論詩歌內在規律是有一定道理的。他也自詡一些詩作，如「微雨過青山，漠漠寒煙織。不見秣陵城，坐愛秋紅色」，「凌晨出西郭，招提過細雨。日出不逢人，滿院風鈴語」，是「一時佇興之言，知味外味者，當自得之」（《香祖筆記》）。但這些說法存在著以偏概全的毛病，「興會神到」是創作好詩的條件，但「沉思憂鬱」也未嘗不是佳篇的搖籃。清代袁枚《隨園詩話》中就指出：「二者不可偏廢，蓋詩有以天籟來者，有以人巧來者，不可執一而求。」而且「興會神到」與「沉思憂鬱」二者也不是截然分開的，杜甫之詩就很好地將二者結合在一起，既沉鬱悲涼又興會神到。杜甫詩論中也多有論「詩興」的地方（見本書第三章第一節）。至於以風花雪月的「興會神到」之詩來抵消憂患蒼生社稷的篇什更是別有用心的，中國古代詩歌的光芒大多來自「詩可以怨」精神的燭照，而不僅僅是王士禎所標舉的沖淡超逸之興，「興」與人格精神是互相關聯的。

王士禎認為，詩人的「興會神到」並不是率爾所就的，而是須和平時的學問根柢相結合。他曾說：「夫詩之道，有根柢焉，有興會焉，二者率不可得兼。鏡中之象，水中之月，相中之色，羚羊掛角，無跡可求，此興會也。本之〈風〉、〈雅〉以導其源，溯之楚《騷》、漢魏樂府詩以達其流，博之九經、三史、諸子以窮其變，此根柢也。根柢原於學問，興會發於性情。於斯二者兼之，又幹之以風骨，潤以丹青，諧以金石，故能銜華佩實，大放厥詞，自名一家。」（《帶經堂詩話》卷三〈真訣類〉）王士禎強調作詩以「興會神到」為天分，同時又須以

學問根柢作為基礎，應潛心學習《詩經》、《楚辭》、漢魏古詩，認為博通經史百家，以砥礪志向，再施以風骨與詞采，方能自成一家。這種觀點應當說是很有見地的。

第五章

「興」的文化溯源

在對「興」的範疇進行歷史發展的回顧之後，我們還應對其基本的內涵作解析。對於「興」這樣意義豐富的美學範疇，顯然光靠文獻學與邏輯學的考察，還是遠遠不夠的。從文化人類學角度來說，「興」作為中國古典美學的關鍵性範疇，凝縮了中國文化自古至今的元素，它保留了原始藝術生命活動與藝術思維的因子，同時糅雜了理性年代的藝術觀念，是由多重層次所組成的。對「興」的文化回溯，有助於我們對中國古代這一體驗性而非思辨性美學範疇的深層認識。

第一節　「興」與原始生命

所謂原始生命，是指先民們在脫離原始族群生活不久，剛剛進入氏族生活方式的舊石器時代的生存活動。在這一階段，先民們在漁獵與採集生活中，勞動工具還異常簡陋，與自然界的關係還十分密切。

他們的生命活動表現為通過漁獵與採集，向周圍的環境索取食物與禦寒的器物，以養活自己，繁衍生息。遠古先民在勞動之餘，對周圍影響與制約他們的天地萬物與飛禽走獸，既懷有親和的感情，同時又存有敬畏恐懼的心理，因而宗教圖騰意識，便自然而然地填補了他們的思維空檔。原始思維成為包括中華民族在內的東西方民族最早的生命意識的一部分，是毫無足怪的。黑格爾說過：「只有藝術才是最早的對宗教觀念的形象解釋。」[1]這段話說明最早的藝術及其觀念，往往是與宗教形象的詮釋相關聯的。借用這一思想來分析中國古代的美學觀念，我們可以發現，「興」作為中華民族獨特的藝術思維方式，其最早的原始蘊涵乃是從先民們的宗教活動與天人一體的思維模塊中發生的，在其後來的發展演化中，也未能完全脫離這一痕跡。

在人類早期的審美活動與藝術生命之中，有一個共同的特點，這就是它的渾樸性，它集狂熱的生命衝動與對外物的非理智的感受於一體。人們囿於生產力水平的低下與認識能力水平的侷限，尚無法對外界進行清晰的判斷與區分，神祕直觀的感受與強烈的生命意欲的撞擊，往往通過宗教與藝術的活動得以宣洩。興者，起也；興者，有感之辭也。這些在後世對「興」的基本看法，緣於原始生命活動及其意識衝動。這種起情興感，使情成體，必不可免地羼雜著原始宗教成分在內。隨著歲月的推移，「興」之中的原始宗教成分漸漸消退，其中歷經磨洗而沉積下來的民族審美心理因素轉化到「興」之中，從而使「興」變成一種融歷史與現實、理性與直觀、認識與體驗為一體的審美範疇，其意義顯然是不能用一般的字義學去定義與囊括的。

遠古生民們的詩歌創作，往往與音樂、舞蹈等活動相伴隨，是強

1　《美學》第2卷，商務印書館1979年版，第24頁。

烈的生命意識的表達。詩歌與繪畫造型等藝術形式相比，是處於較晚的人類生命與藝術活動的形式，它通過與音樂與舞蹈的相伴，呈現出一種立體狀的生命衝動。格羅塞在《藝術的起源》一書中說：「最低級的抒情詩，是以音樂的性質為主，而詩的意義不過是次要的東西而已。」[2]他的話說明了詩歌最早時候以聲音的宣發為主，意義只是從屬的性質。之所以是從屬的東西，是因為詩歌往往作為勞動或集體宗教祭祀活動的節奏性歌辭。所謂「興」，其原始的雛形，則是這種活動向後來詩歌藝術轉化的中介。當「興」的審美方式產生後，先民們的生命活動被昇華了，作為最早生命活動的詩歌與音樂舞蹈等藝術形式，通過緣心感物，使情成體，開始獲得了獨立的表現形式。康德說過，美在於形式之中。就在「興」促使先民的生命衝動與審美意識走向形式之美時，我們也可以看到這一點。生命與情感是藝術的源泉，也是藝術的生機所在，但是情感與衝動並不等於藝術，它甚至可以導致反藝術的暴力與醜惡的東西產生，這一點，我們在現代文明社會的弊端中看得很明確。生命與情感要轉化為藝術與審美，除了內容的要素外，使情成體的表現是必不可少的。而「興」的出現與運用，使得遠古先民們的生命活力找到了昇華的渠道，這就是使他們將情感與物像融為一體，將內心積鬱的情感與耳濡目染的物像結合起來，欲先言情而必先詠物，將客觀景物主客情感化，從而凝縮了豐厚深摯的人生意蘊，使生命得到昇華，最終使先民的詩歌創作脫離了單一重複的情緒宣洩與宗教意念，獲得了長足的進化與發展。「興者，先言他物以引起所詠之詞也。」（朱熹《詩集傳》）儘管人們對朱熹這句解釋何者為「興」的話存在著不同的看法，但這句話確乎概括了「興」使人類情感通過

---

2   《藝術的起源》，商務印書館1937年版，第266頁。

對他物的詠歎而生發的審美轉化過程。這個過程在中國古代詩歌和其他藝術的發展過程中，是在經歷了天長日久的審美實踐之後才形成的。

　　在中國最早的詩歌總集《詩經》中，我們可以清晰地捕捉到隱藏在現存作品中的一些原始興象。依照現代我們掌握的考古資料與歷史研究成果，中華民族很早就在長江、黃河流域一帶從事漁獵與採集活動，經過長期而緩慢的進化，形成了農耕與畜牧為主的生產方式，氏族社會中的人們對周圍的自然環境經過直覺的攝入與印證，構築而成了特定的興象結構，這就是唐代皎然《詩式》中論及「興」時所言：「凡禽魚草木人物名數萬象之中，義類同者，盡入比興。」也就是說，後世詩人興象之境中所取的，不外是禽魚草木人物等萬象之景，而諸種景象，都是農業社會人們最常見的物像。在《詩經》中列入「比興」物像的，有許多就保留有遠古生民從事農業與畜牧業生產時經常見到的物像。《詩經》中以鳥獸作為感物起興的較多，如〈邶風〉〈燕燕〉、〈衛風〉〈有狐〉等；以草木來起興的，則有〈唐風〉〈杕杜〉、〈鄭風〉〈野有蔓草〉等；還有的以魚類起興，如〈齊風〉〈敝笱〉、〈陳風〉〈衡門〉等等。除此之外，還有對一些在現實的生物基礎之上加以想像虛擬而成的禽物，如麒麟（〈周南〉〈麟之趾〉）、鳳（〈大雅〉〈卷阿〉）等等。以想像虛擬中的動物作為起興，明顯地反映出詩中所沉積的原始生民的宗教意識。

　　在原始社會向氏族社會演變的長期過程中，宗教意識作為人們掌握客觀世界的一種方式，雖然隨著人類文明的進化與理性精神的濫觴而逐漸消退，但是作為一種習慣性的思維，它轉化成為文化心理與情結。在修辭學上，它類似於隱語，同中國古老的迷讖有點相似。聞一多先生在《神話與詩》等研究中國古典詩歌與神話的論著中，就將「興」與原始的隱語迷讖結合起來考察，從而啟發人們跳出元典文化來

探討「比興」問題。台灣學者陳世驤在《原興：兼論中國文學特質》一文中指出：「為了要真正地欣賞《詩經》元素，我們不妨以原始社會為依據，不必處處拘泥於周代的社會史實。再看詩中所提到的自然之物和人造器物一定也都沾染著傳統意念的色彩，這是原始視界順理成章轉化為詩材的過程。」[3]他的這番話，對於我們從新的視角去看待古老的「比興」問題是極具啟發意義的。

比如我們先來看一下以鳥類作為詩中起興之物的詩。這一類詩在〈詩經〉中的〈邶風〉〈燕燕〉、〈邶風〉〈凱風〉、〈唐風〉〈鴇羽〉、〈小雅〉〈伐木〉

〈小雅〉〈鴻雁〉、〈小雅〉〈沔水〉、〈小雅〉〈小弁〉等作品中都存在。這些詩作表現出來的「比興」都有一種睹物興情、以物興懷之感。例如〈小雅〉〈小宛〉：

> 宛彼鳴鳩，翰飛戾天。
> 我心憂傷，念昔先人。
> 明發不寐，有懷二人。

根據朱熹《詩集傳》中對這首詩的解說，「二人」是指父母，詩人見到高飛戾天的小鳥起興傷情，他想到小小的鳥兒都可以飛向天空，尋找歸宿，自己怎能不由此想到自己的先人，深深懷念亡故的父母呢？在這裡，高飛的小鳥是作為與詩人興懷感物的對象。再如〈小雅〉〈鴻雁〉中有「鴻雁於飛，哀鳴嗷嗷」，表現了周代使臣四處召集流民回歸故土的事情。《毛詩序》云：「〈鴻雁〉，美宣王也。萬民離散，不

3　《中國現代文學批評選集》，台北聯經出版事業公司1976年版。

安其居，而能勞來、還安、定集之，至於矜寡，無不得其所焉。」後來哀鴻就成為四處流離的興象與代指。由哀鳴嗷嗷的鴻雁，人們很容易聯想起興，感嘆流浪漂泊的哀苦與不幸：「鴻雁於飛，肅肅其羽。子之於征，劬勞於野。爰及矜人，哀此鰥寡。」鴻雁翻飛，超越萬里，可以自由地來往於南北，擇居而棲，而那些流民則無法回到自己的故居，念之令人哀憐。這種緣物起興，借此興彼，寓意深廣的藝術思維方式，後來成為許多文學作品的表現手法。《管子》〈霸形〉中記載這麼一段齊桓公對管仲的話，道出了農業社會中詩人借雁飛寄託人生感嘆的緣由：「桓公在位，管仲、隰朋而見。有間，有二鴻飛而過之，桓公嘆曰：『仲文，今彼鴻鵠，有時而南，有時而北，有時而往，有時而來，四方無遠，所欲至，而至焉；非惟有羽翼之故，是以能通其意於天下乎。』」齊桓公慨嘆鴻雁的自由來往不受羈絆，認為它能通天下之意。這種從人類的眼光來看待飛鴻的思維方式，其實是遠古先民寄興於外物以達情志觀念的演化。南北朝時，戰亂頻繁，人民流離失所，南北分裂，於是哀哀鴻雁成為人們懷念舊土，渴盼回家的寄興之物。沈約《宋書》〈律志序〉稱西晉東遷後，流民播遷江東，「人佇〈鴻雁〉之歌，士著懷本之念，莫不各樹邦邑，思復舊井」。後世詩文與戲劇小說中的鴻雁傳書，由此演繹而來。這種對雁一往情深，緣興而嘆，當然是由於農業文明中的居民安土懷舊，「受命不遷」古老家園情結的展示。

　　然則這種情結為什麼會積漸入微，難捨難分呢？顯然它是與原始的宗教圖騰情緒相關的。原始思維的一個重要特點是物我不分，人們將生活在自己身邊的動植物依據與自己的關係（或親和，或疏遠，或敬畏，或恐懼），採取不同的感情與評判。而這種評判往往是與生活的功利關係相關的。鳥類自由飛翔，除去那些凶猛的鷹隼，它們大都與

人類相安無事，鳥的善於繁殖，亦使人類感到生命的頑強不息。鳥類本來沒有人們後世賦予它的各種人情味道，它們的諸種起興而感的人類社會屬性，最早都可以追溯到人們的圖騰意識之中。圖騰崇拜是原始宗教的一種形式，也是一種比較直觀而粗陋的原始宗教意識，然而它與藝術與審美的直觀性連繫較為明顯，故而研究原始藝術與審美觀念的人們都莫不關注這種意識形態。圖騰觀念以自然界某種具體的生物作為自己的始祖與保護神，對之頂禮膜拜。與此相適應的則是圖騰觀念的發達。墓葬反映出人們對自身歸宿的關注，圖騰則說明人們重視自己的來源。氏族社會發展到一定時期，人們開始探尋本氏族的來源，說明原始人已開始對自己歷史的關心。圖騰崇拜最早是從動物崇拜開始的。這是因為動物最早成為人們的生活的必需品，又成為威脅傷害人們的對象。因而人們對動物既依賴又畏懼。將它作為神靈來崇拜。其中潛伏著朦朧的審美觀念。動物崇拜與人們的祖先崇拜相結合，便產生了圖騰崇拜。所謂圖騰崇拜，一般是用動物（也有用植物）來解釋本氏族的來源。認為本氏族與某一種動物之間有血緣關係。是由它發展而來的。圖騰一經產生，又變成氏族的徽號與保護神，被人們所頂禮膜拜。在仰韶文化上的彩陶圖案上有鳥、魚、蛙和人首、蟲身等圖像，可能就是當時一些氏族的圖騰。幾千年來備受華夏族的尊崇並成為帝王標誌的龍，考其淵源，也是從遠古的圖騰崇拜發展而來的。圖騰觀念以及後來出現的盤古開天地、女媧摶土造人的故事，反映了遠古時代的人們已經有了初步的自我意識，而這種具有文化意味的自我意識，正是中國美學產生的背景之一。在中國與其他民族的原始形態之中，先民們對生育的知識採取了神化的觀念，他們直觀地認為生育是某種動物或植物的精靈進入婦女體內所致。於是這種動物與植物往往被當作生殖之神靈而受到崇拜，整個民族都是這種動物和植

物神祇的後代與保護的對象，因而圖騰與人類的始祖合為一體。馬克思說：「圖騰一辭表示氏族的標誌和符號。」[4]在我國古代，也存在著將鳥類作為始祖的圖騰傳說。例如，商民族的始祖契被說成是有娀氏之女簡狄吞鳥卵而生。殷「姓子氏，祖以玄鳥子生也」。（《白虎通義》〈姓名〉）再如秦民族的始祖伯益是顓頊孫女修吞玄鳥而生的（見《史記》〈秦本紀〉）。從這些記載來看，漢民族比較大的兩個民族都以玄鳥作為自己的始祖。此外，還有淮夷、夫餘、高句麗等族也以鳥為圖騰。[5]這並不是偶然的，而是反映了處於農業生產環境中的先民由於長期與鳥獸蟲魚等生物相廝守，自然而然地形成的一種圖騰崇拜宗教意識。再往東方民族的起源神話中探索一下，我們就更可以發現東方民族普遍存在著圖騰崇拜的情況，舜族以鳳鳥為圖騰，丹朱族以鶴作為崇拜的對象，后羿以鳥為圖騰，少昊之族也以鳥為崇拜物。據《左傳》〈昭公十七年〉記載，該國皆以鳥名來命名百官，這顯然是與鳥為圖騰物的宗教意識相適應的。黑格爾在其《美學》第二卷中談到古代以鳥作為圖騰物的現象時分析道：這些作為自然個別物的東西，「不是以它們的零散的直接存在的面貌而為人所知識，而是上升為觀念。觀念的功能就獲得一種絕對普遍存在的形式」。[6]

這種經過原始民族直觀概括後的宗教觀念，被賦予了超自然的神祕含義，並且轉化到最早的與宗教渾然難分的審美意識之中，從而形成一種習慣性的思維，這種集體無意識性質的思維積累在原始人類的觀念中，在外物與心態的交感下，往往會以突發性的意象閃現出來。當人們抒發情感、宣洩慾念之時，就會催發「興」的產生。其實這種

4　《摩爾根古代社會一書摘要》，人民出版社1965年版，第134頁。

5　見王玉哲：《中華遠古史》第167頁，上海人民出版社2000年版。

6　《美學》第2卷，商務印書館1979年版，第23頁。

原始興象，都是人們與自己的勞動和生存密切相關的宗教思維的壓縮與凝聚，是現實生活的變形和抽象。生命力的爆發在生物界中往往表現為直接的動作與音聲，但在文明萌芽之後，倒反而變成了壓縮與轉化。正如羅素在《西方哲學史》中談到狩獵文明與農業文明的狀況時所說：「打獵不需要深謀遠慮，因為那是愉快的；但耕種土地是一種勞動，而並不是出於自發的衝動就可以做得到的事。文明之抑制衝動不僅是通過深謀遠慮（那是一種加於自我的抑制），而且還通過法律、習慣與宗教。這種抑制力是它從野蠻時代繼承來的，但是它使這種抑制力具有更少的本能性與更多的組織性。」[7]興象作為原始思維的進化，明顯地說明了先民們在經過長期的由狩獵漁業向農耕畜牧業轉化後，由於生產方式的進步，人們的生命力表現的審美活動由本能爆發被凝聚成使情成體，由物及情的「興象」手法。嗣後，再演變成作為審美觀念的「興」，但在其中，卻永遠凝集著遠古生民的生命力，具有衝決文明禮法的爆發力。這就使「興」具有鮮明的兩面性：一方面它是文明的凝縮，另一方面卻具有對文明理性的衝擊力。明乎此，我們就能明白，為什麼魏晉與明代文人在衝決禮法時要大力倡導生命與藝術之「興」。

這種原始興象的壓縮與爆發，在《詩經》以魚類作為起興對象的情況中看得更為清楚。由於中華民族起源於黃河、長江流域的農耕文明生態環境之中，這些地方河汊縱橫，森林覆蓋，有大量的魚類生活其中，可以為人們的生活提供豐富的食物資源。人們日夕所見的淡水魚，不但遨遊其中，而且自由自在。《莊子》〈至樂〉中就談到莊子與惠施觀魚之樂。魚的大量繁殖，生生不息，使人們體認到生命力的強

7　《西方哲學史》（上），商務印書館1981年版，第39頁。

盛。因而魚類與鳥類一樣，成為生活在農耕生態環境之中的先民們觀物起興，詠歎生命現象的對象。在《詩經》中有大量以魚的姿態與生活習性作為感物起興的詩句，比如〈齊風〉〈敝笱〉中有：

敝笱在梁，其魚魴鰥。齊子歸止，其從如雲。
敝笱在梁，其魚魴鱮。齊子歸止，其從如雨。
敝笱在梁，其魚唯唯。齊子歸止，其從如水。

這首詩據聞一多先生在《神話與詩》〈說魚〉一文中分析：「舊說以為笱是收魚的器具，笱壞了，魚留不住，便搖搖擺擺自由出進，毫無阻礙，好比失去夫權的魯桓公，管不住文姜，聽憑她和齊襄公鬼混一樣。另一說敝笱象徵沒有節操的女性，唯唯然自由出進的各色魚類，象徵她所接觸的眾男子。這一說似乎更好。因為通例是以第三句應第一句，第四句應第二句，並且我們也不要忘記，雲與水也都是性的象徵，但無論如何，魚是隱語是不成問題的。」[8]聞一多先生依據現代文化人類學的知識與方法，比照傳統的解釋，認為第二種說法更符合事實。從隱語與象徵的角度去解說《詩經》中所詠他物，從起興的對象去探賾索隱，似乎更能擊中問題的關鍵，找出興象深層的宗教蘊涵與奧秘。這樣往往能超越傳統訓詁學的方法，抓住問題的實質。事實證明，對中國古典美學與古典文化的研究，方法的更新有時比材料的發現更為重要。《詩經》中其他篇章，如〈陳風〉〈衡門〉、〈召南〉〈何彼穠矣〉、〈衛風〉〈竹竿〉、〈邶風〉〈新台〉、〈檜風〉〈匪風〉、〈曹風〉〈候人〉等，也可以發現這類興象背後的與宗教意緒相關的蹤跡。此類

8　《聞一多全集》第1卷，三聯書店1982年版，第120-121頁。

詩大都言男女性愛，而作為起興緣情的由頭，則無外乎是魚類或與魚類有關的事物。這種表現手法，在後來的樂府詩歌與民歌中屢見不鮮，聞一多先生在〈說魚〉一文中採集了許多類似的例子，可以作為充足的佐證。儘管後來也有些學者對這種研究方法提出異議，但是聞一多先生所提出的《詩經》中「比興」與早期神話存在著不可分離的連繫，這種觀點是完全站得住腳的。

　　其實，這種對魚的親密與崇拜，是直接從人們在當時對魚類的依賴而產生的。根據香港著名學者陳正祥教授《中國文化地理》一書中的分析，母系氏族社會後期的仰韶文化時代的人類，大都依傍黃河、長江各支流的台地建穴而居，便於汲水與灌溉，他們每日與魚類相廝守，捕魚是他們的生存勞動之一，魚既是生存的食物來源，也是觀賞的對象，二者經過特定的宗教情結的攝錄與加工，自然而然轉化為人魚合一的宗教圖騰情感。從今天我們發掘出來所見的西安半坡出土的陶器上的人面含魚的圖紋，就可以見出這種宗教情感的抽象。此外，在西安出土的其他陶器中，魚形圖紋居多，它們有的是寫實，有的則是幾何形的圖案花紋，而後者明顯的是由前者轉化而成的。它們反映了人類當時從魚的自由自在、大量繁殖之中，也渴望自己能夠像魚類一樣生生不息，綿綿不絕。當然，除此之外，從西安半坡到江南河姆渡文化遺跡出土的陶器幾何圖紋中，還可以發現不少鳥紋、蛇紋、鼉紋、蟬紋、蛙紋等等[9]，這些紋飾，毫無疑問都是與當時人們生活環境中常見的小動物與蟲類相關的。對這些圖紋的形成與產生，學者們較為普遍的看法認為是圖騰活動所致，這是有相當的道理的，也可以佐證《詩經》中以鳥類與魚類作為起興的深層意蘊。

9　見安金槐主編：《中國考古》第82頁，上海古籍出版社1992年版。

　　這種對生殖力量的崇拜，也是原始先民的生命創造活動與生命意識的爆發，它反映了我們的先民在艱苦的生存環境之中自強不息、奮力拚搏的民族精神與創造偉力。他們從自己身邊萬物欣榮、新陳代謝的過程中來體認生命的價值，從而形成了「天地之大德曰生」（《易傳》語）、「天地所貴曰生」（揚雄《太玄》語）的生命觀。「興」的原始意義與生相通。《周易》〈歸妹〉彖辭云：「歸妹，天地之大義也，天地不交而萬物不興。」王弼注曰：「陰陽既合，長少又交，天地之大義，人倫之終始。」孔穎達疏「興」為「蕃興」。《史記》〈樂書〉云：「逆氣成象而淫樂興焉。」張守節《正義》云：「興，生也。」從這些資料來看，古人對「興」的理解往往著眼於生生之興，從生命的意義來體認「興」的內涵。

　　從「生」字的字義中，我們也可以見出這一點。生，《說文解字》曰：「🌱，進也，象草木生出土上。」卜辭中生作🌱（甲380），🌱（粹1131），像草木由土中滋生而出。古人從草木茁壯生長的情狀中，欣喜地感受到生命就是生長，而這就是天地之性，這種將天地視為生命本性，以生為善，以生為美的生命價值觀，是中華民族至為珍貴的精神文化集萃。這種由動植物萬品的繁榮昌盛推想到人類生命創造之可貴的精神，同樣也融解在最早的宗教意念之中。例如《周易》中以宗教卜卦的形式，凝聚著先民們對生命創造力的讚歎與推崇。而這種讚美，則是用類似於宗教圖騰的情感來讚歎的：

　　大哉乾元！萬物資始，乃統天。雲行雨施，品物流形。大明終始，六位時成，時乘六龍以御天。乾道變化，各正性命，保合太和，乃利貞。首出庶物，萬國咸寧。

　　〈乾卦〉是《周易》八卦中的第一卦，象徵天道陽剛之偉力與男性的強健精神，而〈象辭〉中的說明卻用的是具有象徵意味的虛擬動物龍來說明。〈乾卦〉的六爻之變是用龍的潛藏水底到飛龍在天的騰飛過程來說明這一過程。這種觀物取象的過程，其實也正是由物及人的起「興」過程。

　　先民們從龍飛在天聯想到自然界萬物的生生不息，充滿勃勃生氣。他們認為草木的生長、禽獸的繁殖，萬物的化育表現了一種神化之力，而這種偉大的生命之力同時也是催發人們宗教意識與藝術感興形成的源泉。《禮記》〈樂記〉中對此有過生動的描寫：

　　地氣上齊，天氣下降，陰陽相摩，天地相蕩，鼓之以雷霆，奮之以風雨，動之以四時，暖之以日月，而百化興焉。如此，則樂者，天地之和也。

　　是故大人舉禮樂，則天地訢合，陰陽相得，煦嫗覆育萬物，然後草木茂，區萌達，羽翼奮，角觡生，蟄蟲昭蘇。羽者嫗伏，毛者孕鬻，胎生者不殰：則樂之道歸焉耳。

　　《禮記》〈樂記〉中的這段話是秦漢時期的思想家所寫，但它其中也保留著遠古的宗教意識，從一個側面反映出先民們從泛神論的觀點來看待自然界的生生不息和萬物欣榮，並從生命力的創造中領悟了音樂與藝術的源泉在於生命本體。中國古代最早的以「興」為創作契機的意識，正是緣此而生的。

第二節　「興」與原始藝術

　　「興」作為最早的原始藝術顯現，是從生命活動及其相關的宗教意識中生發出來的，而昇華為藝術活動之後，隨之也形成了自身的觀念特徵，它是作為美學範疇之「興」的胚胎。

　　人類最早的藝術活動的奧秘，可以從最基本的音樂與舞蹈加以推溯，若從詩歌的構成要素來說，從詩歌所必備的聲音元素中可以找到。宋代鄭樵在《通志》中說：「詩在於聲，不在於義」，「夫詩之本聲，而聲之本在興」。明代的李東陽等人也重視從「樂教」的角度去理解《詩經》原義。還有一些清代學者如方玉潤則認為《詩經》中的《芣苢》一詩乃是婦女採集野菜時所唱，其開頭的「興」乃是聲音要素所決定的。這些解釋都力圖說明《詩經》中的「興」的源頭在於聲音的感發與唱吟，而不是概念意義上的發引。現代學者顧頡剛開始注重以聲音來尋找《詩經》的「興」，指出「興」乃是如同民間歌謠中的協韻起頭，與意義無涉。[10]這些說法雖然只是一家之言，但它們也都看到了「興」的含義與聲音、舞蹈的發引宣洩是一脈相承的。秦漢之際的詩論與樂論也都強調詩歌與樂舞的一體性。遠古時代的「樂」，是一種包容廣泛的審美與藝術活動的總稱，〈樂記〉〈樂象〉篇中說：「詩，言志也；歌，詠其聲也；舞，動其容也；三者本於心，然後樂器從之。」郭沫若在《青銅時代》中指出：「中國舊時的所謂樂，它的內容包含得很廣。音樂、詩歌、舞蹈，本是三位一體不用說，繪畫、雕刻、建築等造型藝術也被包含著。甚至於連儀仗、田獵、肴饌等都可以涵蓋。所謂『樂者，樂也』，凡是使人快樂，使人的感官可以得到享受的東西，都可以廣泛地稱之為樂。」在中國古人看來，音樂與其他藝術一樣，最早都是生民感情的直接表現與宣發。那麼，我們的先民最早的情感是什麼

10　參見：《史林雜識初編》，中華書局1963年出版，第257-258頁。

呢？當然不可能是我們現在處於充裕的物質生活條件基礎之上的審美情感了，而是一種直接的生存本能。魯迅先生在《中國小説的歷史的變遷》一文中説過：「因勞動時，一面工作，一面唱歌，可以忘卻勞苦，所以從單純的呼叫發展開去，直到發揮自己的心意的感情，並偕有自然的音調。」在魯迅看來，音樂與詩歌最早起源於勞動，是為了直接驅除勞動的痛苦與疲勞，提高勞動生產率。從我們今天所瞭解的藝術起源的材料與知識來觀察，當然不會囿於這種説法，還可以從其他角度去解釋它，但至少藝術起源於勞動是一種基本的説法。在中國古代許多典籍中，關於音樂的起源，存在許多帶有猜測成分的説法。這些説法大致是從勞動與宗教的角度去説明的。

從「聲」的角度去探「興」，自然而然地也就會進入到遠古先民們最強烈地宣洩情感的樂舞之中了。《毛詩序》上曾説：「詩者，志之所之也，在心為志，發言為詩。情動於中而形於言，言之不足，故嗟嘆之，嗟嘆之不足，故永歌之，永歌之不足，不知手之舞之，足之蹈之也。」這段話説明在中國古代藝術分類上，詩、樂、舞三者的分類不是如西方人那樣，從模仿的方式與對象上去區別的，而是依據表達情感的強弱去劃分的。在人類的藝術實踐與生命力爆發中，舞蹈以其強烈的吟唱與手舞足蹈，最能宣洩人類全方位的情感。故而「興」作為遠古先民的一種由生命力的爆發向藝術創造的轉化，以及作為意義向形式的凝聚，在素有身體語言之稱的舞蹈中表現得最為明顯。舞蹈以其身體的動作和伴隨而來的聲音節奏，是最能表達出後世人們釋「興」時所強調的「興者，起也」，「起情故興體以立」的特徵的，舞蹈是用身體來發興起情的一種藝術形式，它與詩歌起興在表達情感上有異曲同工之妙。在〈周禮〉〈地官〉載鄉大夫之職曰：「以鄉射之禮，五物詢眾庶：一曰和，二曰容，三曰主皮，四曰和容，五曰興舞。」孔穎達

疏曰：「興舞，即舞樂。」《詩經》〈小雅〉〈伐木〉云：「蹲蹲舞我」，鄭玄注曰：「為我興舞蹲蹲然。」這些記載說明了在周代，將舞蹈與詩歌視為感情發興的觀點是十分通行的。

　　當然，要突破傳統的從元典文化角度釋「興」的思路，光靠字典與文獻是無濟於事的，還有待於考古學與甲骨文的發現，它可以幫助我們進一步認識「興」的特徵。「興」字最早出現於甲骨文之中，寫作為「𦥯」，意為眾手共舉一物，所舉之物「舟」，學者們有不同的說法，一說為盤，最早持此說的羅振玉、商承祚；另一說為「凡」，通古「帆」字，持此說者開始有葉玉森，繼而有楊樹達先生。但不管是盤還是帆，二說都訓「興」為起。金文中「興」的寫法有三種。一是《父辛爵》中作「𦥯」，形狀與甲骨文相同；另一種見於《鬲叔盨》、與《興鼎》，分別寫作「𦥯」與「𦥯」，與甲骨文相比，明顯地多了一個「口」字形。楊樹達先生在《積微居小學述林》中說：「眾手合舉一物，初舉時必令齊一，不容有先後之差，故必由一人發令眾人同時並作，字從口者蓋以此。」《說文解字》中釋「興」云：「興古文𦥯。興，起也。從舁從同，同力也。」基本是從金文中而來的。段玉裁注曰：「《廣韻》曰：盛也，舉也，善也。〈周禮〉：六詩，曰比，曰興。興者，託事於物。按古無平去之別也。」從《說文解字》所列的字形來看，很像是一個舞蹈中的人用雙手高舉著什麼在狂歡。而「興」的發動則是「同力而舉」即集體共同舞蹈的過程，這正符合原始舞蹈是氏族集體共舞的性質。著名學者商承祚在《殷契佚存考釋》與郭沫若在《卜辭通纂考釋》中都認為「興」的本義乃是眾人圍繞著一「舟」形物在載歌載舞。美籍華人學者陳世驤據此進一步認為「興」與舞蹈直接相關：「商氏指出，群眾舉物發聲，但我們以為這不僅因為所舉之物沉重。郭氏強調的『旋轉』現象，教我們設想到群眾不僅平舉一物，尚能旋游，此即

『舞踴』。舉物旋游者所發之聲表示他們的歡快情緒。實則合力勞作者最不乏邪許之聲。」[11]另一位美籍華人學者周策縱對「興」的看法與陳世驤觀點略有不同，認為「興」是祭祀名稱。他說：「『興』所指代的祭祀，便可能是一種歌樂舞合一的活動，或持盤而舞，或圍繞盛物的承盤而樂舞，或是敲著盤而歌舞。較廣義地看，不必都要用承盤，大凡執持或陳列某種器物以作展覽的樂舞禮儀，都可認為有類似『興』的性質。」[12]這種看法進一步將「興」歸結為原始祭祀舞蹈。類似的說法，都難免有各執一端的猜測成分在內，未能深入地說明「興」與遠古生民的生命活動及其藝術創作的邏輯關係，「興」不可能簡單地歸結為某種藝術如舞蹈的形式與類型，而只能從整體上去把握與認識。從我們現在所能見到關於原始舞蹈的考古資料來看，它們大致是指源於勞動與戰爭、祭祀、求偶等活動的生命顯現和爆發。在內蒙古陰山岩畫之北的烏蘭察布草原的岩畫中的一些圖形，以及廣西花山的崖畫，都有一些人物雙臂屈舉或向上伸舉的形狀，[13]其形態與《說文解字》中「興」字的象形大致相同。這說明不論中原地區的民族還是華夏族周邊地區的民族，在舞蹈表現上都有一些共同的特點，這就是舉臂向上，四肢伸展，酣暢淋漓，儘興而動，是原始民族生命力最高形態的興發。陳世驤說：「在形式方面，所有的興都帶著襲生古代的音樂辭藻和『上舉歡舞』所特有的自然節奏。這兩種因素的結合構成『興』的本質。興是即時流露的，甚至包括筋肉和想像兩方面的感覺。注意詩中頻仍的疊字的擬聲句，我們似乎聽得見一首帶有『興』在詩中散佈的

11　《原興：兼論中國文學的特質》，《中國現代文學批評選集》，台北聯經出版公司1976年版，第21頁。

12　《古巫醫與六詩考》，台北聯經出版社1986年版，第217頁。

13　參見王克芬：《中國舞蹈發展史》，上海人民出版社1989年版，第6-9頁。

主調，而且我們似乎被整個包容了進去。」[14]這一分析倒是很有見地的。在舞蹈中，往往佩戴上各種圖騰羽飾，以配合舞蹈的含義。李澤厚《美的歷程》論及原始歌舞中說：

> 這種原始的審美意識和藝術創作並不是觀照或靜觀，不像後世美學家論美之本性所認為的那樣。相反，它們是一種狂熱的活動過程。之所以說「龍飛鳳舞」，正因為它們作為圖騰所標記、所代表的，是一種狂熱的巫術禮儀活動。後世的歌、舞、劇、神話、咒語。……在遠古是完全糅合在這個未分化的巫術禮儀活動的混沌統一體之中的，如火如荼，如醉如狂，虔誠而蠻野，熱烈而謹嚴……[15]

以上這段話形象地說明了原始音樂舞蹈之中包含的巫術宗教情感內容。在圖騰活動之中，必然要伴隨著一定的樂舞活動。原始社會的人們每當遇到盛大的慶典與節日時，往往以獸作為圖騰物，由專職巫師率領氏族成員一起舉行狂歌勁舞，宣洩對於豐收的喜悅之情或者戰爭的勝利。圖騰崇拜還起著調和氏族內部成員的作用，它使氏族成員統一在一種固定的神祇之下，從而加強人們之間的連繫。由圖騰所產生的宗教禁忌還支配著人們的風俗習慣。在祭祀活動中，有一套嚴格的規則與禮儀，一舉手，一投足，都有神聖不可踰越的規定，不能有絲毫的違犯，否則就會被認為是對神的褻瀆，引起眾怒。馬克思在《一八四四年經濟學——哲學手稿》中說：「動物和它的生命直接同一的。它沒有自己和自己的生命活動之間的區別。它就是這種生命活動。人

14　《原興：兼論中國文學的特質》，《中國現代文學批評選集》，台北聯經出版公司1976年版，第38頁。

15　《美的歷程》，文物出版社1981年版，第12頁。

則把自己的生命活動本身變成自己的意志與意識的對象。他的生命活動是有意識的。」[16]這種緣於圖騰的宗教舞蹈是建立在生命意識之上的創造活動。它和出於類似動物本能的求偶舞有根本的不同，後者只是無意識的生動反應，而前者卻融入了儘管模糊但卻有著具體意味的精神因素，舞蹈者通過外在的狂熱的身體語言，將主體意識宣洩與表現出來，它用意志來支配自己的動作，並且通過身體的活動來感應自然，與他人交流，將自己的宗教情結凝結為有意味的動作符號與語言，一位早期的人類學家曾說過：「野蠻人的宗教與其說是想出來的，不如說是跳出來的。」[17]這種風俗習慣與宗教禁忌融為一體的規範隨著社會的進化，慢慢延伸到社會生活的各個領域。著名史學家呂思勉先生在《讀史札記》中曾指出：「蓋迷信深重之世，事神之道必虔，故禮樂之道必設。其後迷信稍澹，則易為陶身淑心之具矣。」而在這一過程中，「興」逐漸從宗教意味極濃的生命活動向藝術活動轉化。在這種轉化中，詩、樂、舞一體的藝術活動是最能表現這種特徵的。

　　中國古代的人們一向將詩歌、音樂、舞蹈視為三位一體的，它們宣發了遠古時代人們這種向自然祈福禳災的狂熱的宗教情感，也是用來作為調和陰陽，象徵圖騰意味的，《左傳》〈隱公九年〉上說：「夫舞所以節八音而行八風。」在農業社會之中，人們沒有力量抵抗大自然的狂暴，於是只好在幻想的神祇中求得福祐。在他們看來，自然界的風調雨順，是可以通過人為的努力來求得的，而音樂，則可以承擔這樣的任務。《禮記》〈樂記〉中就保留不少這樣的遠古時代人們的音樂觀：「地氣上齊，天氣下降，陰陽相摩，天地相蕩，鼓之以雷霆，奮之以風

16　劉丕坤譯：《一八四四年經濟學——哲學手稿》，人民出版社1979年版，第50頁。

17　R.馬雷特：《前萬物有靈宗教》，轉引自C・A托卡列夫《外國民族學史》（中譯本），中國社會科學出版社1984年版，第132頁。

雨，動之以四時，暖之以日月，而百化興焉。如此，則樂者天地之和
也。」在〈樂記〉的作者看來，大自然的生生不息，雲行雨施，四時相
代，晝夜交替，冥冥之中總有一種無形的和諧力量在支配，在運作，
而其中的內在之和，就是樂的本體。它是通過生命與藝術相融合的
「興」體現出來的。〈樂記〉中的另一篇〈樂化〉篇則乾脆說：「樂者，
天地之命。中和之紀，人情之所不能免也。」作為感通天地之間與神人
之間的樂師，其專職是順天地之和以作樂，溝通天地與神人之間的生
命旋律，營造出風調雨順、國泰民安的氛圍。實際上，這種樂師就是
巫師，最早的音樂家就是由這種專職巫師承擔的。羅泌《路史》記載：
「立春至，天曰作時，地曰作昌，人曰作樂，是以萬物應和……五風乃
行，熙熙鏘鏘。帝好之，爰命鱓先為倡，洎蜚（飛）龍稱八音會八風
之音，以為圭水之曲，以召而生物。」這段記載描述了遠古生民當天氣
回暖，萬物復甦之際，酋長（帝）命令樂師以音樂調和陰陽，「以召而
生物」的宗教活動過程。而當風雨失調，災害頻仍之時，巫師當仁不
讓地擔負起調和陰陽的職責。為了使這種敬天事神、和合生民的樂作
為氏族的宗教禮儀能夠代代相傳，於是教授這些音樂也就成了氏族內
部的一件重要的事情。後世假托的《尚書》〈堯典〉中記載大舜的一段
話：「帝曰：夔！命女典樂，教胄子。直而溫，寬而栗，剛而無虐，簡
而無傲。詩言志，歌詠言，聲依永，律和聲，八音克諧，無相奪倫，
神人以和。夔曰：於！予擊石拊石，百獸率舞。」從這段記載亦可以見
出，「興」是承擔神人以和、詩以言志的中介。值得注意的是，「興」
作為人類的一種創造活動，此時已經出現了由宗教向審美轉化的契
機，由直接的音樂舞蹈向詩歌之「興」轉變，詩歌作為語言文字之
「興」，毫無疑問是人類審美意識的提升。

第三節　「興」與原始思維

在「興」的感發過程之中，先民們逐漸形成了天人合一、聯類而動的原始思維。這種原始思維後來沉積成固定的思維範式，近乎集體無意識，對中華民族審美之「興」的深層意識影響極大。

中國古代的美學與西方美學相比，注重人與自然的統一，從天人合一的角度去探討審美與藝術問題。西方美學一般將自然界作為靜觀的對象，而中國古代一般將自然作為人類體驗的世界，使藝術美的價值建構在對自然之美的感受之上，以「興」為尚的審美觀念，正是緣此而形成的。在《易傳》這部書中，可以見出遠古生民對於自然界與人類的看法。〈說卦〉中提出：「立天之道曰陰與陽，立地之道曰柔與剛，立人之道曰仁與義。」在〈說卦〉的作者看來，聖人製作卦象時，將天、地、人綜合起來加以考慮，自然界與人類在聖人眼中是平等而同一的。在人類產生之前，天文與地文就已經存在，人文則是對於天文與地文的摹狀。〈繫辭〉提出聖人設卦以仿天地之文的思想：「古者包犧氏之王天下也，仰則觀象於天，俯則觀法於地，觀鳥獸之文與地之宜。近取諸身，遠取諸物，於是始作八卦，以通神明之德，以類萬物之情。」從這些話語中我們可以看出，古代八卦學說其思維特點是將自然人格化，將人文與天文、地文融合為一個有機的思維整體。故〈繫辭〉中又說：「《易》之為書也，廣大悉備。有天道焉，有人道焉，有地道焉。兼三材而兩之。」《易經》中的卦像是對日月星辰，山岳河流，動植萬物與人類自身的摹狀與寫照。這種法天取象的思維方式也成為傳統文化思維與審美觀照的方式。東漢的思想家王充就說：「上天多文而后土多理。二氣協和，聖賢稟受，法象本類，故多文采。」（《論衡》〈書解〉）王充從他的氣一元論出發去思考文學問題，在他看來，

作為人類文化的產物文學，也是稟受天地之氣而來的，天地日月，旁及動植物萬品皆有文飾，聖賢獨得天地之靈氣，文采也就應運而生了，「物以文為表，人以文為基」。這些直觀的文學起源論雖然在理論上顯得十分幼稚，還沒有超脫遠古生民製作八卦時天人一體的思維模式，但是秦漢以來的文學家所以一直沿用，其原因是我們民族的思維方式有它一以貫之的延續性。

這種觀物取象的思維方式，是一種建立在原始思維基礎之上的思維方式。最早可從殷人甲骨文中的卜辭中可以見出。卜辭是殷人用甲骨占卜以見吉凶的一種迷信活動的記錄。在占卜中，依據龜甲上的裂紋圖像來判斷吉凶，龜甲上的紋路與吉凶並沒有客觀規律的連繫，因此，它沒有理性判斷的成分，完全是憑藉古人的一種類推的直覺，是一種主觀的聯想，而這種聯想的產生依賴於占卜者虔誠的宗教情感，溝通對象與認識主體的是情感與意念，它是一種非理性成分極強的思維活動。這種與「興」的產生有相同之處的「引譬連類」「感發志意」的思維雛形，在周人喜好的《易經》的卜筮中得到承傳與演繹。當然，《易經》中的理性思維較之甲骨文中的卜辭顯然是加強了。它從卦象符號聯想到具體物像，再由這種物像進行類比，引申到判斷，呈現出「意─象─言」的思維過程。《周易》中奠定的宗教占卜方式之上的思維，雖然是一種原始粗陋的思維方式，但由於它深契中華民族注重直覺與形象的心理，故而在後世的中華文化發展中一直據有重要的地位，影響深遠，沾溉後人。

《周易》中表現出來的將天地萬物與人類活動凝縮在卦象之中，以及說明這種卦象的語辭，用的是一種思維類推的方式，即「以通神明之德，以類萬物之情」。《周易》中的「觀物取象」與「引譬連類」有著內在的連繫，前者是從具體的物像之中提取意義，而後者則是屬於

在此基礎之上的舉一反三，連類不窮的滾動思維。這種用卦象說明萬物的方法，也是漢字造字的出發點，它構成了漢字獨一無二的象形原則。東漢許慎在《說文解字序》中論漢字起源時首先引用了《周易》〈繫辭下〉中的話來說明漢字的誕生，然後總結道：「倉頡之初作書，蓋依類象形，故謂之文。其後形聲相益，即謂之字，字者言孳乳而浸多也。著於竹帛謂之書，書者如也。」這段話說明漢字的產生與造字採用的是「依類象形」的原則，然後再推廣到其他的造字領域。當然，在中國古代哲學中，也有的類比思維偏重於義理。《荀子》〈非相〉中云：「談說之術……分別以喻之，譬稱以明之。」名家公孫龍子則有「假物取譬，以守堅白」的說法，這都是指用一些相類似的典故與事例來說明一定的義理。《韓非子》〈難言〉中說道：「多言繁稱，連類比物，則見以為虛而無用。」意謂遊說家多引同類之例遊說他人，引用的例證過多，反而會使人感到虛而不實，難以相信。《莊子》一書則以奇特的想像將「取象連類」發展成「無端涯之辭」的地步。這種取象連類正展現了原始思維的某些特點。布留爾《原始思維》一書中論及原始思維時指出：

　　原始思維專注意神祕力量的作用和表現，完全不顧邏輯及其基本定律──矛盾律的要求。原始思維不尋求矛盾，但也不迴避矛盾。它看不出把兩個客觀上不同類的事物等同起來，把部分與整體等同起來，有什麼荒謬之處；如果用神學的語言來表示，它可以毫不為難地容許一個客體的許多存在；它不考慮經驗的證據；它只是關心事物和現象之間的神祕的互滲，並受這互滲的指導。[18]

18　《原始思維》，商務印書館1981年版，第460頁。

　　布留爾的話揭示了原始思維用神祕性來聯結事物之間的方式。這種思維與「比興」所遵循的「引譬連類」互相貫通，它奠定了「比興」中的聯想基礎。這種類比思維在兩漢時期也得到了承傳，漢代哲學盛行天人感應、宇宙同構的觀念，其中萬物的連繫遵循的是以「氣」為中介的感應，人們考慮問題，觀察事物受同類相動、物以類聚的形而上學思維方式制約。因而「類」的思維在兩漢時期十分流行，它也影響到美學與文藝理論領域。西漢淮南王劉安主編的《淮南鴻烈》是一部「上考之天，下揆之地，中通諸理」的雜家著作，書中對天地人之間的融通關係用了廣泛的類比手法。如《要略》中說：「《繆稱》者，假象取耦，以相譬喻，斷短為節，以應小具，所以曲說攻論，應感而不匱者。」所謂「假象取耦，以相譬喻」，正是用了寓言一類的手法來說明所要闡發的道理。這種引譬連類作為連接認識對象與認識主體的橋樑，從現代邏輯學上來說，接近於類比推理。在理性認識上，它比不上歸納邏輯，更比不上演繹邏輯，但由於它染上了很濃烈的個人情感色彩，接近於審美活動，是一種兼容情感與想像的心理活動。至於古代詩賦中，更是善用類推的方式，來舉一反三，充實想像。東漢王延壽的《魯靈光殿賦》中生動地描寫了我國古代建築藝術宏偉飛動的氣勢，賦中對靈光殿裡的繪畫藝術作了精彩的敘述：「圖畫天地，品類群生，雜物奇怪，山神海靈。寫載其狀，托之丹青，千變萬化，事各繆形，隨色象類，曲得其情。」賦中描寫魯靈光殿中壁畫上繪有各種各樣的「五龍比翼，人皇九頭；伏羲鱗身，女媧蛇軀」等神話想像之物，它與「忠臣孝子、烈士貞女」雜糅一體。其中的取類標準，是內在的道德評判與情感判斷的邏輯。

　　這種類推必不可少地伴隨著情感與審美的形象構成心理活動。《易傳》〈繫辭上〉中說：「方以類聚，物以群分。」類聚，也就是人們對

物象的直觀把握，「聖人有以見天下之賾，而擬諸形容，像其物宜，是故謂之象」。《易傳》的作者指出，《周易》中卦象的創建，是聖人對天地萬物的直觀攝取與抽象，具有出神入化的妙用。這種類比原來夾纏有各種各樣的心理要素在內，其中肯定有著或虔誠，或恐懼，或高興，或悲哀的情感，以及一些猜測，同時這種形象凝聚過程，也是一種想像展開的過程，因而它必然和藝術創作心理相通。這種類推的思維方式後來常常被文論家用來說明文學想像過程。東漢王逸在《離騷經序》中指出：「《離騷》之文，依詩取興，引類譬喻。故善鳥香草，以配忠貞；惡禽臭物，以比讒佞……」王逸認為屈原的《離騷》參照《詩經》中的比興手法，引類譬喻。劉勰《文心雕龍》〈物色〉指出：「是以詩人感物，聯類不窮：流連萬象之際，沉吟視聽之區；寫氣圖貌，既隨物以宛轉；屬采附聲，亦與心而徘徊。」劉勰認為詩人面對紛繁萬狀的外物感物吟志，抒發情懷時，內心洶湧澎湃，從眼前物象類推到儲存在記憶中的其他物像，展開想像，塑造意象，這也是情物宛轉，與心徘徊的過程。劉勰在談到屈原的創作時，也接受了王逸的論點：「及《離騷》代興，觸類而長，物貌難盡，故重沓舒狀，於是嵯峨之類聚，葳蕤之群積矣。」劉勰讚揚屈原的《離騷》深得《詩經》中以興作喻的真諦，觸類而興，所以儘管意象紛呈，而蘊涵深摯，以情動人；而西漢時司馬相如的賦作卻是「模山範水，字必魚貫」，在表現手法上，光會堆垛，不善用興，真是「所謂詩人麗則而約言，辭人麗淫而繁句也」。明末文人陳子龍曾比較莊子與屈原作品中的聯類想像特點：「二子（指莊子、屈原）皆才高而善怨者，或至於死，或遁於無乎有之鄉，隨其所遇而成耳。故二子所著之書，用心恢奇，逞辭荒誕，其宕逸變幻亦有相類。後人讀之者，每莫測其端倪，以為文人之任誕好為恣放而已。是不然。凡諸家之書，所引鳥獸蟲草之屬或多不經。

惟莊子所用名稱、方產最為爾雅，而《騷經》所載神異詭見之物，皆依於職方、山海之典，即其細者如此，則古人著書立言，豈有聊自恣放，不復條理哉？」（《安雅堂稿》卷三）陳子龍認為屈原與莊子都善用「興」，這種用「興」就是運用聯類不窮的手法，來擴展想像。莊子之書用典，表面看來汪洋恣肆，毫無端涯，其實都是有類可稽的，並不就是像後人所揣摩的。可見「興」從修辭表現手段來說，屬於類比想像，其中聯結的紐帶不僅是物與物之間的科學與理智，而且是依照人的情懷與直感對物與物之間的把握，中國古典詩詞曲賦之中的意象類推與境界創造，大抵遵循的是這種主觀邏輯，而不是客觀邏輯。這一點加拿大華裔女學者葉嘉瑩教授在其論中國古典詩詞的論著中說得很周詳精到，茲不再述。

《周易》中採用的用卦象來設隱喻的思維方式，也對「興」之中凝聚的象徵意義產生了直接的啟迪作用。「興」在借此言彼中，採用的不是明喻，這一點與「比」不同，而是通過更加曲折隱晦的象徵手段來達到，與「比」更富有美學內涵。在《周易》中的卦象製作過程中，採用了「立象以盡意，設卦以盡情偽」的思維方式，也就是針對遠古時代人們社會生活方式的變遷，用各種卦象來概括。如〈繫辭下〉中說：「作結繩而為網罟，以佃以漁，蓋取諸《離》。包犧氏沒，神農氏作，斫木為耜，揉木為耒，耒耨之利，以教天下，蓋取諸《益》。日中為市，致天下之民，聚天下之貨，交易而退，各得其所，蓋取諸《噬嗑》。……」這裡說明《周易》中的各種卦象文字是依據人類社會進化與發展的順序而製作的，其中寄寓著對人類社會興衰演變的猜測與概括，它企圖通過這種帶有神祕感通意味的變化之道來掌握世界。法國文化人類學家布留爾認為，原始思維的基本特徵是具有神祕性質的集體表象，「這些表象在該集體中是世代相傳，它們在集體中的每個成員

身上留下深刻的烙印，同時根據不同情況，引起該集體中每個成員對有關客體產生尊敬、恐懼、崇拜等等感情」。而這些集體表象則是「恐懼、希望、宗教的恐怖，與共同的本質匯為一體的熱烈盼望和迫切要求，對保護神的狂熱呼籲——這一切構成了這些表象的靈魂」。[19]這些話對於我們認識原始思維的特徵是很有啟發意義的。馬克思曾說人們掌握世界的方式有宗教、科學、哲學與藝術等類型，《周易》的這種融形象與猜測於一體的方式可以說是介乎宗教、哲學與藝術之間的一種掌握世界的方式。漢代哲人甚至用《周易》中的觀物取象來說明琴樂的產生：「昔神農氏繼宓羲而王天下，上觀法於天，下取法於地，近取諸身，遠取諸物，於是始削桐為琴，繩絲為弦，以通神明之德，合天地之和焉。」（桓譚《新論》〈琴道〉）《易傳》〈繫辭〉中引用孔子說明《周易》的話：「其稱名也小，其取類也大；其旨遠，其辭文；其言曲而中，其事肆而隱；因貳以濟民行，以明得失之報。」這種由具體而及抽象，採用隱喻的方式與原始「興象」的思維方式是相通的，它也深深地啟迪了後世論「興」時的思路，例如劉勰在《文心雕龍》〈比興〉中論「興」時說：「觀夫興之托喻，婉而成章，稱名也小，取類也大。」他主動地採用了《繫辭》中孔子論《周易》「稱名也小，取類也大」的話來說明「興」之特徵在於隱喻與象徵，與外在的「比」即明喻有很大的不同。清代章學誠提出：「象之所包廣矣，非徒《易》而已，六藝莫不兼之……與《詩》之比興，尤為表裡。」（《文史通義》〈易教下〉）他認為《周易》中的象與《詩經》中的「比興」表達，在某些方面是可以相通的。聞一多先生在〈說魚〉一文中曾指出：「《易》中的象與《詩》中的興，上文說過，本是一回事。所以後世批評家也稱《詩》中

19　《原始思維》，商務印書館1981年版，第5、27頁

的興為興象。西洋人所謂意象，象徵，都是同類的東西，而用中國術語來説來，實在都是隱。」[20]聞一多先生將「比興」與《周易》之象以及西方所説的意象及象徵相融通。而葉嘉瑩先生則認為中國古典美學的「興」，其含義是西方美學的一些相關概念無法神似的，因為它是中國文化特徵的高度凝縮。

中國古代先民們原始思維對「興」的影響，還體現在一種物感觀念之中。物感學説對「興」範疇的形成與延伸產生過重大的啟示作用。六朝時，兩漢儒學所強調的「依《詩》取興」，以政教規定「興」義的説法逐漸衰微，而古老的物感學説之上的「興」卻得到激活，從而使「感興」範疇登堂入室，這種現象促使我們對「興」背後的物感文化要去追溯一番。中國古代將天、地、人視為渾然一體的宇宙大系統，物與物之間，物與人之間，在「氣」的交通流變功能促發下，可以互相感應與影響，正是這種感應與交流，造成事物的生生不息。物與物之間的感通，是以類相召。《周易》中的〈咸卦〉是中國古代哲學史上較早地從以氣相感的角度來説明萬物相通相融，人心起興，緣於物色相感。這是一種神祕而直觀的以類相召之過程。《周易》中的經部有上下經，所謂「上經明天道，下經明人事」，下經以〈咸卦〉為首，説明〈咸卦〉的重要性非同一般。咸卦（䷞），下艮上兌，艮為少男，兌為少女，《彖傳》云：「咸，感也；柔上而剛下，二氣感應以相與。止而説，男下女，是以亨，利貞，取女吉也，天地感而萬物化生，聖人感人心而天下和平：觀其所感，而天地萬物之情可見矣。」〈咸卦〉以陰陽剛柔二氣感説明萬物的化生與演變，由直觀的男女交感推廣到天人交感，聖人感天地萬物而心生，眾人感聖心而天下和平。

20　《聞一多全集》第1卷，三聯書店1982年版，第118頁。

　　秦漢時期，這種「天人相感」的學說，在自然科學的進一步發展的基礎上，非但沒有被拒斥與排除，反而得到了進一步的發揮，人們藉助於天文氣象以及農業知識，發現了一定的氣候與生物生長之間的關係，如《淮南子》〈時則訓〉中所言：「孟春之月……東風解凍，蟄蟲始振蘇。魚上負冰，獺祭魚，候雁北。」《淮南子》〈泰族訓〉中言：「天之且風，草木未動而鳥已翔矣。其且雨也，陰曀未集而魚已噞矣。」這種物與物相感的中介就是人們感受到而不能確切說明的「氣」，人們還認識到這種神祕的感應作用不僅存在於天候與魚鳥蟲草之間，而且存在於此物與彼物之間，如陽燧取火、方諸取冰、鼓宮宮動、鼓商商動、磁石召鐵、琥珀掇介等等。特別是在人類與物景天候之中，也存在著交流情感，互相感應的現象，四時之氣不同，造成四時之景不同，故而人心為氣所感，情感也不能不隨之發生變遷。不僅物像天候能感動人，而且人心精誠也能反過頭來打動天。《淮南子》中對此多有闡說：「故聖人者懷天心，聲然能動化天下者也。故精誠感於內，形氣動於天，則景星見，黃龍下，祥鳳至，醴泉出嘉谷生。」（〈泰族訓〉）「天之與人，有以相通也。故國危亡而天文變，世惑亂而虹蜺見，萬物有以相聯，精祲有以相蕩也。」（〈泰族訓〉）中國古代的自然科學經常受到原始宗教學說如陰陽五行八卦學說的影響與支配，就像西方的自然科學同樣受到神學的影響一樣。故而《淮南子》這樣並非刻意渲染迷信的書，也時常難免將自然界與社會界存在的一些不能解釋的現象與原始思維中的迷信成分相糅雜。至於董仲舒等儒學家，更是有意識地將「天人感應」的說法與原始儒學相融合，用以支撐其為封建大一統政權服務的思想體系。在《春秋繁露》〈同類相動〉中，他列舉了自然界各種同類相動的感應現象：「美事召美類，惡事召惡類，類之相應而起也。如馬鳴則馬應之，牛鳴則牛應之。帝王之將興也，

其美祥亦先見。其將亡也，妖孽亦先見也。物固以類相召也。」董仲舒
看到了事物之間存在著普遍的同類相召的現象，並且也承認這些現象
之間「非有神，其數然也」，這說明他也尊重事物之間有一種必然的感
通作用，但是一旦他將這種自然現象與社會人事溝通時，便難免隨順
時流，將其說成是天人之間超驗的關係，從而將天塑造成超自然的人
格神。這種說法在當時也是一種共識。[21]

　　但是，這種原始思維中注重渾樸與直覺的思維方式，用以說明審
美與藝術創作的發動時，卻是產生了很深廣的影響。西漢辭賦家東方
朔〈七諫〉〈哀命〉中云：「同音者相和兮，同類者相似。飛鳥號其群
兮，鹿鳴求其友。故叩宮而宮應兮，彈角而角動；虎嘯而谷風兮，龍
舉而景雲往。音聲之相和兮，言物類之相感也。」兩漢緯書中說：「夫
神守於心，游於目，窮於耳，往乎萬里而疾，故不得而不連，從胸臆
之中而徹太極，援引無題，人神皆感，神明之應，音聲相和。」（《樂
緯》〈動聲儀〉，《太平御覽》卷一）「詩者，天地之精，星辰之度，人
心之操也。在事為詩，未發為謀，恬淡為心，思慮為志，故詩之為言
志也。」（《春秋緯》〈說題辭〉）甚至一些著名文人如王褒也認為：「詩
人感而後思，思而後積，積而後滿，滿而後作。言之不足，故嗟嘆
之，嗟嘆之不足，故詠歌之，詠歌之不厭，不知手之舞之，足之蹈之
也。」（《四子講德論》）六朝時代強調「興者，有感之辭也」（摯虞《文
章流別論》），「起情故興體以立」（劉勰《文心雕龍》〈比興〉），不能
不說同這種「物感」說一脈相承，其哲學基礎是從天人相感的原始思
維中胎息而來的。

　　古代思想家與文論家除了論證人在生理方面與天地相似外，還從

21　參見任繼愈主編：《中國哲學發展史・秦漢卷》，人民出版社1985年版，第558頁。

人格與情感上，說明天與人之間的會通。董仲舒認為人的喜怒哀樂它與天的春夏秋冬相對應：「春，愛志也；夏，樂志也；秋，嚴志也；冬，哀志也。故愛而有樂，樂而有哀，四時之則也。」（《春秋繁露》〈天辨在人〉）天與人的感情融通與感應是由「氣」作為中介來傳遞的，「氣」是一種生命的因素與旋律，它穿通自然與人類，使二者雖屬不同的種類而能互相感應。這種直觀論啟示後來中國的藝術家在將一草一木、一蟲一鳥都視為有靈之物，與人的感情相對應，與人格相溝通，使文藝創作情景交融。比如《文心雕龍》〈物色篇〉云：

> 春秋代序，陰陽慘舒，物色之動，心亦搖焉。蓋陽氣萌而玄駒步，陰律凝而丹鳥羞。微蟲猶或入感，四時之動物深矣。若夫珪璋挺其惠心，英華秀其清氣，物色相召，人獲誰安？是以獻歲發春，悅豫之情暢；滔滔孟夏，鬱陶之心凝；天高氣清，陰沉之志遠；霰雪無垠，矜肅之慮深；歲有其物，物有其容；情以物遷，辭以情發。一葉且或迎意，蟲聲有足引心。況清風與明月同夜，白日與春林共朝哉！

劉勰認為季候變化與人的情感存在著感應的關係，春天萬物復甦，人的情感也易於萌動；夏天熱烈，人的情緒高昂；秋日蕭索，悲情易生；而冬天萬物蕭殺，人的情志也深沉高遠。後來的一些文人與畫家也經常強調自然界四時季候與人的情感的相通。

自然界以其風韻感染人，人反過來也可以將其擬人化，感興正是建立在這種「物感」基礎之上，《文心雕龍》〈物色〉云：「山沓水匝，樹雜雲合。目既往還，心亦吐納。春日遲遲，秋風颯颯。情往似贈，興來如答。」在劉勰看來，所謂「興」乃是對於自然界無窮美景誘惑的反應。北宋理學家程顥在《秋日偶成二首》之二中有：「萬物靜觀皆自

得，四時佳興與人同。道通天地有形外，思入風雲變態中。」理學家雖然主靜主敬，但在面對四時美景也不能無動於衷，而是率然起興。鍾嶸《詩品序》開頭說道：「氣之動物，物之感人，故搖盪性情，形諸舞詠。照燭三才，暉麗萬有，靈祇待之以致饗，幽微藉之以昭告。動天地，感鬼神，莫近於詩。」這一段話很明顯也是從《周易》中的「天人相感」與兩漢的「天人感應」說發展而來的，它保留著非常清晰的傳統「物感」說的神祕色彩，將詩與樂舞視為溝通神鬼與人類之間的精神現象，鍾嶸論「興」很顯然還沒有擺脫傳統「物感」說的影響，遺憾的是現在的一些論鍾嶸詩學的著論在引這段話時往往不引前四句後面的話，從而曲解了這段話的全義，割斷了鍾嶸詩學思想與原始思維中「物感」說，以及漢代《毛詩序》之間的聯系，這是不全面的。當然，在論「興」時，鍾嶸接受了漢魏以來的言意之辨與美學觀念，注重五言詩起興時與四言古詩的不同旨趣，提出了「文已盡而意有餘，興也」的觀點，這種論「興」的變革意義毫無疑問是巨大的，我們在後面還要詳盡論及，這裡就不多說了。

第六章

「興」的內涵

　　「興」是中國古典美學中最能反映中國文化特徵的範疇，它的基本特點就是將中國文化中天人感應、觀物取象等思維方式融化到藝術創作過程中。「興」以緣情感物、借景抒情的美感心理方式，濃縮了中國藝術創造的奧秘，其結構呈現出歷史與邏輯相一致的特點。這就是從最早的「比興」托喻之辭，演化充實為感興寄託與意在言外的內涵。「興」從創作對象的角度來說，倡導緣物而感；從作者主觀方面來說，提倡寓情寫意；從主客觀合一的作品層面來說，則倡舉意在言外、回味無窮的審美境界。這三重意義，渾然融化成中國美學關於文藝創作的基本範疇，是中國文化特質在美學上的匯聚。

第一節　「比興」與托喻

　　最早時的「興」是作為經學家對《詩經》的解說提出的，從《周

禮》到《毛詩序》所說的「六義」，其中提出的「興」與「賦」、「比」並列，作為傳達政教意圖的創作手法與修辭手段，基本上與審美無緣。這一階段的「興」往往是作為托喻之辭而被賦予意義的。東漢經學家鄭玄在《周禮注》中說：

> 賦之言鋪，直鋪陳今之政教善惡。比，見今之失，不敢斥言，取比類以言之。興，見今之美，嫌於媚諛，取善事以喻勸之。

他又引鄭眾的話說：「比者，比方於物也；興者，託事於物也。」唐代孔穎達《毛詩正義》〈詩大序疏〉中發揮了鄭玄「比刺興美」的觀點，提出：「賦者直陳其事，無所避諱，故得失俱言。比者，比托於物，不敢正言，似有所畏懼，故云見今之失，取比類以言之；興者，興起志意，讚揚之辭，故云見今之美以喻勸之。」漢儒以「美刺」論詩，將《詩經》視為一部風化天下，進行人格修養的經書，他們關注的重點是如何發揮這部經書的政教意義，實現他們心中的王道之治。

從兩漢政權結構來說，中國古代自秦朝開始，結束了先秦以來長期的諸侯交爭、分裂動盪的局面，建立了大一統的封建專制帝國，這種專制國度將宗法社會的以血緣分別親疏等級的結構，演化成以專制帝王直接通過龐大的官僚集團控制國家，駕馭人民。知識分子與帝王的關係，從春秋戰國時代的師友關係、君臣關係演變為單一的君臣關係，帝王與臣僚的關係主要通過行政關係來體現，它削弱了宗法社會賴以維繫政權的血緣關係。但這種社會的過於專斷與法制化，易於失去血緣親情關係的調控，一旦社會面臨危機則無法收拾。秦朝的二世而亡就說明了這一點。漢代思想家尤其是那些儒生，對秦朝毀棄仁義、刻薄寡恩的政策是深惡痛絕的，他們無力在實務上與帝王分庭抗

禮，於是就憑藉其解釋元典文化的權力，與帝王權勢相抗衡。漢初以來，經過賈誼與董仲舒等人多年的努力，到漢武帝時期，儒學在遭受秦朝破壞之後，重新被官方所認同，並通過置五經博士、設太學、建樂府以實施這一套教化體系。漢代的儒生企圖通過建立一套「天人感應」的儒學意識形態與政治監控體系來調整與帝王的關係，使封建專制帝王至高無上的權威得到約束，儒學在社會不僅具有指導思想的地位，而且具有調諧社會士人與帝王關係的功能。這樣的話，儒家的五經也就超出了一般經典的意義，承擔了構建主流意識形態的功能，人們對《詩經》的看法，帶上了濃烈的政教色彩，這就是為什麼經學家論「賦、比、興」與文學家論「賦、比、興」會如此不同。

　　漢唐經學家論「比興」，多是從「美刺」的角度去談的。由於強調「比興」是與特定階段的臣下對帝王的諷諫而言的，因此，作為《詩經》中緣情起物的「興」，也就難免與先入為主的政教需要結合起來。成書於東漢的《毛詩序》提出：「上以風化下，下以風刺上」，但是它又強調這種諷諫必須掌握好尺度，不能過分。它指出：「主文而譎諫，言之者無罪，聞之者動心。」鄭玄對此解釋道：「風化、風刺，皆謂譬喻不斥言也。主文，主與樂之宮商相應也。譎諫，詠歌依違，不直諫也。」朱熹釋「主文」一詞為「主於文詞而托之以諫」（《呂氏家塾讀詩記》卷三），朱自清先生在《詩言志辨》〈賦比興通釋〉中說：「『主文』疑即比興。」[1]從《毛詩序》的作者實際上是在提醒人們，詩可以怨，但對統治者的諷刺要溫和含蓄，旁敲側擊，這種關係實際上反映了在漢代這樣的大一統國度中，作為《詩經》傳授者的知識分子與帝王所處的森嚴的君臣綱常關係中，不得不採取的一種手法，而「比興」

1　　《朱自清古典文學論文集》（上），上海古籍出版社1981年版，第256頁。

則正好可以作為托喻比方的手法，於是漢儒採用了「比興」論詩的範疇來說詩。實際上，漢代儒生對這一點是非常清楚的。東漢鄭玄在《六藝論》中就曾說：

> 詩者，絃歌諷諭之聲也。自書契之興，朴略尚質。而稱不為諂，目陳不為謗，君臣之接，如朋友然，在於懇誠而已。斯道稍衰，奸偽以生，上下相犯。及其制禮，尊君卑臣。君道剛嚴，臣道柔順。於是箴諫者稀，情志不通，故作詩者以誦其美而譏其過。

依照鄭玄的說法，詩的「絃歌諷諭之聲」的性質是在歷史的環境形成的，本來在上古年代中，君臣之序未嚴，人們議論直諫也無妨，只有到了禮制嚴密之後，君臣之序神聖不可動搖，於是臣下進諫只好採用委婉曲致的方法，而《詩經》的「比興」為詩的手法恰好可以填補這種空缺。《漢生》〈儒林傳〉中記載王式為昌都王師傅，曾用《詩》三百篇作諫，成為後世所謂「詩諫」的先例。儘管兩漢儒生這樣做不乏其進步意義，表達了兩漢士人在大一統封建專制帝國中意欲通過建立自己的權力話語來約束帝王的威權，實現自己政治理想的願望。但是他們以「比興」論《詩》，卻是使「比興」的內涵無法獲得獨立，「比」與「興」只是在表達政教內涵的修辭手法上略有不同，都是托喻之辭，一是明喻，一是暗喻。齊梁時鍾嶸《詩品序》中說「因物喻志，比也」，將「比」說成喻。實際上，「興」亦可說成喻。孔穎達就說：「興者喻。……興、喻異名而實同。」（《毛詩正義》卷一）東漢王逸論《離騷》之「興」，也是從比喻的角度去說的。王逸在《離騷經序》中指出：「《離騷》之文，依詩取興，引類譬喻。故善鳥香草，以配忠貞；惡禽臭物，以比讒佞。」王逸認為屈原的《離騷》參照《詩經》中的

「比興」手法，引類譬喻。

在漢代儒生看來，「比」與「興」的區別不大，都是詩人從婉曲地表達情志的角度出發，來修辭達意。這種看法一直延續到後來。唐代詩論家皎然在《詩式》中也提出：「興者，立象於前，後以人事喻之。」「托喻謂之興也。」皎然強調「興」的形象寄寓，注意到了「興」與意境問題的相關，但是從中也可以看出他仍然保留了許多「興」以托喻的傳統觀念。後世許多強調詩歌與文學「美刺」功能的文人，很難擺脫這一套思路，比如元代楊載《詩法家數》中說：「諷諫之詩，要感事陳辭，忠厚懇惻。諷諭甚切，而不失情性之正，觸物感傷，而無怨懟之詞，雖美實刺，此方為有益之言也，古人凡欲諷諫，多借此以喻彼，臣不得於君，多借妻以思其夫，或托物陳喻，以通其意。但觀漢魏古詩及前輩所作，可見未嘗有無為而作者。」楊載強調「比興」的運用乃是為了將心中的忠厚懇切之情婉曲地表現出來，是出於政教之意而形成的傳載手段。清代文人馮舒將這一點意思說得最為清楚：

> 大抵詩言志，志者，心所之也，未可直陳，則托為虛無惝怳之詞，以寄幽憂騷屑之意。昔人立意比興，其凡若此。自古及今，未之或改。故詩無比興，非詩也。（《家弟定遠遊仙詩序》）

馮舒認為「比興」是詩以言志的根本所在，自古及今莫之能改。他的話不無道理。儘管從魏晉開始，人們就試圖將「興」與「比」相剝離，但是由於在中國古代社會中，文學始終難以擺脫「美刺」的政教功能，因此，一旦社會與文化需要文學承載起救國救民的責任時，「美刺」與「比興」就必然要連繫在一起了，這一點，我們從中唐一些詩人與明末陳子龍、王夫之等人對「比興」的重倡中可以看得很清楚。

　　中唐時期，隨著文學與政治關係的密切，一些有志於復興儒學的文人自覺地運用詩文革新來參與政治，於是在六朝時期曾被文士所忽視的詩歌的「美刺」、「比興」功能再度受到倡舉。「比興」再次被說成托喻之辭。白居易說：「故興離別則雙鳧一雁為喻，諷君子小人則引香草美人為比。」（《與元九書》）白居易認為漢末文人五言詩雖與古詩有別，但是猶得古詩「比興」托喻遺意，而六朝的山水田園之詩則完全背離了「比興」原則。柳宗元《楊評事文集後序》中說：「文有二道：辭令褒貶，本乎著述者也；導揚諷諭，本乎比興者也。……比興者流，蓋出於虞夏之詠歌，殷周之風雅，其要在於麗則清越，言暢而意美，宜流於謠誦也。」柳宗元認為「比興」一是為了符合政教原則，二是出於文學言暢而意美的需要，他力圖調諧「比興」之中的政教與修辭的關係。但是這二者在文學創作中不可能處於經常的矛盾之中，尤其是「興」，嚴格說來，與「比」的差別是文學的審美功能與非文學的實用功能之間的差別。「比」僅是一般的比喻，是使主觀表達走向形象化的過程。這種主觀表達可以是審美的情感，也可以是非審美的思想概念；換言之，文學可以用比喻來表達，科學與哲學也可藉助於比喻來表達，因此，「比」是無法走出修辭的天地的。而「興」則不同，它背後的本體是審美情感，它的意蘊與象徵天地與「比」相較，要大得多，也深得多，因為只有人的審美情感是最豐富多彩，最難以言說清楚的。這一點，六朝人說得最為明顯。志中有情，情中含志，情志並非不可統一，但是問題在於二者發生衝突時，儒學影響下的士人往往強調情興導入比喻，情感納入志向之軌，也就是「發乎情，止乎禮義」。這樣的話，「興」只能成為傳達概念的符號。先入為主的創作方法，往往使文人言不由衷，甚或扭曲情志，有背自然，即使思想內容是進步的，也會破壞詩作的真實與感染力。白居易與元結、元稹等新

樂府運動領導人物的作品，往往就有這樣的弊病。不是有感而發，往往難免趨於作偽，實際上也違背了儒家「修辭立其誠」的宗旨。清代宋大樽在《茗香詩論》中指出：「詩以寄興也。有意為詩，復有意為他人之詩，修辭不立其誠，未或聞之前訓矣。蔡中郎曰：『諸生競利，作者鼎沸。其高者頗引經訓風諭之言，下則連偶俗語，有類俳優，或竊成文，虛冒名氏。』雖言辭賦，厥後詩之傲傲，亦莫不然。蓋競利者如彼矣，子雲作賦，常擬相如以為式，尋以為非賢人君子詩賦之正也，於是輟不復為，而大覃思《渾天》，作《玄》文。桓譚以為文義至深，而論不詭於聖人。前之擬相如作賦，猶不寄興之詩也，競利也；後之作《玄》文，猶寄興之詩也，非競利也。」宋大樽指出，詩是用來寄興的，前提是要做到修辭立其誠，如果不能做到這一點，很難產生出優秀的詩作來。他引用了東漢末年蔡邕指斥當時鴻都門學召集的一些門徒，只是為了競利，好的還引一些聖人的經訓以點綴門面，更多的則是玩弄文字遊戲，有類俳優。他還舉了揚雄的事例來說明。揚雄作賦模仿司馬相如，沒有自己的興寄，而等到他作《渾天》《太玄》，儘管不是詩賦之作，但是其中有誠意，反而可以稱作為寄興之作。宋大樽的這番話是極具啟發意義的，能否寄興，關鍵在於情志的真誠，如果沒有情志的真誠，只是為某種外在功利目的所限，就會違背詩以寄興的初衷。

第二節　「比興」的分道

漢末之後，「比興」開始了相對分道與獨立的趨向。「興」在演變中，開始從托喻之辭向著獨立的感物起情、寄興寓意方向發展，其意義逐漸延伸拓展，由單一層次向著多重層次轉化。這種轉化是尤其內

在矛盾在時代環境刺激下轉變而成的。

　　「興」之中所蘊含的自然感發與詩以載道的矛盾，從根本上來說，是文學的審美功能與認識和政教功能的衝突。許多受儒學影響較深的詩論家總是喜歡將「比」與「興」都納入理性思維的軌道，而抹殺「比」與「興」在主體中的不同功能。如清代詩論家陳啟源說：「比興皆托喻，但興隱而比顯，興婉而比直，興廣而比狹。故必窮研物理方可與言興。」（《毛詩稽古篇》）這裡可以明顯地看出，陳啟源將「比」與「興」只是作為一般理性思維方式的做法。尤其是他強調「必窮研物理方可與言興」，則完全不顧「興」的自然感發的詩歌審美特徵。詩歌中運用「興」不僅是一種修辭，更主要的是它可以緣情起物、使情成體，是中華民族特定的藝術思維的方式。當人的情感受到社會理性與道德控引時，詩歌之「興」也是不自由的，它必然要受到抑制，並被與「比」捆綁在一起，作為宣揚政教的詩法而定位。

　　但是，隨著人的主體的成熟，以及情感的獨立，人們的審美慾望必然要衝破禮義與理式的束縛，自然感興也就順理成章地成為審美解放的產物。因此，漢末魏晉以來，人們談「興」，一方面也繼承了傳統的「比興」皆托喻的說法，從「六義」的角度去看待「比興」問題，更一方面則試圖將「興」從「比」中剝離出來。最早從這一方面入手的不是思想解放的文士，倒是頗為守舊的文人摯虞。他在《文章流別志論》中說：「賦者，敷陳之稱也；比者，喻類之言也。興者，有感之辭也。」摯虞強調「比」是喻類之詞，而「興」則是有感之辭。摯虞並沒有否定傳統的「六義」之說，相反，他倒是一再強調「然則雅音之韻，四言為正，其餘雖盡備曲折之體，而非音之正。」但是他畢竟認識到「興」與「比」相比，是緣心感物的審美體驗的過程，「興」中也有喻，但是從本質特徵來說，它卻是有感之辭。所謂「有感之辭」，也就

是說它是自然而然產生的審美體驗，是自律而非他律的。無感而發，儘管言志載道，也是無興而談的。摯虞的這一觀點對於魏晉南北朝人們對「興」的解放，顯然起了極大的啟發意義。它也是受到當時「任情而動」、率興而發的社會思潮與時代風尚的感染。當時，將「興」與應感之說連繫起來考察，成為論「興」的共同觀點。劉勰《文心雕龍》〈比興〉篇中說「起情者，依微以擬議。起情故興體以立，附理故比例以生。……觀夫興之托諭，婉而成章，稱名也小，取類也大。」劉勰兼顧「興」的托喻與緣情興感之間的關係，他力圖調和感發志意與托喻微諷之間的矛盾，但從劉勰美學思想總體來看，他還是較為關注「興」的自然感發作用，在許多地方言及「興」時，都是強調「興」的緣情起物的特點。劉勰說：「人稟七情，應物斯感，感物吟志，莫非自然。」（《文心雕龍》〈明詩〉）劉勰認為人們的審美情感是受外物感召而起的，它是一個自然而然的過程，而「興」則是人們對於外物感召的應答。《文心雕龍》〈詮賦〉篇中提出：「原夫登高之旨，蓋睹物興情。情以物興，故義必明雅；物以情觀，故詞必巧麗。」劉勰指出所謂「興」，乃是人的情感對於外物感召的自然衝動，六朝人論「興」大都是建立在自然感興觀念之上的。鍾嶸《詩品序》中指出：「氣之動物，物之感人，故搖蕩性情，形諸舞詠。……若乃春風春鳥，秋月秋蟬，夏雲暑雨，冬月祁寒，斯四候之感諸詩者也。嘉會寄詩以親，離群托詩以怨。至於楚臣去境，漢妾辭宮，或骨橫朔野，魂逐飛蓬；或負戈外戍，殺氣雄邊；塞客衣單，孀閨淚盡；或士有解佩出朝，一去忘返；女有揚蛾入寵，再盼傾國；凡斯種種，感蕩心靈，非陳詩何以展其義，非長歌何以騁其情？」鍾嶸認為人們在自然景物與社會人事的感召與刺激之下，不得不發為詩情，油然興感。他在文中用反問的語氣說明社會人事對人們心理的刺激，會形成種種不能自已的審美衝動，

最好的詩就是在這種情況下產生的。梁代史學家與文學家蕭子顯《自序》云：「追尋平生，頗好辭藻，雖在名無成，求心已足。若乃登高目極，臨水送歸，風動春朝，月明秋夜，蚤（早）雁初鶯，開花落葉，有來斯應，每不能已也。……每有製作，特寡思功，須其自來，不以力構。」蕭子顯在梁代是頗有聲名的文人，他在從事創作時能夠縱任情性，擺脫傳統詩教的束縛，完全游心內運。他雖然沒有明確論及「興」的範疇問題，但是在關於藝術創作本源的問題上，他卻是力主以興為詩，而放棄政教功利的目的。在當時，他的這種觀點代表了追逐新變的文士以情為文的美學觀，雖然不無綺靡輕佻的成分在內，受到劉勰等文論家的指斥，也確實存在著追奇逐豔、罔顧內容的偏向，但是在論及創作發動的問題中，他主張尊重情感的自然起發，勿以外在功利目的去扼制與扭曲心靈，這至少從美學上來說，是有著相當的進步意義的。自茲之後，從有感而發的角度來論「興」與「比」之別在文壇上就產生了很大的影響：

山川之秀美，風俗之朴陋，賢人君子之遺跡，與凡耳目之所接者，雜然有觸於中，而發於詠歎。（〔宋〕蘇軾《江行唱和集序》）

詩有六義，興居其一。凡陰陽寒暑，草木鳥獸，山川風景得志於適然之感而為詩者，比興也。〈風〉〈雅〉多起興，而楚《騷》多賦與比。（〔宋〕吳渭〈詩評〉）

子美之志，其素所蓄積如此，而目前之景，適與意會，偶然發於詩聲；六義中所謂興也。興則觸景而得，比乃取物。（〔宋〕張戒《歲寒堂詩話》卷下）

自古工詩者，未嘗無興也。觀物有感焉，則有興。（〔宋〕葛立方《韻語陽秋》）

　　情者，心之精也。情無定位，觸感而興，既動於中，必形於聲。
（〔明〕徐禎卿《談藝錄》）

　　詩有六義，其四為興。興者，因事發端，托物喻意，隨時成詠。
（〔清〕王闓運《詩法一首示黃生》）

　　從這些論述來看，六朝之後，將「興」說成是緣心感物的創作活動，成為許多文論家與畫論家的共識。即使是正統的經學家也不能不顧及這一點。比如唐代經學傳人孔穎達對漢代經學家論「比興」的看法基本上是肯定的。但是孔穎達也吸取了六朝人重自然感興的觀點，在談到詩歌的產生時說：「感物而動，乃呼為志。志之所適，外物感焉。言悅豫之志則和樂興而頌聲作，憂愁之志則哀傷起而怨刺生。〈藝文志〉云：『哀樂之情感，歌詠之聲發。』此之謂也。」（《詩大序正義》）孔穎達對班固《漢書》〈藝文志〉中所說的觀點依據六朝人的「自然感興」說作了補充與發揮。在他看來，人心感於物是一個不假功利，自然產生的過程。這一看法，實際上與他論「比興」重在「美刺」、先入為主的看法是有牴牾的。再如白居易，雖然對漢儒的「比興」論從以詩諷諫的角度作了最大的發揮，但是他又吸收了魏晉六朝人的「感興」論。在《與元九書》中白居易說：「大凡人之感於事，則必動於情，然後興于嗟嘆，發於吟詠，而形於歌詩矣。」這與他一再主張的以詩作諫的詩學思想是矛盾的，以詩為諫必然是從概念出發，而自然興嘆，則是依情為詩，無所傍假。白居易在自己的詩歌創作中也充滿了這種無法克服的矛盾。他的諷喻詩大多是先入為主的諷諫作品，其「比興」用法遵循漢儒所倡的「比興」論，故難免枯燥無味的說教，而其感傷詩與閒適詩倒往往自然興嘆，詩味雋永，依據的是六朝人的自然興情的創作原則。「興」的這種分裂在六朝之後是非常明顯

的，有的還難以擺脫傳統「比興」的說法，往往將「比興」夾纏在一起。如託名賈島的《二南密旨》說：「取類曰比。比者，類也。妍蚩相類，相顯之理。或君臣昏佞，則物像比而刺之；或君賢明，亦取物比而像之。感物曰興。興者，情也。謂外感於物，內動於情。情不可遏，故曰興，感君臣之德廢興而形於言。」這裡雖然還是「比興」一體，但是所言之「興」幾乎與兩漢經生的看法大相逕庭，它強調「興」的外感於物而內動於隋，是從六朝之「興」發展而來的。另外有相當的文人論「興」不再拘泥於傳統的「比興」論，言「興」時盡量不再提及「比興」一體之事，盡量將「比」與「興」分開。託名王昌齡的《詩格》中說：「一曰感時入興。古詩『凜凜歲云暮，螻蛄多鳴悲，涼風率以厲，遊子寒無衣』。文通（江淹字）詩『西北秋風起，楚客心悠哉。日暮碧雲合，佳人殊未來』。此皆三句感時，一句敘事。」《詩格》中將「興」的用法分成十四類，而首推「感時入興」，認為「興」的產生首先是由於四時推移所引起的人們對外物的感興，這種情感緣物而感，不能自已，它並沒有政教意義的參與。《詩格》中其他地方言及「興」的用法，也完全是從詩歌表現手法的前提下去說的，如「引古入興」、「犯勢入興」、「先衣帶後敘事入興」、「景物入興」等等皆是。值得注意的是，《詩格》中純粹從詩法角度著眼而不顧及詩教的立論，對「興」的範疇擺脫傳統詩教中的「比興」範疇，是一個巨大的進步。它說明，對「興」的論述若能不從政教的角度出發，而從緣情感物的美學角度與藝術表現手法的角度去談，則其中的內蘊可能更為深刻，可開掘的東西更多。

唐宋以來，許多文人也是從這方面去著眼的。歐陽修在《梅聖俞詩集序》中說：「凡士之蘊其所有，而不得施於世者，多喜外放於山巔水涯，外見蟲魚草木風雲鳥獸之狀類，往往探其奇怪；內有憂思感憤

之鬱積，其興於怨刺，以道羈臣寡婦之所嘆，而寫人情之難言。蓋愈窮則愈工。」歐陽修繼承了鍾嶸的詩學觀念，他從人生遭際與創作源泉出發，提出大凡士大夫由於不得志，內心苦悶必然要尋找宣洩，於是外見各種各樣的景物，不免借酒澆愁，所謂「興」，正是這種內外相合的引爆點。明代謝榛《四溟詩話》中指出：「凡作詩，悲歡皆由乎興，非興則造語弗工。」謝榛認為「興」是悲歡在詩歌創作中的自然表現，李白、杜甫這樣的大詩人所在成功，無非是善於用「興」造語，緣情成體。從這些論述來看，中國古代文論中的「興」在涉及藝術創作本體論時，常常強調「興」使作者潛藏的藝術生命得到激活；「興」使作者內心的苦痛找到了洩洪點；「興」使作者的創作得到了實現。如果說，兩漢經學家對「興」的理解限於「美刺」，不入「美刺」的「興」受到否定，使詩人的生命意識無法通過「興」的激活而得到表現，那麼，擺脫了「美刺」政教大義的詩人之「興」更能展現人的藝術生命。同時，通過個體感受「興」創作出來的「美刺」之作，較諸從抽象的義理出發的說教更能感動人。正如明代思想家李贄所說：「且夫世之真能文者，比其初皆非有意於文也。其胸中有如許無狀可怪之事，其喉間有如許欲吐而不敢吐之物，其口頭又時時有許多欲語而莫可所以告語之處，蓄極既久，勢不能遏。一旦見景生情，觸目興嘆，奪他人之酒杯，澆自己之壘塊；訴心中之不平，感數奇於千載。」（《雜說》）李贄強調經過自己切身感受的情感與義理，一旦興于嗟嘆，則會產生強烈的藝術感染力。同樣，這種興於個體的感嘆，是一種強烈的感情，它最能衝破禮義的束縛，故北宋理學家邵雍批評：「近世詩人，窮戚則職於怨憝，榮達則專於淫佚。身之休戚，發於喜怒；時之否泰，出於愛惡；殊不以天下大義而為言者，故其詩大率溺於情好也。噫，情之溺人也甚於水。」（《伊川擊壤集序》）邵雍批評當時的文士喜歡隨興而

感，不遵理義，他本能地感到以情興為詩，會削弱理義對人心的禁錮。理學家深知「興」的這種對生命的肯定與讚揚，會衝破封建綱常，故而他們將情興視為洪水猛獸，這也恰恰說明「興」的藝術生命價值。故而明清時期的浪漫派文人，大力倡導「獨抒性靈，不拘格套」的理論學說，而「興趣」、「意興」則是其中的重要內容。

第三節　「興」與意蘊

　　自然感興，寓意抒情的藝術作品，必然是回味遠窮，韻致深遠的，從這一角度來說，「興」是藝術境界產生的前提，無「興」不能產生出渾然天成、意境超邁的作品。嚴羽《滄浪詩話》中嘗言：「詩者，吟詠情性也。盛唐詩人惟在興趣，羚羊掛角，無跡可求。故其妙處瑩徹玲瓏，不可湊泊，如空中之音，相中之色，水中之月，鏡中之象，言有盡而意無窮。」嚴羽認為盛唐詩人「惟在興趣」，故其詩渾然無跡，意在言外，韻味深冽。因此，「興」從作品論來說，以「言有盡而意無窮」作為基本特徵，涉及意境的深層構造。這是「興」在發展中形成的另一內涵，也是作為審美範疇的「興」的重要理論價值。

　　兩漢之後的文士論「興」所以能夠擺脫「美刺」、「比興」互聯的觀念，是因為他們認識到了「興」的本體是情感，與「比」的本體是理性不同，而審美情感有著許多非理性的成分在內，「興」既可以融合理性，包含著較多的理性成分，也可以是一種靈感心理，是理性所無法知曉與駕馭的，而其本質上則是審美情感。兩漢將「比」與「興」纏結在一起，是為了用理性與道德的概念來約束它，成為言聖人之志的工具。到了魏晉時期，詩教的淪喪，使人們將詩歌與文章視為生命意志的顯現，不再以理性與道德概念來規範「比興」，於是「興」的獨

立的審美情感本質得到認同，原先被「詩言志」說法所淹沒的靈感心理受到重視。其實，中國古代人很早就認識到靈感現像是普遍存在著的，但是在審美心理學中一直沒有得到承認，更不可能將它與「比興」範疇相連繫，而到了魏晉時期，人們在獨立地研討審美心理與創作心理時，發現率然起興中存在著許多無從知曉然而卻又是時時出現的「應感之會」（見陸機《文賦》）。齊梁時代，文人們進一步提出，這種神思感興是文學創作區別於實用文體寫作的特徵，從而賦予感興以美學的本質特性。劉勰《文心雕龍》中有〈神思〉篇專門討論這一問題。後來的一些詩人論「興」也看到了「興」的這種率然而感的非理性特點，如明清之際的王夫之在《薑齋詩話》中說：「興在有意無意之間，比亦不容雕刻。」清代馮班《鈍吟雜錄》云：「蓋詩人寓興，文無定例，率隨所感。」他們的論述都強調了「興」的這種隨意性，儘管這些人也非常重視詩教作用，但他們從尊重詩歌本身的特殊審美心理發出發，也認同了這種感興的細微的心理特點。即使從「言志」角度來說，這種志（理性）也並不都是得夠說得明明白白的，只要進入詩的創作範疇，總有一些東西是無從知曉，只好順其自然的。

在漢末魏晉以來，隨著言意之辨理論的流布，人們開始用這一新的理論思維來觀察與看待「比興」問題，認為「興」作為最能反映藝術思維特點的美感體驗，是最符合「言不盡意」的特點的。陸機在其《文賦》中就提出文學構思是解決「意不稱物，文不逮意」的關鍵，而文學創作的第一步則是緣心感興，即「遵四時以嘆逝，瞻萬物而思紛」，然後才進入到展開想像、構造形象的過程。陸機將「興」作為緣心感物，構造形象的由頭，是使情成體的啟端。他認為「興」有的是可以用語言與概念來駕馭，有的則是一種「應感之會」，來不可遏，去不可止，作者的意識是無法控引的，當然也就不可能是一種明晰的文

字概念。這種非概念所能明確表達，非語言所能窮盡的思致與情感，最符合王夫之所說的「興在有意無意之間」的特點。至齊梁時的鍾嶸《詩品序》則明確提出：「文已盡而意有餘，興也」，正式用「言意之辨」來說明「興」的思維特點，將它與「因物喻志」相區別。這種幽深難識之意，構成了「興」的文本特點，這種文本適合於人們用來表達內心幽微難測的心境，是寄託內心情思的最好途徑。魏晉之際的正始文學即開始主動地運用這種「比興」手法來表現內心的苦悶，寄託內心的幽思，故而唐初的陳子昂標舉「興寄」，首先推舉的就是「正始之音」，而「正始之音」的代表作家即是阮籍的詠懷詩。如果說過去的「比興」強調是所謂政教意義上的「美刺比興」，是代社會與政治立言達志，而漢魏以來的「比興」，則重在個人情志的抒托，這樣的話，意蘊就更加深刻難識，「興□之中所需要的精神空間就更加大了，故而鍾嶸《詩品》說阮籍的《詠懷詩》「言在耳目之內，情寄八荒之表」。這種意蘊深度是靠特定的「寄興」表現手法來實現的，而傳統的「比興」托喻手法顯然已經無能為力。我們只要比較《詠懷詩》中與《詩經》中所用的「比興」手法，就可以看出二者有很大的不同，前者有的開頭用「興」作為發端，有的則是全篇用「興」，所用之「興」也是撲朔迷離，閃爍不定，「厥旨淵放，歸趣難求」，使人很難得其確解，劉宋時期的顏延年想註解這些詩時就感到不好下手，難以捕捉其中的意思。當然，阮籍對「興」的發展實在是因了當時他所處的特定環境，以及他自己的性情與風格，創作出了這樣深邃難識，澤溉後世的詩作。同時也啟發人們對「興」的這種「言不盡意」、寄託無限功能的開掘。鍾嶸將「興」說成是「文已盡而意無餘」，也清楚地看到了阮籍在這方面的貢獻。他對《古詩十九首》以及阮籍《詠懷詩》的評論，是明顯地用了這種理論來分析的。「興」中有意，或者將「興」的本體規

定成意在言外的審美情思與意蘊，這就大大拓展了「興」中的精神空間與想像餘地，使「興」卓然有別於政教意義上的「比興」，與詩人的抒發情感、創造意境相融會，成為個體生命意志的宣發與昇華。同時，建立在個體藝術生命感受與體驗之上的「興」，不但不排斥其中的象徵、諷喻意義，而且會使詩中的寄託更深，情志更為動人，可傳達性更為深遠。因為藝術表現思想意蘊與政論文體不同，它是經過特殊的規律來實現的，這特殊的規律就是使情成體，以情動人，通過個體的生命感受來傳達具有普遍意義的思想內涵。漢魏以來，「興」從一般政教意義上的審美概念演化成具有獨立審美意義的範疇與概念，說明古代美學對藝術特徵的深入把握。

　　自魏晉六朝以來，「興」的意蘊日益深化，人們開始從「言有盡而意無窮」的角度去認識「興」這一古老的審美範疇，循著這一思路去開掘這一範疇之中所蘊藏的美學價值，深化這一範疇之中的意義結構。「興」作為美學範疇來說，既是人們對文學實踐的把握，也是人們運用一定的哲學去主動拓展的產物，是人們審美意識之鏈中的生生不息精神的展現。在後來「興」的發展中，這種理論演進的印痕是非常明顯的。比如北宋蘇轍《詩論》中提出：「夫興之為體，猶曰其意云爾。意有所觸乎當時，時已去而不可知，故其類可以意推而不可以言解也。」蘇轍認為「興」之為體是意之所為，他用「意」的概念而不用「情」的概念，並不是看不到「興」乃情之觸發，而是強調「興」中之情不是一般的情感，而是具有深摯情懷與感喟的心理活動。情中有意，這才是「興」之高品；而鑑賞者對「興」的領悟是需要用「意推」即特殊的鑑賞方法才可能把握。蘇轍所說的這類「興」，實際上是特指阮籍《詠懷詩》這一類興托深遠之詩，與李白崇尚的「逸興」有所不同，後者是一種率興而發，天真明快的詩興。宋人比較推崇的是這種

含蓄深沉的詩詞之「興」。北宋羅大經也提出：「詩特尚乎興。聖人言語亦有專是興者。如『逝者如斯夫，不捨晝夜』，『山梁雌雄，時哉，時哉！』無非興也。特不曾檃括協韻爾。蓋興者，因物感遇，言在於此，而意寄於彼，玩味乃可識，非若賦比之直言其事也。」（〈詩興〉，《鶴林玉露》卷十）羅大經極為推崇詩興，他認為所謂詩興不僅是指一種詩法，更主要是一種詩境，而詩境的特點是「言在於此，而意寄於彼，玩味乃可識」，即從創作來說，是要意在言外，從鑑賞來說，可以領悟回味無窮的韻致。他受鍾嶸《詩品序》論「興」觀念的啟示，從言意之辨的角度來考察「興」的問題，從而使「興」與意境創造融合起來。明初著名文人李東陽在《鹿堂詩話》中強調：「詩有三義，賦止居其一，而比、興居其二。所謂比與興者，皆托物寓情而為之者也。蓋正言直述則易於窮盡，而難於感發。惟有所寄託，形容摹寫，反覆諷詠，以俟人之自得，言有盡而意無窮，則神爽飛動，手舞足蹈而不自覺，此詩之所以貴情思而輕事實也。」李東陽顯然還沒有脫離傳統的詩教之說，但他在論述「賦、比、興」的不同時，視角已轉到對「比」「興」的「寄託」的重視之上，而且從創造「言有盡意無窮」美感效果的角度去看待詩歌之「興」，這是很有見地的。因為詩歌用「比興」，主要是創造審美意境，讓人欣賞到一種「神爽飛動」的美境，而不是首先考慮「美刺」。將「美刺」作為詩的首選目標，確實是一種認識上的偏差。繼他之後，明清時代的許多詩論家，也對詩興與詩境的創造發表了自己的看法。如清代袁枚《隨園詩話》中說：「詩無言外之意，便同嚼蠟。」李重華《貞一齋詩說》中云：「興之為義，是詩家大半得力處。無端說一件鳥獸草木，不明指天時而天時恍在其中，不顯言地境，而地境宛在其中，且不說人事而人事已隱約流露其中。故有興而詩之神理全具也。」李重華認為「興」是詩家的功力所現，而這種功力

不是「美刺比興」，而是詩詞意境的營造，有「興」而詩之神理具備。他從意境與神理的角度去揭示「興」的內涵，這是非常有見地的，也是魏晉六朝以來人們對詩興蘊涵認識的深化。

　　循著這種對「興」的認識深化，人們對「興」之中的寄託含意也有了新的掌握。在最早的對「興」的認識中，兩漢經學家將「比興」視為一體，「興」與「比」的不同，在於一是明喻，一是隱喻。其中「興」被說成為托喻，至於為什麼強調「興」是托喻，顯然「興」中所托比較婉曲隱晦，而所托內容則是「美刺」之類的微言大義，由於內容所決定，因而「興」只能停留在「托喻」的層面上，也難以與「因物喻志」的「比」分道揚鑣，獲得自己的獨立地位。但是一旦人們將所托之意從政教解放出來之後，就可以發現在人的心靈世界中，還有如此浩瀚深邈的天地可以吟詠、可以抒寫，正如法國文學家雨果所說，比陸地更廣闊的是海洋，比海洋更廣闊的是天空，比天空更廣闊的是人的心靈。《文心雕龍》〈神思篇〉中有云：「文之思也，其神遠矣。故寂然凝慮，思接千載；悄焉動容，視通萬里。」可謂說盡了文學活動中人的心靈天地的無限活躍。魏晉以來的文士們在自己生命為「興」的藝術創作實踐之中，已經清楚地意識到「文已盡而意有餘」的「興」，可以寄託深邈浩博的心靈活動，可以將內心無法言傳的想法與情感，通過「言在耳目之內，情寄八荒之表」的「寄興」來表達，而這種表達是一種「前表達」，也就是說不同於常規的語言表達，它藉助於原始思維中的觸類相長與觀物取象的思維方法，而相對黜退了文明社會慣用的一套語言符號系統。文明的進化與文學審美活動並不總是成正比的，恰恰相反，過於理性的語言符號，往往壓抑人的主體創造與藝術生命。因此，魏晉六朝以來，文士們返回到老莊與玄學中去找尋自己的精神家園與文學傳達系統，這並不是偶然的，它是伴隨著對

人的生命價值的重新肯定而採取的一種文化與學術的重新定位。對「興」的這種寄託精神的肯定與尋求，在齊梁年代中的劉勰與鍾嶸的著論中是非常明顯的。比如劉勰《文心雕龍》〈比興〉篇中云：「觀夫興之托喻，婉而成章，稱名也小，取類也大。」其中談到「興」的托喻特點是「稱名也小，取類也大」，即具有高度的凝縮性；〈比興〉篇最後的贊語中將興的運用比作「擬容取心」，也是強調「興」的運用在於提煉心象，熔鑄意蘊，突出了「興」之中的意蘊寄託。鍾嶸《詩品》批評西晉張華的詩「其體華豔，興托不奇。巧用文字，務為妍冶。雖名高曩代，而疏亮之士，猶恨其兒女情多，風雲氣少。」鍾嶸所說的「興托」顯然不是指《詩經》中的「美刺」一類，而是指具體的人生遭際與感嘆，是出於個體的性情吟詠，惟其如此，它的意蘊要遠遠超出於泛泛的「美刺」。這種將「興」與「寄託」相連繫的美學觀點，後來在唐代文人中得到廣泛的認同與發展，除了陳子昂的「興寄」論之外，還有許多文人也嘗試用「興寄」的觀點來從事文學批評，如唐代文人權德輿在《左武衛冑曹許君集序》中說：「建安之後，詩教日寢；重以齊梁之間，君臣相化，牽於景物，理不勝詞；開元以來，稍革頹靡，存乎風興。」這是批評齊梁文學追逐形式而放棄內容，唐代開元以來才稍稍革除了這種風氣，其中所用「風興」一詞，雖不脫詩教意味，但是也強調了詩興的寄託含義，與陳子昂的「興寄」一詞基本一致。再如高仲武《中興間氣集》卷上提出：「眾甫（指唐代詩人張眾甫）詩，婉媚綺錯，巧用文字，工於興喻。如『不隨淮海變，空愧稻粱恩』，盡陳謝之源。又『自當舟楫路，應濟往來人』，得諷興之要。」其中「興喻」「諷興」二詞，是指採用詩歌的形式，婉轉地對時政與個人遭際進行諷喻，寄寓著很深的感慨。

到了宋詞興起後，「寄託」之說遂成為詞論家所鍾情的審美觀念。

因為詞與詩相比，更能傳達出人們內心隱秘的情思。中國封建社會發展至宋代，士大夫的心境已由唐代的建功立業、馳騁疆場，演變為游心內運、致意思辨，在書齋之中尋繹哲思，養性修身。與此同時，他們的審美趣味不再是在感物起興，營造意象之中仗氣使性，而是在超然物我尋找飄逸之境。面對時代的嬗變與蕭瑟的精神狀態，他們力圖通過對傳統儒、道、釋文化精神的融合與再造，構築自己的精神家園，在淺斟低唱中，道出自己無限惆悵迷惘的心境，因而詞這種文體，較之節奏明快的詩歌，更能抒發出內心世界的豐富婉曲。詩興很自然地被詞論家引入詞的意境創作中。清代的詞論家賙濟、陳廷焯等人，大力倡導詞興的寄託一面，他們認為詞境貴在寄託，而寄託則離不開「興」的托喻作用與功能。陳廷焯《白雨齋詞話》卷一中提出：「夫人心不能無所感，有感不能無所寄；寄託不厚，感人不深；厚而不郁，感其所感，不能感其所不感。」在陳廷焯看來，詞的藝術感染力與詩有所不同，詩在於其情志的中和，詞在於意蘊的深厚，美感的悠長。這種藝術魅力的獲得在於寄託的有無和深淺，寄託的創造依賴於「興」的運用，「興」與「比」相比，是一種更難把握的詞境創造手法，「若言興則難言之矣。托喻不深，樹義不厚，不足以言興。所謂興者，意在筆先，神餘言外，極虛極深，極沉極郁，若遠若近，可喻而不可喻，反覆纏綿，都歸忠厚」。（《白雨齋詞話》卷七）陳廷焯認為詞的「興」與詩之「興」有很大的不同，詞之「興」依恃寄託，將內心隱秘的情思通過詞境表現出來，從而創作出一種若實若虛、若遠若近、意在言外的境界。為此，清代的詞論家極力推崇詞境的寄託之美，但是他們也深知，詞的寄託必須符合天真自然之法則，如若刻意寄託，為寄託而寄託，則會喪失寄託的意義，留下雕琢之弊。因此，他們將「寄託」之美與「性靈」之說結合起來。「興」的運用本來就是一種自然天

放的過程，如果不能達到渾然天成的寄託之境，則會變成一種無病呻吟。清代詞論家況周頤在《蕙風詞話》中就強調：「詞貴有寄託。可貴者流露於不自知，觸發於弗克自已，身世之感，通於性靈。即性靈，即寄託，非二物相比附也。」這段話是非常有意義的，它強調寄託是一種不得不為之的創作過程，是不平則鳴的產物。如若刻意為之，則失卻了「寄託」的本意。清代另一詞論家譚濟在《宋四家詞選目錄序論》中也指出：「夫詞，非寄託不入，專寄托不出。一物一事，引而伸之，觸類多通，驅心若游絲之胃飛英，含毫如郢斤之斫蠅翼。以無厚入有間，既習已，意感偶生，假類畢達，閱載千百，謦咳勿違，斯入矣。賦情獨深，逐境必寤，醞釀日久，冥發妄中；雖鋪敘平淡，摹繪纘近，而萬感橫集，五中無主。讀其篇者，臨淵窺魚，意為魴鯉，中宵驚電，罔識東西，赤子隨母笑啼，鄉人緣劇喜怒，抑可謂能出矣。」譚濟在這段有名的論詞的「寄託」之語中強調，詞必須要有寄托，否則就不能成為極品，但是專寄託則有傷自然，必須能入能出。能入即是在詞境中寄慨深廣，以小見大，使人讀後能夠舉一反三；能出則是在詞境中醞造出意在言外，超越具象的境界，使讀者在閱讀時和作者同命運，共悲歡，激起讀者的共鳴。總而言之，出與入境界的產生即是在於「興」的天然而動，是所謂心有所感，不得不發的過程。從美學原理來說，即是將長期積累的心境感受，通過偶然的感發宣洩出來，在這種長期積累偶爾為之的「興」之中，必然會產生寄託，擠壓出淚水與感喟。清代詞論家沈祥龍在《論詞隨筆》中亦指出：「詠物之作，在借物以寓性情，凡身世之感，君國之憂，隱然蘊於其內，斯寄託遙深，非沾沾焉詠一物矣。如王碧山詠新月之《眉嫵》，詠梅之《高陽台》，詠榴之《慶王朝》，皆別有所指，故其詞郁伊善感。」沈祥龍指出，詞家由於長期的身世之感與君國之憂，隱然藏於心中，故一旦形

諸詞中，往往寄託深厚，不是就物詠物，而是超越其上。

另一類詩論家也重視興中之意，但這種意較多地受政教內容影響，它是有功利的，因而「比興」與「意」的關係就是完全的從屬關係。清代許多受儒家詩教薰陶的文人大抵持論如此。如清代吳喬強調詩以意為主，而意須通過「比興」表現出來。他從文體的角度，說明「比興」乃是詩與文之界限：

> 問曰：詩文之界如何？答曰：意豈有二？意同而所以用之者不同，是以詩文體制有異耳。文之詞達，詩之詞婉。書以道致事，故宜詞達；詩以道性情，故宜詞婉。意喻之米，飯與酒所同出。文喻之炊而為飯，詩喻之釀而為酒。文之措詞不必副乎意，猶酒之變盡米形，飲之則醉也。（《圍爐詩話》卷一）

吳喬用米和酒之喻說明詩與文的不同，詩與文所表現的意思是一致的，但是二者在對待意的處理方式上是不同的，就好比炊與釀，詩從米粒變成酒的釀造過程，有賴於「比興」的功勞。他說：「人有不可已之情，而不可陳於筆舌，又不能已於言，感物而動則為興，托物而陳則為比。是作者固已醞釀而成之者也。」（《圍爐詩話》卷一）他的這番分析，相當準確地說明了「比興」是使詩之所以為詩的肯綮。

第四節 「興」與文藝鑑賞

與「比興」相關的另一組概念便是「興觀群怨」，如果說與「比興」相關的「興」，是從感物緣情的創作論角度去說的，那麼「興觀群怨」之「興」則是從鑑賞角度去說的。由於二者都是建立在審美感受基礎

之上的，故而可以相通，古人往往二者不分，也是覺得它們可以互融。比如孔子所說的「詩可以怨」本來說的是鑑賞方面的功能與作用，但後來的詩論家往往從創作論方面去言說，鍾嶸《詩品序》言及詩歌的創作有助於人們宣洩內心的苦悶，曾引用孔子的「詩可以怨」說明寫詩的意義所在，這顯然是從創作論的角度去理解的。

《周禮》〈春官〉中有「以樂語教國子：興、道、諷、誦、言、語」的說法，這是指樂官教貴族子弟用不同的方法來學習音樂，其中「興」指音樂中的歌詞，即《詩經》文本。孔子提出「興觀群怨」之說，也是從「用詩」角度去說的，指建立在審美感發之上的美育活動。漢儒包咸注《論語》中的「興於《詩》」，即云「興，起也」。可見孔子教育學生學習《詩經》，重在以「興」為基礎，然後進入到認識、切磋與抒發怨憤。結合《論語》中的其他論述，可知孔子重視「興」之中的情理交融作用。對孔子所說的「興」的解釋歷來基本上有兩種，一種是南宋朱熹注曰「感發志意」，另一種是西漢孔安國注曰「引譬連類」，這兩種解說實際上是相通的。首先，孔子認為在藝術美的欣賞中，「興」是一種最基本的功能，所謂「興」也就是《詩經》引起欣賞者最直接的美感活動，正是這一點，界定了藝術審美活動不同於科學認識活動。從審美心理學來說，「興」是一種個體化的情感活動，人們欣賞藝術作品，一般說來，是為了得到情感上的陶冶與快樂，而不是先入為主，去接受預先設定的教育模式。藝術之所以為藝術，首先基於這種情感需要。審美鑑賞開始於個體情感的「感興」，然後才進入想像與理解範疇。孔子將人們對《詩經》的欣賞，首先視為情感的「感興」，這說明孔子不愧是一位深通教育的哲人。從孔子與弟子論詩的資料來看，孔子對弟子的啟悟也是從「感發志意」著眼的。比如《論語》〈學而〉載：「子貢曰：『貧而無諂，富而無驕，何如？』子曰：『可也，未

若貧而樂，富而好禮者也。」子貢曰：『《詩》云：如切如磋，如琢如磨，其斯之謂與？』子曰：『賜也，始可與言《詩》而已矣，告諸往而知來者。』」子貢所引的詩見於《詩經》的〈衛風〉〈淇奧〉，內容是讚美一位有才華的貴族寬厚待人。孔子認為貧而無諂，富而無驕雖然是一種好品德，但是還不如貧而樂，富而好禮，後者才是人生的最高境界。在他的啟悟下，子貢立即想到了「如切如磋，如琢如磨」這兩句話，意為君子要達到最高的道德境地，還必須不斷切磋磨煉自己，孔子因此高興地對子貢說，我可以與你談論《詩》了。從這一段饒有風趣的對話來看，孔子與弟子論《詩》，首先是從感興的方式出發，來啟發學生，讓學生通過藝術欣賞的方式來舉一反三，也就是所謂「引譬連類」，進而領略人生的大道理，從個別作品出發昇華到對含有普遍性的宇宙與人生哲理的把握。《論語》〈八佾〉還記載孔子和另一位學生子夏談論《詩》的話：「子夏問曰：『巧笑倩兮，美目盼兮，素以為絢兮。』何謂也？子曰：『繪事後素。』曰：『禮後乎？』子曰：『起予者商也，始可與言《詩》而已矣。』」子夏所引的《詩》出自〈衛風〉〈碩人〉，是一首讚美衛莊公夫人莊姜既有外在之美又有內在品德之美的詩，孔子認為這首詩首先說明了「繪事後素」、文質一致的道理，莊姜首先有了好的品德，其美貌才能打動人，從而將作品的意境從個體躍升到人生高度。

孔子不僅在欣賞藝術作品時採用起興的方式，而且在對自然之美進行觀賞時往往也用感興啟悟的方式。「子在川上曰：『逝者如斯夫，不捨晝夜。』」（《論語》〈子罕〉）「歲寒，然後知松柏之後凋也。」（《論語》〈子罕〉）從這些記載來看，孔子所說的「興」與他的說詩，是一種感發志意，舉一反三的欣賞活動。在藝術欣賞活動中，藝術作品先是通過無功利的感發志意，調動受教育者的情感與想像，然後沿波討

源，尋繹出一般的社會與人生的哲理。在這一過程中，主體不是被動地受一種理式或觀念的制約，而是在個體化的情感意志天地中飛翔，使自己的人格得到自由地舒展。故而對學生個性的伸張與創造力、想像力的培養，在「興」之中可以得到很好地實現。我們從孔子對他的學生論《詩》的談話中，可以明顯地看到這一點。後來人們欣賞文藝作品，也總是從「感興」出發去獲得美感的。

嵇康在《琴賦》中談到琴音的感動人心時讚歎道：「性潔淨以端理，含至德之和平，誠可以感蕩心志，而發洩幽情矣。」嵇康在《聲無哀樂論》中極力倡舉「和聲無象，哀心有主」，強調個體欣賞中的感興自由與想像自由，而不願讓主體受制於儒家所謂「制禮作樂」的框架，其實不僅僅受到道家「大音希聲」理論的影響，也吸取了孔子「詩可以興」的觀點的潤澤。魏晉人在欣賞詩文中，推崇的是個人的感興。《世說新語》〈文學篇〉載：「孫子荊除婦服，作詩以示王武子。王曰：『未知文生於情，情生於文，覽之淒然，增伉儷之重。』」王武子從孫子荊寫的悼念亡妻的悼亡詩受到感染，由此更重伉儷之情，這也是由個別推至一般的感興過程。即使是如朱熹那樣重視詩歌藝術的教化作用的大儒，也強調詩的興感是達到教化的前提：「興，起也。詩本性情，有邪有正，其為言既易知，而吟詠之間抑揚反覆，其感人又易人。故學者之初，所以起其好善惡惡之心而不能自已者，必於此而得之。」（《論語集注》）朱熹認為詩雖然以教化為貴，但是在形式上卻是感興為詩，使人在反覆吟詠感歎中，不由自主地受到濡涵，詩歌的教化功能在潛移默化的過程中得到實現。白居易在《與元九書》中說：「感人心者，莫先乎情，莫始乎言，莫切乎聲，莫深乎義。」明代詩論家陸時雍《詩境總論》中提出：「詩之可以興人者，以其情也，以其言之韻也。」清代著名文學家袁枚論詩最重「興」，他認為這種「興」從

本質上說來是一種情感，孔子論詩最重視的還是情。他說：「孔子所云『興觀群怨』四字，惟言情者居其三，若寫景則不過『可以觀』一句而已。」（《隨園詩話補遺》卷十）袁枚特別強調詩使人情感受到觸動，給人以真正美感的作用，而「觀」則建立在情感的基礎之上的。清代李塨在《論語傳注》中說：

> 《詩》之為義，有興而感觸，有比而肖似，有賦而直陳，有風而曲寫人情，有雅而正陳其道，有頌而形容功德。悅之故言之，言之不足故長言之，長言之不足故嗟嘆之。學之而振奮之心，勉進之行，油然興矣，是「興於詩」。

他的這段話說明了《詩經》的魅力是通過「興」與其他表現手法而使人得到美感的，它使人們的情感得到陶染，志向得到昇華，精神獲得滋養。由於藝術作品是由形象與情感作為基本因素的，具有相當大的濃縮性與不確定性，中國古代作家一般以含蓄蘊藉為貴，採用象徵、隱喻的修辭手法來入「興」，使人在欣賞時要費一些周折，不是那麼容易一目了然的，惟其如此，藝術美育在初始階段特別需要個體的創造與發揮想像，而這種想像與創造是情中有理，情理交融，這是作為藝術美育與自然美育中的一個明顯的差別。

黃侃《文心雕龍札記》云：「原夫興之為體，觸物以起情，節取以托意。故有物同而感異者，亦有事異而情同者，循省六詩，可權舉也。」黃侃先生認為《詩經》的作者大抵是緣情起物，以寄託內心的意思。有的托物雖同而意不同，有的則是事物相同而情感內容卻絕不相同，總之，由於主體的情感與志向的千差萬別，所以《詩經》中的「比興」也就多種多樣。由於生活的紛繁萬狀，以及作者情思的微妙至

極，作品的情思也是很難把握的。從欣賞論的角度來說，則是披文以入情，因而欣賞論意義上的「興」就是緣文以探心。劉勰在《文心雕龍》〈知音〉篇中說：「夫綴文者情動而辭發，觀文者披文以入情，沿波討源，雖幽必顯。世遠莫見其面，覘文輒見其心。豈成篇之足深？患識照之自淺耳。夫志在山水，琴表其情；況形之筆端，理將焉匿？故心之照理，譬目之照形，目瞭則形無不分，心敏則理無不達。然而俗監之迷者，深廢淺售，此莊周所以笑《折揚》，宋玉所以傷《白雪》也。」這段文字在中國古代文論中最詳切地說明了創作與欣賞關係在文本層面的雙向交流過程。從創作角度而言，「興」是緣物動情，形諸文字的過程，即明末清初文人黃宗羲所說「凡景物相感，以彼言此，皆謂之興」（《汪扶晨詩序》），而從鑑賞角度來說，則是披文入情的逆向交流的過程。作為創作論的「興」與作為欣賞論的「興」是不同的兩個方向的審美活動，但是由於同屬審美活動，故而可以互相交流和同等看待。朱光潛先生在《文藝心理學》中曾論及對自然的感興和對藝術的感興在美感心理上有共通之處：

「萬物靜觀皆自得，四時佳興與人同。」你只要有閒工夫，竹韻，松濤，蟲聲，鳥語，無垠的沙漠，飄忽的雷電風雨，甚至於斷垣破屋，本來呆板的靜物都能變成賞心娛目的對象。不僅是自然造化，人的工作也可發生同樣的快感；有時你鎮日為俗事奔走，偶然間偷得一刻餘閒，翻翻名畫家的頁冊，或是在案頭抽出一卷詩，一部小說或者是一本戲曲來消遣，一轉瞬間，你就跟著作者到另一世界裡去。你陪著王維領略「興闌啼鳥散，坐落花多少」的滋味。……這些境界或得

自自然，或得自藝術，種類千差萬別，都是「美感經驗」。[2]

　　這段話從美感的角度說明了對自然的感興與對藝術的感興是相通的，對宋人程顥詩作中所言之「興」作了發揮。當然，二者在審美活動中還是有所不同的，這就是作為對文藝進行欣賞的「興」，集中展現了藝術欣賞心理的特點，較諸對現實（包括自然與社會兩種審美對象）的審美感興更為複雜，藝術韻味更為悠遠。古代文論家論及「興觀群怨」之「興」的時候，充分顧及到了這一點。比如鍾嶸《詩品序》云及五言詩的創作時說「文已盡而意有餘，興也」。但在論及欣賞之「興」時則提出：「使聞之者動心，味之者無極，是詩之至也。」要達到這種詩境的品賞，「興」的心理以情感為中介，旁及認識、想像與理解諸功能，即孔安國解說的「引譬連類」，孔子將「興」與「觀群怨」三者相連繫，也是看到文藝鑑賞過程中的互動性，明末清初王夫之說：「惟此宥宥搖搖之中，有一切真情在內，可興，可觀，可群，可怨，是以有取於詩。然因此而詩，則又往往緣景，緣事，緣已往，緣未來，終年苦吟而不能自道。以追光躡景之筆，寫通天盡人之懷，是詩家正法眼藏。」（《古詩評選》卷四）。在王夫之看來，像阮籍《詠懷詩》這樣的詩作，確如鍾嶸所說，「可以陶性靈，發幽思」，極盡「興觀群怨」之能事，使人回味無極。清代方東樹論曰：「夫論詩之教，以興觀群怨為用，言中有物，故聞之足感，味之彌旨，傳之愈久而常新。」（《昭昧詹言》卷一）方東樹從詩教的角度，強調「興觀群怨」必須通過詩的深厚的韻味體現出來，而這種詩教韻味須藉助以「興」為主的多種功能體現出來。因而真正的藝術欣賞就不僅僅是「興」的單一作用所能

囊括的，還須依賴其他功能的參與。所謂「觀」，便是「觀風俗之盛衰」（鄭玄注），在儒家看來，詩與樂中都反映出人民的心聲，是社會情緒的傳達，從中可以「考見得失」，故周代有采詩觀風的說法，也就是指統治者從民間歌詩中瞭解到人民的喜怒哀樂與對統治者的評價，從而調整自己的政策。《毛詩序》中提出：「至於王道衰，禮義廢，政教失，國異政，家殊俗，而變風變雅作矣。國史明乎得失之跡，傷人倫之廢，哀刑政之苛，吟詠情性，以風其上，達於事變而懷其舊俗者也。」作者認為《詩經》中收錄的詩可以從中考見周代歷史的變遷，西周初年的詩作，反映了周初政治清明，人民安樂的情景，但到了周懿王、同夷王迄至陳靈公淫亂的詩時，則反映了西周政治昏亂，人民怨艾的事實。劉勰《文心雕龍》中的〈時序篇〉對此詳加論述，提出：「故知歌謠文理，與世推移，風動於上，而波震於下者。」論證了文學是時代狀況與人民情緒的反映。從孔子開始，儒家的文藝理論一直十分重視對文藝中社會歷史內容的認識與觀省。在他們看來，既然詩樂中寓含著人們的思想情感，而人的思想情感又是在一定的社會歷史條件下形成的，所以順理成章地可以審音知政，《呂氏春秋》〈適音〉篇中提出：「凡音樂。通乎政，而移風易俗者也。俗定而音樂化之矣。故有道之世，觀其音而知其俗矣，觀其俗而知其音矣，觀其政而知其主矣。」《呂氏春秋》的作者強調音樂既反映了風俗民情，同時先王可以根據這種風俗民情來制訂音樂教化百姓。唐代詩人白居易繼承了孔子「詩可以觀」的思想，十分強調詩的認識與教化作用，他說：「大凡人之感於事，則必動於情，然後興于嗟嘆，發於吟詠，而形於歌詩矣。故聞〈蓼蕭〉之詩，則知澤及四海也；聞〈華黍〉之詠，則知時和歲豐也；聞〈北風〉之言，則知威虐及人也；聞〈碩鼠〉之刺，則知重斂於下也；聞『廣袖高髻』之謠，則知風俗之奢蕩也；聞『誰其獲者，婦與姑之』

之言，則知征役之廢業也。故國風之盛衰，由斯而見也；王政之得失，由斯而聞也；人情之哀樂，由斯而知也。」（《策林》六九）在白居易看來，詩從創作角度來說，是動於情感、興于嗟嘆的過程，而從欣賞之「興」來說，則須依賴於「觀」的輔助。他列舉了從《詩經》中的一些有代表性的篇章中，指出可以見出王政之得失，人情之哀樂，風俗之盛衰，從而在思想感情上受到觸動，道德境界得到提升。

　　孔子所說的「觀」，是不同於認識論意義上的「觀」，而是基於感興之上的審美觀賞，它通過文藝作品來認識社會與人生。《左傳‧襄公二十九年》記載吳季札在魯國觀樂，從中領略了各地民風與統治者的王政得失，就說明了這一點，「使工為之歌〈周南〉〈召南〉，（季札）曰：『美哉，始基之矣，猶未也，然勤而不怨矣。』為之歌〈邶〉〈鄘〉〈衛〉，曰：『美哉，淵乎！憂而不困者也。吾聞衛康叔、武公之德如是，是其〈衛風〉乎？』為之歌《王》，曰：『美哉，思而不懼，其周之樂乎？』」。季札觀樂，重在體認周初民風與政治得失。其中反映出審音知政的觀點，可以與孔子詩「可以觀」相佐證。王夫之在論「興」與「觀」的關係時說過：「於所興而可觀，其興也深；於所觀而可興，其觀也審」，（《薑齋詩話》卷一）也就是說，「觀」之中一旦融入了「興」的美感作用，可以使人受到美的感染，較之一般的靜觀使人難忘。他並且舉例說：「訏謨定命，遠猷辰告，觀也。謝安欣賞而增其遐心。」（《薑齋詩話》卷一）「訏謨定命，遠猷辰告」這兩句詩見於《詩經》〈大雅〉〈抑〉，描述了有識見的政治家將政策昭告天下，安定四方。詩句寫得情感充沛，氣勢不凡，謝安作為東晉著名的政治家與軍事家，有經邦安國的雄才大略，讀了這兩句詩之後，不禁為之深受感染，「增其遐心」，即增加了經國遠略的宏圖大志。王夫之認為，這種通過審美感興而形成的「觀」，其審美感染力顯然比一般的認識要強

烈。所謂「詩可以群」，是指通過學詩，可以加強人際交往。所謂「詩可以怨」，就是「怨刺上政」。孔子認為在統治者內部應該實行和而不流的交往方式，雖然不能犯上作亂，但是可以怨刺上政，事君之道「勿欺也，而犯之」（《論語》〈憲問〉）。即對國君不可以欺騙，但是可以加以委婉的諷諫，言者無罪，聞者足戒。這是從引詩的角度去說的。隨著中國封建社會走向衰落，傳統文藝思想中的保守因素占據上風，歌舞昇平，無病呻吟，陳陳相因的作品充斥文壇，它腐蝕了人的審美心靈，磨鈍了人的鑑賞感覺，使人們無法通過文藝美育的功能來伸張人格，充實心靈，讓思想情感得到健康向上的發展。在這種時候，明代一批浪漫主義的文人便大聲疾呼，倡導狂狷之美、衝突之美。孔子「興觀群怨」詩學中的怨刺精神被重新弘揚。明代文人徐渭在《答許北□》中提出：「試取所選者讀之，果能如冷水澆背，陡然一驚，便是興觀群怨之品，如其不然，便不是矣。」徐渭認為唯有使人讀後「如冷水澆背」的「怨」詩才是好詩。

總起來說，詩的「興觀群怨」一般說來包含著文藝美之中的審美、認識與教育等作用與功能，這諸種功能是互相兼容的。在審美作用中包含著認識的功能，在認識之中有情感的滲透，而文藝的認識與審美又離不開教育功能，同時充滿著個人的主觀性。清代黃宗羲云：「古之所以詩名者，未有能離此四者。然其情各有至處。其意句就境中宣出者，可以興也；言在耳目，贈寄八荒者，可以觀也；善於風人答贈者，可以群也；淒戾為《騷》之苗裔者，可以怨也。」（《汪扶晨詩序》）黃宗羲強調「興觀群怨」在人的審美活動中各有側重點，是人的審美情感在審美鑑賞過程中的不同顯現。而王夫之則善於將四者連繫起來考察，注重四者之間的融通。王夫之在論「興觀群怨」時說：「出於四情之外，以生起四情；游於四情之中，情無所窒。作者用一致之思，

讀者各以其情而自得。」（《姜齋詩話》卷一）照王夫之的理解，興中有觀，觀中有興，群中有怨，怨而能群……讀者在鑑賞作品中，總是融合著認識與理解，情感與思維的諸要素，藝術的功能正是通過這些綜合功能來實現的。「興觀群怨」組成的藝術價值觀念，鮮明地揭示了中國人的思維方式與文化心理，這也就是林語堂在《中國人》一書中所說的：「詩歌基本上是飾以情感的思想，而中國人又總是用感情來思維，很少用理性去分析。」更主要的是，中國人用詩歌的「興觀群怨」深入地感受與體驗生活，用融會著理性的情感去發現宇宙真諦，將內心世界深深地融入天道與社會之中，從而構築成自己的精神家園。林語堂指出：

　　如果說宗教對人類心靈起著一種淨化作用，使人對宇宙、對人生產生一種神祕感和美感，對自己的同類或其他生物表示體貼和憐憫，那麼依著者之見，詩歌在中國已經代替了宗教的作用。宗教無非是一種靈感，一種活躍著的情緒。中國人在他們的宗教裡沒有發現這種靈感和活躍情緒，那些宗教對他們來說只不過是黑暗的生活之上點綴著的漂亮補丁，是與疾病和死亡連繫在一起的。但他們在詩歌中發現了這種靈感和死亡。詩歌教會了中國人一種生活觀念，通過諺語的詩卷深切地滲入社會，給予他們一種悲天憫人的意識，使他們對大自然寄予無限的深情，並用一種藝術的眼光來看待人生。詩歌通過對大自然的感情，醫治了人們心靈的創痛，詩歌通過享受儉樸生活的教育，為中國文明保持了聖潔的理想。它時而訴諸浪漫主義，使人們超然於這個辛勤勞作和單調無聊的世界之上，獲得一種感情的昇華，時而又訴諸人們悲傷、屈從、克制等感情，通過悲愁的藝術反照來淨化人們的心靈。它教會他們靜聽雨打芭蕉的聲音，欣賞村舍炊煙縷縷升起並與

依戀於山腰的晚霞融為一體的景色。它教人們對鄉間小徑上的朵朵雪白的百合花要親切，要溫柔，它使人們在杜鵑的啼唱中體會到思念游子之情。它教會人們用一種憐愛之心對待採茶女和採桑女，被幽禁被遺棄的戀人，那些兒子遠在天涯海角服役的母親，以及那些飽受戰火創傷的黎民百姓。最重要的是，它教會了人們用泛神論的精神和自然融為一體。春則覺醒而歡悅，夏則在小憩中聆聽蟬的歡鳴感受時光的有形流逝，秋則悲悼落葉，冬則「雪中尋詩」。在這個意義上，應該把詩歌稱作中國人的宗教。我幾乎認為，假如沒有詩歌——生活習慣的詩和可見於文字的詩——中國人就無法倖存至今。[3]

　　這是一段極其優美抒情的文字，它形象地說明了詩歌是如何通過「興」的作用來撫慰人們的心靈，使人們在艱苦的生存環境中維持心靈平衡，靈魂得到安頓的。這段話與鍾嶸《詩品序》中論及詩歌具有慰藉心靈、止痛安神功能時所說「使窮賤易安，幽居靡悶，莫尚於詩矣」，可以互相印證。儒學與道家學說所以能夠取代宗教成為中國人的精神歸依，與中國古典詩學的審美精神是直接有關。中國文化從某種意義來說，也就是一種詩性文化，其根柢依託的正是這種用感情來思維的「興」。「興」在創作上激活藝術生命，在欣賞上也依然是增人美感，啟人靈性，其奧秘與魅力絕非筆者這本小冊子所能窮盡的。

3　郝志東、沈益洪譯：《中國人》，浙江人民出版社1988年版，第211-212頁。

第七章

「興」的審美心理

　　「興」從審美心理角度來說，凝聚了中國文化關於心物關係的理論，它是將中國古代哲學關於心物關係的理論移植到文藝理論中的典型。通過解析「興」之中蘊含的審美心理奧秘，既可以找到中國古代美學範疇中豐厚的文化因素，也有助於我們瞭解中國古代美學與文藝創作的民族特性。

第一節　　「興」與心物活動

　　「興」若從審美心理角度來說，它是一種緣心起情、情物互動的創造活動，鮮明地展現了中國古代美學中天人一體的文化觀念。

　　中國古代包括美學在內的哲學與文化觀念認為，天人是一體的，人的心理世界與物質世界，並沒有西方自古希臘哲學開始就被嚴密劃分的此岸與彼岸兩塊天地，而是被渾然融化包括在一起的宇宙。「興」

從開始就不是一個認識論的範疇，而是帶有神祕的「人神相感、天人一體」的體驗範疇。中國古代哲人認為天地自然與人格建設之間可以相通，是出於這樣一個直覺的，這就是認為天人之間異質而同構，可以互相感應。在《易傳》中，這種觀念已經十分明顯。《易傳》〈說卦〉的作者提出：「立天之道曰陰與陽，立地之道曰柔與剛，立人之道曰仁與義，兼三才而兩之，故《易》六畫而成卦，分陰與陽，迭用剛柔，故《易》六位而成章。」作者認為人與天的結構相同，不但表現在道德品質與人格境界上，而且在生理上也十分相似，這種說法將人放在自然天地中加以考察，使自然與人格的連繫有了一種方法論的依據，從現代系統科學的角度來看，這種理論有它的合理性，它啟示人類保持與自然血脈相連，防止人格的孤絕，猶如現代工業社會中造成人與自然的分裂一般。古代思想家除了論證人在生理方面與天地相似外，還從人格與情感上，說明天人之間的會通。董仲舒認為人的喜怒哀樂它與天的春夏秋冬相對應：「春，愛志也；夏，樂志也；秋，嚴志也；冬，哀志也。故愛而有樂，樂而有哀，四時之則也。」（《春秋繁露》〈天辨在人〉）天與人的感情融通與感應是由「氣」作為中介來傳遞的，「氣」是一種生命的因素與旋律，它穿通自然與人類，使二者雖屬不同的種類而能互相感應。這種直觀論啟示後來中國的藝術家在將一草一木、一蟲一鳥都視為有靈之物，與人的感情相對應，與人格相溝通，使文藝創作情景交融。比如《文心雕龍》〈物色〉篇云：「是以獻歲發春，悅豫之情暢；滔滔孟夏，鬱陶之心凝；天高氣清，陰沉之志遠；霰雪無垠，矜肅之慮深；歲有其物，物有其容；情以物遷，辭以情發。一葉且或迎意，蟲聲有足引心。況清風與明月同夜，白日與春林共朝哉！」劉勰認為季候變化與人的情感存在感應的關係，春天萬物復甦，人的情感也易於萌動；夏天熱烈，人的情緒高昂；秋日蕭索，

悲情易生；而冬天萬物蕭殺，人的情志也深沉高遠。這一觀念，在後來的一些文藝家的創作與理論中，也得到了印證與發揮，它啟示人們去擁抱自然，創造美景。梁代昭明太子蕭統曾以詩意的筆觸寫到景物相感，興致奮發的過程：「或日因春陽，其物韶麗，樹花發，鶯鳴和，春泉生，暄風至，陶嘉月而熙游，借芳草而眺矚。或朱炎而受謝，白藏紀時，玉露夕流，金風多扇，悟秋山之心，登高而遠托。或夏條可結，眷於邑而屬詞；冬雲千里，睹紛霏而興致。」（《答湘東王求文集及詩苑英華書》）他以形象的語言說明了詩人之興是在自然景物的感觸下而形成的。這種「物感」說不同於西方哲學與美學的反映論，而是建立在古老的「天人交感」說基礎之上的。明末的王夫之論情景，也是從這種「交感」說的哲學觀念上來論證的。他說：「陰陽二氣，充滿太虛，此外更無他物……在天而以天以為象，在地而地以為形，在人而人以為性。」（《張子正蒙注》〈太和篇〉）他繼承了古老的陰陽二氣交感成天人之際的哲學，以此來論情物關係：「情者，陰陽之幾動於心，天地之產膺於外。故外有其物，內可有其情矣；內有其情，外必有其物矣。」（《詩廣傳》卷一）「天地之際，新故之跡，榮落之觀，流止之幾，欣厭之色，形於吾身以內者心也；相值而相取，一俯一仰之際，幾與為通，而浡然興矣。」（《詩廣傳》卷二）這種觀念將心與物視為宇宙運動過程中的對應關係，天與人異質而同構，故人的情感與外物在「氣」的感召下可以互動，而「興」正是交感中的觸發點。

　　這種「天人相感」的觀念，使得「興」建立在一種藝術體驗的基礎之上，而與「比」和「賦」相分離。宋代人曾從「心」與「物」的關係上去論「賦、比、興」的不同，是很有見地的。宋代胡寅在《斐然集》〈致李叔易〉中說：「賦、比、興，古今論者多矣，惟河南李仲蒙之說最善。」李的這段話說：

　　敘物以言情，謂之賦，情物盡也；索物以托情，謂之比，情附物者也；觸物以起情，謂之興，物動情者也。故物有剛柔、緩急、榮悴、得失之不齊，則詩人之情亦各有所寓。

　　這段話在宋代的王應麟《困學紀聞》、明代楊慎《升庵詩話》、王世貞《藝苑卮言》、清代劉熙載《藝概》中都曾經被引用過，說明它從情物關係上去論「賦、比、興」是很有見識的。然而我們從深層去考慮的話，就可以發現這樣一個問題，為什麼同是處理情物關係，唯有「興」能夠走出政教的束縛，獲得自由的品格，而「賦」與「比」則始終未能脫離政教言志的樊籬？原因在於敘物言情與索物言情，必須受先入為主的理性制約，極易被道德理性之「志」覆蓋，甚或取消了情的自性，所謂「情附物者也」，變成了說教的產物；而觸物以起情的「興」，在情物相動中，保持了自己的靈動性與獨立性，它既可以包容潛藏意蘊，也可以無所依傍，直抒性靈，無須受外物的制約，因為在心與物的交感中，其契機是偶然與自由的。因此，僅僅拘泥於修辭學的眼光，是不能說明「賦、比、興」三者差異的。明代郝敬《毛詩原解》中說：「賦、比、興判然三體也。興者，詩之情，情動於中，發於言為賦；賦者，事之辭，辭不欲顯，托於物為比，比者，意之象。故曰：鋪敘括綜曰賦，意象附合曰比，感動觸發曰興。」郝敬認為「賦、比、興」三者是有內在連繫的，它是在抒情言志過程中處理心物不同方式而定的，「賦」與「比」都是重在敘述與附合，主體是受限制的，唯有「興」是「感動觸發」的心靈飛動。錢鍾書《談藝錄》提出一個重要觀點，藝術的產生既不是固定的法度與技巧可以規範的，也不是率性而為的，而是心物交感、適然興會的產物：

　　夫藝也者，執心物兩端而用厥中。興象意境，心之事也；所資以驅遣而抒寫興象意境，物之事也。物各在性，順其性而恰有當於吾心；違其性而強以就吾心，其性有必不可逆，乃折吾心以應物。一藝之成，而三者具焉。[1]

　　錢先生認為藝術創作是心物交感所致，然依心物關係，大致可以分成三種類型：一種物應我心，一種是以我應物，另一種則是以物折心。他從創作技巧的生成角度談到了「興象意境」的生成問題。

　　中國古代的美學家同時也十分強調在「興」的過程中心靈的修養與人格的提升。並不讚同那種原始思維中的非理性與純任自然的做法，中國古代美學家在論及「興」之時，大都主張將作者平時積累的人生閱歷、知識學養、文學功底沉浸轉化到文藝創作的過程之中，將「興」的必然性與偶然性融合在一起。他們一方面強調平民百姓沒有自性，其情感應物而發，「夫民有血氣心知之性，而無哀樂喜怒之常；應感起物而動，然後心術形焉」。（《禮記》〈樂記〉）但是這種應物而感的情緒雖然發為詩歌與音樂，由於主人沒有道德修養的淨化，不僅不能提升這種情緒，反而易於為物所惑，為情所溺，「凡奸聲感人，而逆氣應之，逆氣成象，而淫樂興焉」。（《禮記》〈樂記〉）因此，所謂「興」並不就是率興而發，無所節制的意思，而照中國古代大多數的哲人看來，「興」與人格心胸、志趣學養是密切相關的。他們一方面從「詩言志」的角度強調「志」的重要性。

　　王夫之曾意味深長地提出：「詩以道性情，道性之情也。」（《明詩評選》卷五）詩歌是用來抒發情感，但是情感之中不能沒有「性」即

1　《談藝錄》（補訂版），中華書局1984年版，第210頁。

道德學養的濡涵。王夫之的話雖然還沒有擺脫詩教的束縛，但是他也看出了像明代公安派的末流那樣，一味強調「獨抒性靈」而不顧倫理學養，只會將詩歌帶入死胡同。袁枚在《再答李少鶴》中提出：「詩人有終身之志，有一日之志，有詩外之志，有事外之志，有偶然興到、流連光景、即事成詩之志，志字不可看殺也。」袁枚亦為性情中人，是清代性靈派詩學的開創者，但是他同樣也強調「志」的境界高低有別，有長期之志與偶發之志。

　　古代文人另一方面則從「煉意」的角度突出詩人精神境界與學識功力對於詩歌境界的作用。鍾嶸《詩品序》即已將「文已盡而意有餘，興也」作為對「興」的重新釐定。「興」要做到「文已盡而意有餘」，顯然就不是率興而發的打油詩一類所能勝任的，而是需要豐富的人生閱歷與文學功底方能就位。宋代魏慶之在《詩人玉屑》中分析唐代王維「中歲頗好道，晚家南山陲。興來每獨往，勝似空自知。行到水窮處，坐看雲起時。側然值林叟，談笑無因期」時指出：「此詩造意之妙，至與造物相表裡，豈直詩中有畫哉？觀其詩，知其蟬蛻塵埃之中，浮游萬物之表者也。」王維的這首名詩貌似隨興而感，然而卻在不經意之中，流露出詩人滄桑看雲、萬念俱灰的心態，詩意極深而興會神到。因此明代的周履靖在《騷壇秘語》中慨嘆：「作詩以命意為主。古人云，操詞易，命意難。信不誣也。命意欲其高遠，超詣出人意表，與尋常迥絕，方可為主。」「興」是什麼人都可以做到的，從某種意義來說，它只是人的生理欲求的直接宣洩，所謂「勞者歌其事，飢者歌其食」，即作為此類與生理欲求相通的情感的宣發，它也是「興」的一種表現形式，但是真正美學與藝術意義上的「興」卻是一種既有自然意義又有深刻社會意蘊的審美活動，是一種美學體驗，因此，它不能沒有意義，它不能缺少倫理的昇華。文藝之所以不等同於生理快

感，就在於「興」是偶然性與必然性的統一，是生理活動與心理活動的融合。

王夫之一方面極言「興」的重要性，認為它是詩歌創作的契機與激活，另一方面則強調「意」對「興」的昇華：「無論詩歌與長行文字，俱以意為主，意猶帥也。無帥之兵，謂之烏合。李、杜所以稱大家者，無意之詩，十不得一二也。煙雲泉石，花鳥苔林，金鋪錦帳，寓意則靈。」（《姜齋詩話》卷一）王夫之推崇李白、杜甫意境深遠而又興象渾成的佳作，而鄙薄齊梁綺語與宋人義理之詩，王夫之既重公安派的「獨抒性靈」、興會風發之作，又不廢前、後「七子」的「格調」之論。他認為情景交融、興會神到的前提是「意」的撮合：「夫景以情合，情以景生，初不相離，惟意所適。」（《姜齋詩話》卷二）但在「興」的過程之中，這種意與無意卻是一個重要的特點，故王夫之又強調：「興在有意無意之間，比亦不容雕刻。」（《姜齋詩話》卷一）所謂「有意無意之間」正突出了「興」的這種必然性與偶然性相交融的特徵。

第二節　「興」與靈感思維

在緣心感物的創作活動中，「興」與「比」和「賦」相比，在於它是一種內外相感的靈感思維。古代文論家論「興」時，都十分清楚地意識到了這一點。傳為賈島的《二南密旨》中指出：「興者，情也，謂外感於物，內動於情，情不可遏，故曰興。」而情感與思維相比，具有極大的不確定性，性靜情動，情在感遇外物時，由於其偶然性所決定，故而這種感興具有極大的隨意性，在情感的演化中，要受外物與主觀心理的各種影響，呈現出紛繁萬狀。宋代吳涓〈詩評〉指出：「詩

有六義，興居其一。凡陰陽寒暑，草木鳥獸，山川風景得於適然之感而為詩者，皆興也。」吳渭看到了「興」是詩人在外物觸發下而產生的一種美感心理與創作慾望，而這種「興」具有偶然性與不確定性，所謂「適然之感」即是強調這層意思。明代徐禎卿《談藝錄》中說：「情無定位，觸感而興，既動於中，必形於聲。」這些論述都是從心物相感的偶發性角度去申論的。這正合乎靈感思維的偶然性與突發性原則。這種原則契合審美的非功利性，因為如果受事先的功利性因素制約，如概念的牽引、慾望的誘導，則往往會使審美情感喪失了自由自在的特性，變成「賦」與「比」一類創作態度與手法。「興」之所以是自由的，恰恰在於這種心物交感時的偶發性，正因為如此，歷代經學家論「興」，喜歡將「比」「興」夾纏一體，將「興」說成是事先的理念安排，即所謂「托喻之辭」，一些不願意將「興」置於政教樊籠中的文人論「興」，則大力倡導「興」的靈感特點。從審美心理學的角度而不是從政教的角度去闡發其特點，這也完全是順理成章之事。經學家總是力圖從外將「興」演繹成微言大義的手段，而美學家則注重向內深入開掘「興」的審美心理特徵，因為只有從根本的心理機制上揭示出「興」的奧秘，才能讓人們清楚它與「賦」和「比」的不同在於前者是一種獨特的審美活動，而後者則偏重於認識表現手段。

「興」從審美心理角度來說，確實有一個明顯的特徵，這便是它的來無蹤影、去無痕跡的靈感趨向。它在詩歌與其他藝術種類的創作中，往往表現為一種情感的突然爆發與消失，由此造成構思的不確定性，故而從魏晉六朝開始，人們有時又用「神思」的概念來說明之。在中西美學史上，中國古代的文人較諸西方文論家較早地用獨特的概念來說明這種藝術創作的心理現象。西晉陸機在《文賦》中論及藝術構思過程中，除了說明通常所見的一般過程外，還著意說明有一種神

妙的靈感心理：「若夫應感之會，通塞之紀，來不可遏，去不可止。藏若景滅，行猶響起。」陸機強調這種「應感之會」即感興，其基本特徵便是藝術構思中的偶然性與不確定性，它來不可遏，去不可止，非主觀情思可以駕馭。當它忽起時，文思泉湧；當它消失後，又文思枯涸，再難喚起。齊梁時的劉勰《文心雕龍》〈神思〉中也揭示了這種「樞機方通，則物無隱貌；關鍵將塞，則神有遁心」的靈感特點。同時代的文人蕭子顯在《南齊書》〈文學傳論〉中說：「屬文之道，事出神思，感召無象，變化不窮，俱五聲音響，而出言異句；等萬物之情狀，而下筆殊形。」他與陸機與劉勰相比，為了強調文學與經史不同，是一種性靈所鍾的創作活動，大大突出了構思過程中的「神思」特點，「神思」所以為「神」就在於感召無象、變化無窮的奧秘心理。清代王夫之也指出了這種感興有不可知的奧妙在內：「情不虛情，情皆可景；景非滯景，景總含情。神理流於兩間，天地供其一目。大無外而細無垠，落筆之先，匠意之始，有不可知者存焉，豈徒興會標舉如沈約之所云者哉？（《古詩評選》卷五）王夫之認為，詩人在應對情景之合時，往往是有不可知的心理因素在內，不像沈約在《宋書》〈謝靈運傳〉說謝靈運「興會標舉」時強調的是有為而作。

　　古代文論家為了強調「興」的這種靈感特點，注重將它與直書其事的「賦」和因物喻志的「比」相區別，「賦」與「比」屬於既定的思維，理性的成分較大，而「興」則是情感成分較多，內中的理性往往為一時的感受和衝動所覆蓋。惟因如此，它往往表現為無意為詩、風水相逢的過程。北宋的蘇洵、蘇軾父子嘗用風水相逢、不能不文的比喻來說明作者無意為文的創作過程。這種過程正暗合藝術創作與認識活動、意志活動相比，在於主體的非功利性（當然作者原先積澱的理性與道德因素是無法排除的）他們在理論上的如此推導，無疑有助於

將詩文書畫與經史寫作及閱讀區別開來，使其成為一種獨立的意識活
動。漢魏以來的文人可以說是有意識地這麼做。這同當時士大夫以
「興」為美、摒棄儒學的時尚是息息相通的，是人的覺醒在文的自覺上
的顯現。嗣後，他們論「興」的靈感特徵在文論史上得到了傳承。許
多文人強調創作的無意而發，天然無跡。如南宋楊萬裡《晚寒題水仙
花並湖山》中云：「煉句爐槌豈可覓，句成未必盡緣渠。老夫不是尋詩
句，詩句自來尋老夫。」清袁枚《老來》詩云：「老來不肯落言筌，一
月詩才一兩篇。我不覓詩詩覓我，始知天籟本天然。」清代焦循在《答
羅養齋書》中說：「山川舊跡與客懷相摩蕩，心神血氣頗為之動，動則
詩思自然溢出。」這些著名文人以其深厚的學養與豐富的創作經驗，反
覆申明詩人創作最佳的狀態是自然感興、無意為文，而藝術的奧秘恰
恰在於越是無意為文就越是佳作湧現，越是刻意為文越是難出佳句，
因為藝術創作的非功利性決定了它順應自然、排斥雕琢的特殊規律
性。中國古代的文論家早就聰慧地認識到了這一點。

　　然而，感興看似偶然，實則有必然性蘊含其中。中國古代文人論
及感興時，既強調感興的偶發性與自然性，又顧及到了感興的必然
性。從某種意義上來說，「興」的自然性之所以為貴，並不在於隨意所
興，率爾操觚，那樣往往流於輕率與低俗。自然感興之美，恰恰在於
內中蘊藏的無限的人生感喟與文化修養。唐人詩論家皎然《詩式》云：
「有時意靜神王，佳句縱橫，若不可遏，宛如神助。不然，蓋由先積精
思，因神王而得乎？」皎然認為詩人意靜神旺、感興勃發，看上去若
有神助，其實並不神秘，正是平時的精思積累所致。他從偶然性與必
然性相融合的角度，說明了「興」的有感而發。從「興」的產生來說，
大多是由於種種人生坎坷磨難刺激著詩人的內心，於是借物興情，發
為詠歎，這是一個不得不發的過程。南朝時的鍾嶸在《詩品序》中談

到種種社會遭際對人的感發時慨嘆：「凡斯種種，感蕩心靈，非長歌何以騁其情，非陳詩何以展其義？」唐代詩人白居易讚揚謝靈運詩云：「謝公才廓落，與世不相遇。壯志鬱不用，須有所洩處。洩為山水詩，逸韻諧奇趣。」（葛立方《韻語陽秋》卷八引）在白居易看來，謝靈運所以成為六朝一代詩傑，正是由於詩人處於晉宋易代之際，人生的失意不平與內心的憤懣無訴，藉助於山水宣洩出來，從而創作出了清真天然的山水佳作來。白居易本人的詩作何嘗不是如此呢？陸遊説：「蓋人之情，悲憤積於中而無言，始發為詩。不然，無詩矣。蘇武、李陵、陶潛、謝靈運、杜甫、李白，激於不能自已，故其詩為百代法。」（《澹齋居士詩序》）陸游結合自己的創作體會，坦言漢魏以來的文學名作大抵不出人生刺激而作，不得已而為之。推而言之，唐宋以來的文豪哪個不是在仕途奔波、宦海沉浮、人生蹉跎上煎熬，由此開啟自己的文學創作道路呢？

在感興的過程中，往往出現這樣的心理現象，當靈感湧現時，情思噴湧出來，甚至心口互動，手舞足蹈，不能自已，類似柏拉圖《文藝對話集》中所描述的詩人靈感湧動時渾身戰抖、文思激動的情景。明代詩論家譚元春在《汪子戊巳詩序》中云：「夫作詩者一情獨往，萬象俱開，口忽然吟，手忽然書，即手口原聽我胸中之所流，手口不能測，即胸中原聽我手口之所止，胸中不可強。」詩論家在這裡形象地描述了詩思噴湧時的情狀，這就是其來也猛，難以預測。但是一旦詩思被打斷後，要想接續起來就很難了。因為這種感興是情緒化的突發現象，其特點是主觀意志的無法控制，思維的無法預見。感興的可貴在於此，無奈亦在於此。故陸機在《文賦》中即慨嘆「雖茲物之在我，非餘力之所勠。故時撫空懷而自惋，吾未識夫開塞之所由也」。宋代葛立方《韻語陽秋》中記載：「小説載謝無逸問潘大臨云：『近日曾作詩

否？』潘云：『秋來日日是詩思，昨日捉筆得『滿城風雨近重陽』之句，忽催租人至，令人意敗，輒以此一句奉寄。』亦可見思難而敗易也。」潘大臨詩興感發，好不容易才得一句好詩，然而這位窮儒被忽然而至的催租人弄壞了意興，及至收租人走後，再想續上原先的詩興卻無能為力了。其實這種情況在其他藝術家的創作過程中也是經常出現的。傳說東晉書法家王羲之在蘭亭修褉時乘興揮毫寫成了《蘭亭集序》，神韻斐然，千古絕書，等到事後興盡重寫時，再也難以找到當時的感覺了。所以王夫之曾用「神理」來說明這種感興：「以神理相取，在遠近之間。才著手便煞，一放手又飄忽去。」（《薑齋詩話》卷一）這句話生動形象地說明了「興」的玄妙與飄忽，非人力所能左右。

　　既然「興」是不能強求而致的，與其苦思冥想，強行搜索，反而不如等待時機，乘興而作。劉勰早在《文心雕龍》〈物色〉中就提出：「是以四序紛回，而入興貴閒。」閒者，虛靜之謂也。劉勰認為春夏秋冬四季景色紛回，而《詩》《騷》中描寫景色的詩句橫互在前，令後人難以超越，詩人欲強作解語，反而費力不討好，也是難以為巧的。既然如此，不如以不變應萬變，以虛靜之心叩發興會，這樣方能入其神境，超越前人。唐代日僧遍照金剛在《文鏡秘府論》〈論文意〉中說：「凡神不安，令人不暢無興。無興即任睡，睡大養神。常須夜停燈任自覺，不須強起。強起即昏迷，所覽無益。紙筆墨常須隨身，興來即錄。若無紙筆，羈旅之間，意多草草。舟行之後，即須安眠。眠足之後，固多清景，江山滿懷，合而生興。須屏絕事務，專任情興。」遍照金剛在《文鏡秘府論》中對「感興」問題多有論述。他承襲了六朝人論「興」的觀點，強調「感興」在緣物起情上的作用。但是他同樣也重視乘興而作、順應自然的創作態度。他從生理與心理互相協調的角度，詳盡論證了當精神疲憊之時，不宜強行作詩，因為無法起興，而

應當稍事休息，養神蓄思，佇興而作。為了抓住瞬間感興而作，必須常備紙筆在身，興來即錄。遍照金剛的這番論述，說明了唐代文人與六朝文人相比，對「感興」的特點把握得更為準確，也更為自覺地運用「興」的規律來作詩。而後，這種「佇興而作」的觀點在許多文人與畫家那裡得到了回應。如明代謝榛《四溟詩話》中說：「詩有天機，待時而發，觸機而成。」他以簡潔的語言說明了作詩應待時而作，以「興」為機。在書畫領域，明清以來的一些畫家也強調以「興」為主。如明代畫家沈周在《書畫匯考》中提出：「山水之勝，得之目，寓諸心，而形於筆墨之間者，無非興而矣。」清代畫家王昱在《東莊論畫》中說：「未作畫前，全在養性。或睹雲泉，或觀花鳥，或散步清吟，或焚香啜茗，俟胸中有得，技癢興發，即伸紙舒毫，興盡斯止。至有興時續成之，自必天機活潑，迥出塵表。」王昱詳盡地論述了繪畫中須隨興而作，未作畫前，最宜佇興養性，俟靈感來時則乘興而作，興盡而止，興來再續。他在論繪畫的整個創作過程中，都將「興」置於重要的位置之上。清代文人吳喬《圍爐詩話》中說：「興會不屬，寧且已之，而意中常有未完事，偶然感觸，大有玄想奇句。」清代神韻派詩論家王士禎在《帶經堂詩話》中說：「蕭子顯云：『登高極目，臨水送歸，蚤（早）雁初鶯，花開花落，有來斯應，每不能已，須其自來，不以力構。』王士源序孟浩然詩云：『每有製作，佇興而就。』余平生服膺此言，故未嘗為人強作，亦不耐為和韻詩也。」他在《帶經堂詩話》中專列「佇興」一類來宣傳他「興會神到」的詩學觀。吳雷發在《說詩菅蒯》中也提出：「作詩固宜搜索枯腸，然著不得勉強。故有意作詩，不若詩來尋我，方覺下筆有神。詩固以興之所至為妙。」從這些論述來看，中國封建社會後期的文人是相當自覺地用「佇興」理論來指導文藝創作的實踐，這也說明了「興」之中確實蘊含著豐富的靈感思維價

值。它與「賦」和「比」相比，由於建立在審美活動的基礎之上，故而在心理機制上，也遠遠比前者要複雜得多，這是經學家的政教概念不能簡單概括的。

第三節 「興」與情景交融

然而，「興」又不是一般的靈感活動，有的研究者將「興」完全等同於西方美學與文論中的靈感活動，這其實是不完全的。西方自柏拉圖所奠定的靈感理論，是建立在「神喻」說基礎之上的，是一種神祕的內省與體驗，它脫離外界。而中國古代美學所言之「興」，則是建立在物感基礎之上，它不脫離與外物的感觸交流，這就和西方「靈感」說有異。就「興」的偶然性與強烈的情感狀態而言，它與西方人所說的「靈感」有相通之處，但是中國古代美學中的「興」具有最基本的兩層意義，即感物起情與借物抒情兩點，清代黃宗羲在《汪扶晨詩序》中說：「凡景物相感，以彼言此，皆謂之興。後世詠懷、遊覽詠物之類是也。」朱自清先生在《詩言志辯》中早就提出了「興」的這兩層內涵。惟因如此，「比」與「興」皆可相通，也容易夾纏不清。朱熹《楚辭集注》中說：「賦則直陳其事，比則取物為比，興則托物興詞。」朱熹是比較強調「比」與「興」在處理心物關係上的不同之處，「比」是理性化的比喻，而「興」是婉曲地使情成體，雖則它是一種即興而發的美感。但後代有些詩論家也認為「比」與「興」在托物抒情上是一致的。明代李東陽在《懷麓堂詩話》中就說：「所謂比與興者，皆托物寓情而為之者也。蓋正言直述則易於窮盡，而難於感發，惟有所寄託，形容摹寫，反覆諷詠，以俟人之自得，言有盡而意無窮，則神爽飛動，手舞足蹈而不自覺，此詩之所以貴情而輕事實。」李東陽認為

「比」與「興」都是詩人用來托物寓情的，但直言之則難於感人，唯有「比興」的運用才可以使詩人之情表現得委婉動人，深致有味。這是從詩法的角度去說的，實際上我們從文化的傳承角度來說，「比」與「興」成為中國古代人的美感心理方式，正是中國人心物一體、天人感應文化觀念的顯現。唐代經學家孔穎達說：「興者，託事於物，則興者，起也。取譬引類，起發己心。詩文諸舉草木鳥獸以見意者，皆興辭也。」（《毛詩正義》卷一）在文藝創作中，能夠將感情的激發與形象的瞬間生成合為一體的「興」，確實說明了中國審美文化言約意豐、舉重若輕、以一總萬的魅力，它是中國古代中國人觀物取象思維方式在詩歌創作過程中的投射。

　　情感在表達中，不宜以直露的形式出現，而必須通過景物的描寫獲得表現。這樣的話，情感不再是裸情，而景物亦不再是裸景。而二者的交流與融會，其中介與催化劑正是「興」。早在六朝時的劉勰《文心雕龍》〈物色〉中就用形象的語言描寫道：「春日遲遲，秋風颯颯，情往似贈，興來如答。」春日秋風，山水明麗，激起詩人的興會神到，而詩人心中的春日秋景亦因詩人情感的投入而變成了情中景，即「第二自然」。宋代姜夔《白石道人詩說》中提出：「意中有景，景中有意。」范晞文《對床夜話》中提出：「景無情不發，情無景不生。」清代的李漁在《窺詞管見》中，從填詞的角度對詞人借景遣懷的關係說得十分在理：「詞雖不出情景二字，然二字亦分主客。情為主，景是客。說景即是說情，非借物遣懷，即將人喻物。有全篇不露秋毫情意而實句句是情，字字關情者。」這些理論都已經提出詩歌中的情感表達與景物描寫是交融一體的，人們訴說心中的情感固然有直接表達的，但是依照傳統的「賦、比、興」原則，一般是採用「比興」的手法婉曲表現出來，也易於使人產生一唱三歎、言有盡而意無窮的審美效

果，符合民族審美心理習慣。

從「興」的角度對情景交融論述得比較全面的，是明末清初的詩論家王夫之。傳統的情景理論偏重從意的傳達角度去闡發，這種著眼於立意去說「興」的看法，往往使情景變成兩大塊，情是情，景是景，景只能作為主觀之意的象徵，若景奪情則會有喧賓奪主之嫌。比如清初的詩論家論情景便是如此。吳喬強調「比興」是象徵性的「比興」，是從屬於意的表現手段，因此他對情景的考慮也就重在象徵：

詩以道性情，無所謂景也。《三百篇》中之興「關關雎鳩」等，有似乎景，後人因成煙雲月露之詞，景遂與情並言，而興又以微。然唐詩猶自有興，宋詩鮮焉。明之瞎盛唐，景尚不成，何況於興？（《圍爐詩話自序》）

夫詩以情為主，景為賓。景物無自生，惟情所化。情哀則景哀，情樂則景樂。（《圍爐詩話》）

吳喬倡導情景關係應以達意為主，如果離開了對志意的表達，為景而景，則會使「比興」之義消亡。這樣的話，他的情景就難以做到交融一體。原其所本，是將「興」固定在傳統的「比興」範疇。實際上，情景交融的前提是興會神到，只有在自然興會的情況下，才能造成情與景的融合無際，而事先的思索安排，適足以破壞情與景的自然會妙。明代謝榛在《四溟詩話》中就指出：「子美曰：『細雨荷鋤立，江猿吟翠屏。』此語宛然入畫，情景適會，與造物同其妙，非沉思苦索而得之也。」謝榛認為杜甫的一些佳句是自然會妙，根本不是沉思苦索所就。清代詩論家方東樹在《昭昧詹言》中分析杜甫《秋興八首》第一首指出：「第一首，起句秋，次兼秋。三四景，五六情，情景交融，

興會標舉。」他所説的杜甫詩句為「江間波浪兼天湧，塞上風雲接地陰。叢菊兩開他日淚，孤舟一系故園心」，詩人將憂時傷亂之情融入巫峽蕭瑟和塞上荒茫之景中，興會神到，自然感人。

王夫之論情景，比起他們更為集中精到。王夫之首先提出情景二者並非對立不可轉化的範疇，而是互相包容的。他説：「景中生情，情中含景，故曰，景者情之景，情者景之情也。」（《唐詩評選》）他申言情與景的互相依賴關係，同時也承認寫景是為了達情，景的表達不可能沒有主題。王夫之指出：「不能作景語，又何能作情語耶？古人絕唱多景語，如『高台多悲風』，『蝴蝶飛南園』，『池塘生春草』，『亭皋木葉下』，『芙蓉露下落』，皆是也，而情寓其中矣。以寫景之心理言情，則身心中獨喻之微，輕安拈出。」（《姜齋詩話》卷二）他讚美杜甫的一些佳句，以景言情，情寓其中。詩人的成功，往往是以景達情，立意高妙。從這一點來説，對傳統的「比興」表現手法，他也是認可的。但王夫之更強調的是情景的自然會妙，這是一種處理情景關係，造就高妙之作的更高境界。當人們進入「興」的靈感思維狀態時，主體與客體、情與物的關係就會進入莊子説的不知何者為物、不知何者為我的「無我」之境，這時候創作出來的詩句，往往是景中有情，情中有景。可見「興」的運用在文藝創作中是天地無限的。

王夫之論「興」，最推崇「興」的神思特點，認為感興的發動，造成了情與景的自然會合。王夫之認為善言情者必先善景，不能作景者亦無法抒情。他在詩論著作中摘出的範句，大多是即景抒情，興會神到之句。正是有了興會神到，景與情才能天衣無縫。故王夫之在另一處又説到：「情景名為二，而實不相離。神於詩者，妙合無垠。巧者則有情中景，景中情。」（《姜齋詩話》卷二）而景中情，情中景，乃是依興會標舉的狀態而定，是一種自然而然的創作過程。王夫之最厭惡

那些迂腐的八股教條。且不說那些冬烘先生喜歡以此糊弄人，就是明代胡應麟這樣的詩論家在《詩藪》中亦提出：「作詩不過情景二端。如五言律體，前起後結，中四句二言景，二言情，此通例也。」王夫之對這類說法最為反感。他提出：「情景一合，自得妙語。撐開說景者，必無景也。」（《明詩評選》卷五）「情景雖有在心在物之分，而景生情，情生景，哀樂之觸，榮悴之迎，互藏其宅，天情物理，可哀而可樂，用之無窮，流而不滯。」（《姜齋詩話》卷一）在王夫之看來，情景交融從理論上說明可以從前後秩序上去著眼，但在實際的審美心理中卻是屬於靈感一類的範疇。基於此，在《夕堂永日緒論內編》中，他對傳統文論中津津樂道的推敲之說提出質疑：

> 「僧敲月下門」，只是妄想揣摩，如說他人夢。縱令形容酷似，何嘗毫髮關心？知然者，以其沉吟「推」、「敲」二字，就他作想也。若即景會心，則或推或敲，必居其一，因情因景，自然靈妙，何勞擬議哉？「長河落日圓」，初無定景；「隔水問樵夫」，初非想得，則禪家所謂現量也。

　　王夫之認為，過去人們常對韓愈與賈島商榷「推敲」二字何者為佳之說備感興致，其實從詩歌創作瞬間產生的即景會心、寓目輒書的常識來看，這種說法恰恰是經不起推敲的，「因情因景，自然靈妙，何勞擬議哉？」如果反覆推敲，失卻感興，那就不是作詩，而是研究學問了。王夫之為了說明自然感興對情景交融的意義，還借用了禪宗的「現量」來比方。佛教典籍《相宗絡索》中釋「現量」一詞云：「現在不緣過去作影，現成一觸即覺，不假思量計較；顯現真實，乃彼之體性本自如此，顯現無疑，不參虛妄。」禪宗之所謂現量是指不假過去的

一種一觸即覺、心目相應的直覺，與六朝文人倡導的寓目輒書、心物感應的「直尋」頗為類似。王夫之借用來說明自然感興、不假思索的靈感思維。王夫之在《唐詩評選》中評張子容《泛永嘉江日暮回舟》時說：「只於心目相取處，得景得句，乃為朝氣，乃為神筆，景靜意止，意盡言息，必不強括狂搜，舍有而尋無，在章成章，在句成句。文章之道，音樂之理，盡於斯矣。」王夫之再三強調「興會神到」是使情景妙奪天工的根本，不能以「興」入詩，則情景關係就不是水乳交融，而是三家村筵席，一葷一素了。他在《夕堂永日緒論內編》中，對謝靈運的名句「池塘生春草」「蝴蝶飛南園」、「明月照積雪」擊節讚賞，並且推其原因，認為正是興會神到使然：「皆心中目中與相融浹，一出語即得珠圓玉潤，要亦各視其所懷來而與景相迎者也。」珠圓玉潤蓋得於自然感興，無興焉能使情成體，情景交融？王夫之在《明詩評選》中明確指出：

> 一用興會標舉成詩，自然情景俱到，恃情景者，不能得情景也。

詩人之「興」可謂是融會主客體，打造情與景的肯綮。在中國美學史上，王夫之對傳統的情景交融與興會神到的關係論述得最為深刻與周全，使「興」與情景的融合更為貼切。

當代中國美學家朱光潛先生在其名著《詩論》中，曾借用西方美學的「移情」說，對中國傳統的「興會」說與情景理論，作了生動的描繪：

> 從移情作用我們可以看出內在的情趣常和外來的意象相融而互相影響。比如欣賞自然風景。就一方面說，心情隨風景而千變萬化。睹

魚躍鳶飛而欣然自得，聞胡茄暮角則黯然神傷。就另一方面說，風景
也隨心情而變化生長，心情千變萬化，風景也隨之千變萬化，惜別時
蠟燭似乎垂淚，興到時青山亦覺點頭。這兩種貌似相反而實則相同的
現象就是從前人所說的「即景生情，因情生景」。情景相生而且相契合
無間，情恰能稱景，景也恰能傳情，這便是詩的境界。[2]

　　這段話將中國古典美學中「興會」與情景交融的關係，依據現代
西方美學中的移情理論，作了生動易曉的說明，很能幫助我們瞭解興
會與情景關係的美學意蘊。

2　《朱光潛美學文學論文選集》，湖南人民出版社1980年版，第189頁。

第八章

「興」的組合

　　「興」的範疇在發展過程中，還與其他一些概念相組合，從而派生出另外一些意蘊深刻的範疇，從而使「興」的範疇顯得更加內容豐富多彩，透過這些範疇，我們可以認識到「興」的內涵與外延。

第一節　興趣

　　「興趣」是從「興」延伸而來的一個重要概念。從審美主體的角度來說，興是一種自由天放的心態，惟其自由天放，無所羈約，故而必然導向以趣為美，於是「興趣」就成為與「興」相關的審美概念。

　　「興趣」作為人生與審美相統一的概念，在六朝時出現雛形。魏晉六朝人鄙棄禮教與世俗，以天真放逸為美，於是以「興」為上成為時尚（見本書第二章）。率興而動，在魏晉名士看來，並不是任性胡來（儘管西晉元康年代也有一些名士放蕩亂來），而是追求生活中的真

趣，使生活樂趣得到發散與實現。在這種生活方式與樂趣中找到自己的價值所在，得到美的享受，從而擺脫世俗的約束與煩惱。比如《晉書》〈嵇康傳〉中說他：「善談理，又能屬文，其高情遠趣，率然玄遠。」這是說嵇康通過清談與作文，實現自己的人生追求。他在《與山巨源絕交書》中還自敘：「今但願守陋巷，教養子孫，時與親舊敘離闊，陳說平生。濁酒一杯，彈琴一曲，志願畢矣。」嵇康與呂安在柳樹下鍛鐵與灌園，興之所至，情趣盎然。嵇康有意識地通過對生活興趣的觸發與品味，來營造自己的精神家園，擺脫世風的濁穢。在魏晉年代，以「興趣」為美也可以說是一種時尚。如《晉書》〈向秀傳〉向秀：「發明奇趣，振起玄風。」這種所謂「奇趣」，也是一種不拘世俗的「興趣」。在魏晉六朝年代之中，對這種生活方式的追求，在士風中很流行。《南史》〈王僧虔傳〉寫他愛好書法「風流趣好，不減當年。」《宋書》〈胡藩傳〉稱：「桓玄意趣非常。」如陶淵明《歸去來辭》中自敘：「園日涉而成趣。」這是說自己在田園耕作中品味到了樂趣。為什麼被傳統士大夫歷來瞧不起的農耕與鍛鐵之類，在嵇康與陶潛那裡卻能轉化為生活之趣，並且成為他們詩文中的題材，被後人賞嘆與追懷不已呢？原因在於這些魏晉名士早日去掉世俗的功利觀念，而以一種逍遙無待的興致去開掘其趣，因此能夠將率興而發與樂趣無窮融會一體，興之所發，通向樂趣。

然而由「興」向「趣」的轉化還必須善於提煉生活，是作者長久沉澱的文化修養與人格境界的昇華。那些鄙俗不堪的人即便隨興而發，也不能轉成興趣，只會變成無聊。《世說新語》〈任誕〉記載著王獻之雪夜訪戴的軼事：「王子猷居山陰，夜大雪，眠覺，開室，命酌酒。四望皎然，因起徬徨，詠左思《招隱詩》，忽憶戴安道。時戴在剡，即便乘小船就之，經宿方至。造門不前而返。人問其故，王曰：

『吾本乘興而行，興盡而返，何必見戴？』」這則故事很能說明魏晉名士興趣所在，是由於深厚的文化與審美情趣的沉積而成。從「興」的產生來說，是少有的江南地區下雪引起的，雪夜皎潔的景色使富於生活情趣的王子猷油然興感，他隨即想起了左思的《招隱詩》，詩中的高情遠趣，促使「興」的昇華，使王子猷想去剡溪造訪戴逵這樣的高士。宗白華先生在《論〈世說新語〉與晉人的美》一文中說：「這截然地寄興趣於生活過程的本身價值而不拘泥於目的，顯示了晉人唯美生活的典型。」他的話說出了王子猷的興趣即在於生活過程本身之美而不以功利為目的，而對日常生活之美的發現與昇華，恰恰是由於王子猷有著自身的文化修養與審美情趣，俗人是決不能提升生活興趣的。

他的這種高情遠趣，在唐代文士中得到了很高的認同與讚揚。李白《答王十二寒夜獨酌有懷》中云：「昨夜吳中雪，子猷高興發。萬里浮雲卷碧山，青天中道流孤月。」杜甫《江居》詩云：「東行萬里堪乘興，須向山陰入小舟。」杜甫自敘想到自己即將東行，不禁憧憬往昔王子猷雪夜入山陰的佳話，可見王子猷所揭示的這種興趣所至，無往而不樂的生活方式，對唐代詩人的生活哲學與審美風尚澤溉深遠，給他們樹立了不可移易的風範。在唐人詩中，已有將「興」與「趣」相聯的詩句，如杜甫《奉先劉少府所畫山水障歌》中云：「問君掃卻赤縣圖，乘興遣畫滄州趣。」這是讚美劉少府以興趣為畫。初唐殷璠《河岳英靈集》中評儲光羲云「格高調遠，趣遠情深」，他所說的「趣」其實與「興」可以互文，大致是一個意思。又如他評劉眘虛「情幽興遠」，「趣遠」與「興遠」顯然是意義是相同的，只是用詞不同而已。唐人論書法也以興趣為高。如蔡希綜《法書論》中說：「意象之奇，不能不全。」、「乘興之後，方肆其筆。」張懷瓘《文體書論》中云：「觀彼遺跡……其趣之幽深，情之比興，可以默識，不可言宣。」從這些資料記

載來看，唐人以「興趣」為詩，確實是時代風氣使然，它表現了唐代詩人風起雲湧、蹈厲發揚的精神。明代文人屠隆指出：「唐人長於興趣，興趣所到，固非拘攣一途。且天地山川，風雲草木，止數字耳。陶鑄既深，變化若鬼，即不出此數字，而起伏頓挫，回合正變，萬狀錯出，悲壯沉鬱，清空流利，迴乎不齊。」（《與友人論文書》）這段話對唐代詩人之「興」作了生動的描述。在屠隆看來，唐代詩人是由「興趣」為詩，這種「興趣」是一種靈動變化的審美情興，自然界的山川河流，草木花卉是有一定數字的，而由於主體興趣的無限，因此詩人對自然界的感興變化無方，描寫的手法與情狀亦是千奇百怪，不一而足。從他這段以興趣論唐詩風貌特點的話中我們可以得知，「興趣」是詩人應接萬物感召時所持的無待的情感，它是奔放無羈的，故而通過「興趣」而造就的詩境也是紛繁萬狀、奇譎瑰怪的。從這一角度來說，「興趣」是產生興象的主體前提。由於這種主體情狀的奔放靈動，天馬行空，意態萬千，無跡可求，可以擺脫既定的書本理念的束縛，所以南宋嚴羽《滄浪詩話》中推出「別材別趣」之說，以蕩滌江西詩派對詩興的羈約。嚴羽在《滄浪詩話》〈詩辨〉中提出：「詩之法有五：曰體制，曰格律，曰氣象，曰興趣，曰音節。」陶明浚《詩說雜記》中對此解說道：「此蓋以詩章與人體相為比擬，一有所闕，則倚魁不全。體制如人之體干，必須佼壯；格律如人之筋骨，必須勁健；興趣如人之精神，必須活潑；音節如人言語，必須清朗。五者既備，然後可以為詩。近取諸身，遠取諸物，而詩道成焉。」在五者之中，「興趣」可以說是主體，是詩之內在精神，就像人之根本在於精神氣質一般。嚴羽認為盛唐詩作所以卓然標峙於後世，勝於宋詩，即在於以「興趣」為詩。他在《滄浪詩話》〈詩辨〉中說：

夫詩有別材，非關書也；詩有別趣，非關理也。然非多讀書，多窮理，則不能極其至。所謂不涉理路，不落言筌者，上也。詩者，吟詠情性也。盛唐諸人惟在興趣，羚羊掛角，無跡可求。故其妙處透徹玲瓏，不可湊泊，如空中之音，相中之色，水中之月，鏡中之象，言有盡而意無窮。近代諸公乃作奇特解會，遂以文字為詩，以才學為詩，以議論為詩。以是為詩，夫豈不工，終非古人之詩也，蓋於一唱三歎之音有所歉焉。

嚴羽認為詩是不同於做學問、講道理的一種「別材別趣」，它需要另一種創造與才情，「詩者，吟詠情性也」，但是，「吟詠情性」並不等於就是興趣所至。本來，《毛詩序》中就提出「吟詠情性以風其上」，故而《毛詩序》所言之「興」即是從「美刺」出發而運用的「比興」範圍。但這並不等於「興趣」所為，六朝時鍾嶸《詩品序》中提出「吟詠情性，亦何貴於用事」，同時提倡「直尋」即憑藉直觀感受為詩，讚美謝靈運「興多才高」，開始涉及以「興趣」論詩的意思，但是畢竟沒有明確提出「興趣」這一範疇。至嚴羽寫作《滄浪詩話》，深鑒於宋代詩人堆垛才學、濫發議論之弊，於是提出以盛唐為法，而「盛唐詩人惟在興趣」，他們將傳統的「吟詠情性」說法與興趣相融會，從而直接傳承了六朝詩人的創作精神。

從嚴羽的話中，我們至少可知「興趣」有這麼幾個特點：一是在外物感召下形成的創作衝動；二是這種衝動得到昇華，釀成審美情趣，即主動的快樂體驗；三是這種興趣是通過偶然感興將原先積累的文化素養與人生感慨融會在感物而生的意象之中，故雖不言理而渾然天成，不可湊泊，言有盡而意無窮，具有意象超妙，韻味無窮之魅力。從創作主體與作品境界的互為關係來說，「興趣」乃是意境創造的

前提，有斯興乃有斯境，故嚴羽又將「興趣」與「意興」相提並論，實際上「意興」與「興趣」乃是同一範疇。因為主觀之「意興」乃是構成客觀之意境（即言有盡而意無餘之詩境）的先決條件。嚴羽提出：「詩有詞、理、意興。南朝人尚詞而病於理，本朝人尚理而病於意興，唐人尚意興而理在其中，漢魏之詩詞、理、意興無跡可求。」（〈詩評〉）嚴羽認為詩有「詞」、「理」、「意興」三大要素，「意興」是與「詞」、「理」不同的意趣與意興，是屬於情感、情趣的範疇，它與「興趣」一樣，是詩人緣情感物的主體。嚴羽認為南朝人重視詞采而忽略內容，宋朝人尚「理」而病於「意興」，唯有唐人尚「意興」而「理」在其中，這同〈詩辨〉中讚揚盛唐詩人「惟在興趣」，其理性與才學融化在興象之中，羚羊掛角，無跡可求的觀點是一致的。當然「意興」側重從作品層面而言，而「興趣」則偏重從詩人主觀角度而言，但二者實際上是同一層面的範疇。

「興趣」說強調了詩人創作時緣情感物的最本質的心態，正是由於它而將詩的審美心態與哲學思辨、實用文體寫作相分別。中國古代的詩歌形式不斷變化，但是以「興趣」為詩卻亙古不變，這是中國古代詩詞抒情傳統的顯現。明代屠隆提出：「詩自《三百篇》而下有漢魏古樂府，漢魏而下有六朝《選》詩，《選》詩而下有唐音。唐音去《三百篇》最遠，然山林宴遊之篇則寄興清遠，宮闈應制之什則體存富麗，述邊塞征戍之情則婉惋悲壯，暢離別羈旅之懷則沉痛感慨。即非古詩之流，其於詩人之興趣，則未失也。」（《文論》）屠隆認為「興趣」是詩歌之所以為詩歌的根本，《詩》三百篇之下，體格音韻漸變，唐詩在表現題材與格調風範方面均與《詩》三百篇大異，但是由於以「興趣」為詩，故而深得《詩》三百篇之真傳，詩人之「興趣」是古典詩歌一脈相傳的精華。

　　「興趣」之說是在緣情感興基礎之上所倡舉的創作主體論，它在傳統的「比興」說之上發展演變而來，突出了個體的「興趣」對於詩之創作的動力及使情成體的作用，崇尚的是情興向趣味的昇華，將情興與趣味融合一體，這樣，就使審美主體處在感物緣情時處於高度自由與自覺的境地之中，從而使審美人格與心態能夠擺脫世俗功利與禮教的羈約，向著人格獨立的維度超升。明代思想解放的文士如袁宏道在此基礎之上，進一步倡舉「趣味」說。然而袁宏道所倡導的「趣味」說與嚴羽等人所提倡的「興趣」說有所不同，前者吸取了禪宗的「機趣」說，突出了主體的直感意趣，而與緣情感興有別，他在《癖嗜錄》說：「於文無所不嗜，而尤嗜乎文之趣，趣不足而取致，致不足而取興，均非顛生之得已也。」在《談濟顛西湖詩》中提出：「濟顛隨意點輟，莫非禪機，所以為佳。今人好擬唐人眉目，一味堆砌填塞，竟不成話，反笑宋人為無詩。」袁宏道所倡舉的「趣」重在內心的會悟與快樂，用以說明與俗眾不同之趣，這種趣由於與獨立的心態與會悟相連繫，故而到後來為許多有獨立意識的文士所鍾愛，明代湯顯祖亦云：「詩乎，機與禪言通，趣與游道合。禪在根塵之外，游在伶黨之中。要皆以若有若無為美。通乎此者，風雅之事可得而言。」（《如蘭一集序》）他用禪宗的「機趣」來說明作詩之要妙，用心靈的感悟與會通說明詩乃是一種心靈活動的對象化。這種審美觀念，強烈地傳達出明代浪漫派文人以主觀世界抗爭客觀塵世的精神追求。清代袁枚也提倡：「味欲其鮮，趣欲其真，人必如此，然後可與論詩矣。」（《隨園詩話》卷一）袁枚用人生之趣作為作詩的根本，認為詩是人之性情，而性情之真趣乃是作詩作得好的前提，「詩者，人之性情也，近取諸身而足矣，其言動心，其色奪目，其味適口，其言悅耳，便是佳詩」。（《隨園詩話》補遺卷一）袁枚認為詩必須令人讀後賞心悅目，產生不可遏止的快

感，而前提則是詩人須有真趣。他的詩論，進一步將「興趣」說向著主觀論的角度延伸了。

第二節　興會

「興會」是指審美主體與客體在遇合時達到的一種高度興奮、思潮如湧的狀況，有時也指靈感現象。

西晉時文人陸機的《文賦》中提出：「若夫應感之會，通塞之紀，來不可遏，去不可止，藏若景滅，行猶響起。方天機而駿利，夫何紛而不理，思風發於胸臆，言泉流於唇齒。」陸機描繪了當靈感湧現時，作者思路奔湧，不可遏止，而當靈感閉塞時則「六情底滯，志往神留」。這種靈感現象所以稱為「應感之會」，是因為它屬於一種無從把握的「天機」自會的心理現象，所以它在魏晉南北朝年代，有時也稱作為「興會」，如沈約《宋書》〈謝靈運傳論〉中說：「靈運之興會標舉」，《文選》李善注「興會」時曰：「情興所會也」。這裡的「興會」標舉，是指謝靈運作詩時任從情性，率興而發，善於動用靈感心理來作出好詩，如他的「池塘生春草」據說就是他在「興會標舉」時所作。顏之推在《顏氏家訓》〈文章〉篇中說：「原其文章所積之體，標舉興會，發引性靈。」他認為文學創作的特點即是標舉「興會」，發引性靈。可見「興會」是指作者創作時經常產生的一種高度亢奮、文思泉湧的心態。這種心理現象是不同於理性認識的冷靜思索，而呈現出無從認知的特點。

齊梁時文人蕭子顯在《南齊書》〈文學傳論〉中提出：

文章者，蓋情性之風標，神明之律呂。蘊思含毫，游心內運，放

言落紙，氣韻天成，莫不稟以生靈，遷乎愛嗜，機見殊門，賞悟紛雜。……屬文之道，事出神思，感召無象，變化不窮。俱五聲之音響，而出言異句；等萬物之情狀，而下筆殊形。吟詠規範，本之雅什；流分條散，各以言區。

　　蕭子顯認為文學創作是作者情性與神明所致，「情性」是一般人都有的，「神思」卻是唯有文學創作才有的心理現象，也就是靈感現象，它的特點是游心內運，氣韻天成。這種「興會」突出了文學創作的非功利性，用以區別文學與實用文體的不同之處。在唐末詩人司空圖的《二十四詩品》中，明顯地可以見出詩人對「興會」的倡導。司空圖在〈沖淡〉一品中提出：「素處以默，妙機其微，飲之太和，獨鶴與飛。」郭紹虞先生解釋說：「平居澹素，以默自守，涵養既深，天機自會，故云妙機其微。」（《二十四詩品集解》）。據此我們可以知道，司空圖倡導詩人注重培養超越世俗的審美心胸，這種涵養既深，到了審美觀察時就能天機自會，表現其內在神韻，意境就是在這種心態下創造而成的。司空圖強調這種主客體相合是自然而然的過程，也就是超功利的過程。在〈自然〉一品中，他以輕鬆自放的筆觸描寫道：「俯拾即是，不取諸鄰。俱道適往，著手成春。如逢花開，如瞻歲新。真與不奪，強得易貧。幽人空山，過雨采蘋。薄言情悟，悠悠天鈞。」這首詩抒寫了詩人在恬淡自然的心境下與天地合德，獲取美感的過程，使人讀後想起陶淵明「采菊東籬下，悠然見南山」的詩句。中唐詩論家皎然《詩式》雖倡「自然」，但是主張「取境之時，須至難至險，始見奇句」，提倡精思苦想，而司空圖則力主「自然興會」，他的詩論對中國古代詩學產生了重要的影響作用。

　　到了宋代文人論繪畫時，更是突出了繪畫靈感興致酣暢的特點。

如蘇軾說：「畫竹必先得成竹於胸中，執筆熟視，乃見其所欲畫者，急起從之，振筆直遂，以追其所見。如兔起鶻落，少縱即逝矣。」（《文與可畫篔簹谷偃竹記》）他的父親蘇洵則將創作的自然會妙作為文學境界天成的前提：

> 然而此二物者豈有求乎文哉？無意乎相求，不期而相遭而文生焉。是其為文也，非水之也，非風之文也，二物者非能為文而不能不為文也，物之相使而文生於其間也，故此天下之至文也。（《仲兄字文甫說》）

蘇洵與蘇軾都將主體與客體的自然會妙視為天下至文產生的基礎，可見「興會」離不開主客觀兩方面的會妙。所謂「自然興會」，也就是擯斥有意造作的創作態度。當然同樣講「興會」，每個詩論家的出發點有所不同。嚴羽強調「興趣」，其中即意味著對自然會妙創作態度的讚揚，他肯定盛唐詩人「惟在興趣」，故其意象瓏玲透徹，不可湊泊，實際上也是在倡導「興會標舉」。而到了清代詩論家王士禎論詩時，則將「興會神到」作為詩論的主要觀點。在南朝劉宋時宗炳的《畫山水序》中就提出：「夫人應目會心為理者，類之成巧，心亦俱會。應會感神，神超理得。」王士禎所謂「興會神到」，是指詩人面對山川風雲等景色自然感會時的美感，它繼承了司空圖與嚴羽的詩論，然而卻去掉了其中的憂憤情思，將「興會神到」說得虛無縹緲。他在《帶經堂詩話》中的〈池北偶談〉中提出：「大抵古人詩畫，只取興會神到」，「古人詩只取興會超妙」。這種說法顯然有偏愛神韻的弊端。當然，王士禎也主張「興會神到」與學問根柢相融合。他說：「夫詩之道，有根柢焉，有興會焉，二者率不可得兼。鏡中之象，水中之月，相中之

色，羚羊掛角，無跡可求，此興會也。本之〈風〉〈雅〉以導其源，溯之《楚騷》、漢魏樂府詩以達其流，博之九經、三史、諸子以窮其變，此根柢也。根柢原於學問，興會發於性情。於斯二者兼之，又幹之以風骨，潤以丹青，諸以金石，故能銜華佩實，大放厥詞，自名一家。」（《帶經堂詩話》卷三〈漁洋文〉）王士禎認為，詩有二道，一者依賴於學問根柢，如《詩》、《騷》、漢魏樂府等；另一則是「興會神到」之詩，這種詩有神韻，當然這兩者之間也並非不可兼容，如果能夠兼收並蓄，再加上風骨與丹青，也可以自成一家。但王士禎骨子裡還是推崇「興會神到」、非有所待的詩境。在《漁洋詩話》卷上說：「蕭子顯云：『登高極目，臨水送歸。蚤（早）雁初發，花開葉落，有來斯應，每不能已。須其自來，不以力構。』王士源序孟浩然詩云：『每有制作，佇興而就。』餘生平服膺此言，故未嘗為人所強作，亦不耐為和韻詩也。」王士禎盛讚蕭子顯論「興會神到」之語，自敘作詩以「興會」為美，而不喜矯強所作。他所推崇與讚美的詩作，大率皆為偏放於隱逸山林田園之詩。但是他對這類詩的讚美同司空圖倡舉「沖和淡遠」有所不同，前者是以沖和淡遠、嚮往自然來排遣內心的苦悶，具有傲世獨立的人格精神，而王士禎倡「興會神到」，是與他當時所處的清代初期的特定文化氛圍有關。清代康熙年間，漢族文人一時還難以臣服清代統治，心理上還未能消除大規模動亂之後的創傷，於是「興會神到」的創作論恰恰可以成為誘導人民擺脫現實，向虛無縹緲之神韻轉移的詩境。美學上的「興會神到」，有時恰恰構成現實的幻境。

清代葉燮《原詩》〈內篇〉中對「興會」則另有一番見解：「原夫創始作者之人，其興會所至，每無意而出之，即為可法可則。如《三百篇》中，裡巷歌謠，思婦勞人之吟詠居其半。彼其非素所誦讀講肄推求而為此也，又非有所研精極思、腐毫輟翰而始得也。情偶至而

感，有所感而鳴，斯以為風人之旨。」葉燮認為「興會」就是情感激烈、自然天放時的創作心理狀態，並不專重神韻。清代何昌森《水石緣序》：「今以陶情養性之詩詞。托諸才子佳人之吟詠，憑空結撰，興會淋漓，既足以雅賞，復可以動俗，其人奇，其事奇，其遇奇，其筆更奇。」這裡的「興會淋漓」則是指情感的風發雲湧，淋漓酣暢，藉助想像，構造出奇譎萬狀的故事。從這些論述來看，「興會」既可以形成無我之境的淡雅之美，也可以造就有我之境的壯烈之美。清代的性靈派文人袁枚亦主「興會」，如他強調：「改詩難於作詩，何也？作詩，興會所至，容易成篇；改詩，則興會已過，大局已定。」（《隨園詩話》卷三）袁枚比較作詩與改詩之不同，論證了「興會」是詩之佳作的前提。從詩的創作過程來說，中國古典詩歌注重技巧的積累與偶然的「興發」相結合，作者的學養與文化素質對於詩歌的意境塑造肯定是有促進作用的，但是如果直接將這種學識與理性入詩，就會使詩味同嚼蠟，因此，「興會」往往可以使才學與理性平淡入興，自然感人，韻致深遠。葉嘉瑩先生曾比較中西詩歌創作方法上的不同：「中國古典詩之格律一般都極為嚴整，中國古典詩人的創作，常是心中之感發與其熟誦默記之詩律二者之間的一種因緣湊泊的自然的結合，而西方之詩律則較有更多自由安排的餘地；所以中國的詩更重視自然的感發，西洋詩則更重視人工的安排。」[1]這可以說是對中國古典詩論何以倡舉「興會」緣由的很好說明。

「興會」顧名思義是在外物感應下形成的創作情感。明代文人歸莊指出詩與散文不同：「詩則不然，本以娛性情，將有待於興會。夫興會則深室不如登山臨水，靜夜不如良辰吉日，獨坐焚香啜茗不如高朋勝

1　《迦陵論詩叢稿》（修訂本），河北教育出版社1997年版，第32頁。

友飛觥痛飲之為暢也。於是分韻刻燭，爭奇斗捷，豪氣狂才，高懷深致，錯出並見，其詩必有可觀。南皮之遊，蘭亭之集，諸名勝之作，一時欣賞，千古美談，雖鄴下、江左之才，非後世之可及，亦由興會之難再也。」（《歸莊集》〈吳門唱和詩序〉）歸莊認為散文宜室內深思為之，而詩本是登高而賦，興會所至。唯有在景物感召下，「興會」才能產生，促使好詩問世。

如果說在詩歌創作過程中，「興會」是一種類似於靈感的心理活動，那麼在書畫創作過程中，「興會」用得更多了。書畫是不憑假文字概念思維的藝術創造，故而「興會」的直觀性與情感性，往往更加適用於這一創作領域。唐代書論家張懷瓘評王獻之的創作特點時說：

> 人有求書，罕能得者。雖權貴所逼，靡不介懷。偶有興會，則觸遇造筆，皆發於衷，不從於外。（《書斷》〈神品〉）

這段軼事既讚賞了王獻之特立獨行、不傍權貴的傲骨，又說明了他興會揮筆，率興而書的創作特點。宋代郭若虛記錄了五代畫家景煥乘興而作的逸聞：

> 朴與翰林學士歐陽炯為忘形之友。一日，聯騎同遊應天，適睹（孫）位所畫門之左壁天王。激發高興，遂畫右壁天王以對之。二藝爭鋒，一時壯寇。（《圖畫見聞志》卷六）

這裡說的「激發高興」，也就是「興會」之作。古人在他們的畫論與書論中，對「興會」在創作中的作用多所推崇。因為在書畫領域中，不必像詩教那樣過分強調教化，所以「興會」更容易被人們看好。

第三節　興象

　　「興象」是中國古代詩學的重要概念。它是「興」的延伸，如果説「興趣」強調主觀情感的自由活潑，生動靈趣，那麼「興象」則是這種創作心態下產生的藝術形象。但是這種詩歌形象不是一般的形象，而是在興趣風發下形成的意境超邁、渾然無跡的詩歌形象。

　　「興象」作為美學範疇，正式誕生於唐代詩論之中，這不是偶然的。中國古代詩歌發展至唐代，不僅在創作上取得了巨大的成就，湧現出一批負有盛名的詩人與詩作，而且對理論上對詩歌形象之特徵作了深入的探討。唐代殷璠的《河岳英靈集》首次用「興象」這一概念來品評詩歌，如他批評齊梁詩風：「責古人不辨宮商徵羽、詞句質素，恥相師範。於是攻異端，妄穿鑿。理則不足，言常有餘，都無興象，但貴輕豔。」殷璠批評齊梁新變派詩人如沈約等人，徒然從音律、詞采上去指責古詩質樸無華，而他們自己的詩作卻內容蒼白，沒有興象，只有華豔。他的這番話代表了唐代詩歌批評所達到的新的認識水平。在六朝時代，人們對文學本質的認識，往往是在有韻無韻上做文章，「文筆之辨」就是這種論爭的反映。對詩歌特徵的把握也是著眼於「情采」、「情志」諸範疇，而對詩歌的形象特徵重視不夠，初唐時期的陳子昂倡導「興寄」説也是從內容寄託去著眼的。至殷璠編《河岳英靈集》開始，著眼於當時詩人創作在「興象」上的成就，他對常建、王維、高適、王昌齡等人「興象」超邁的詩作線給予了很高的評價。

　　自殷璠在《河岳英靈集》中用「興象」評詩之後，「興象」在後來的詩論中經常運用。其中明代用得最為普遍。南宋嚴羽《滄浪詩話》用「興趣」、「意興」論詩，確立了宗唐抑宋的美學方針。嗣後，明代許多詩論家步武嚴羽，用「興象風神」來批評詩歌。如胡應麟《詩藪》

中提出：「作詩大要不過二端，體格聲調、興象風神而已。體格聲調有則可尋，興象風神無方可執。……譬則鏡花水月，體格聲調，水與鏡也；興象風神，花與月也。」胡應麟明確地將詩的要素分成內在的「興象風神」與外在的體格聲調兩部分，他繼承了嚴羽《滄浪詩話》中的觀點，推崇詩的「興象風神」，認為它難以表現，而有形的體格聲調則易於把握。在評論唐詩時他更是運用「興象」理論，來說明唐詩的各個時期的成就：「唐初五言律，惟王勃『送送多窮路』，『城闕輔三秦』等作，終篇不著景物，而興象婉然，氣骨蒼然，實啟盛、中妙境。」（《詩藪》〈內編〉卷四）「盛唐絕句，興象玲瓏，句意深婉，無工可見，無跡可尋。中唐則減風神，晚唐大露筋骨，可並論乎？」（《詩藪》〈內編〉卷六）胡應麟指出初唐五言雖不成熟，但王勃的五言律興象婉然，氣骨蒼勁，下啟盛唐與中唐詩境。他最推崇盛唐之詩的興象玲瓏，無跡可求，而批評中晚唐詩歌的風神減弱，筋力太露。明初高《唐詩品彙》中亦以「興象」論詩，認為盛唐之詩最具「興象」，盛唐以下的詩歌，「其聲調、格律易於同似，其得興象高遠者亦寡矣」。（《唐詩品彙》〈序目〉）。清代王士禎云：「予嘗觀唐末五代詩人之作，卑下嵬瑣，不復自振，非惟無開元、元和作者豪放之格，至於神韻興象之妙，以視陳隋之季，蓋百不及一焉。」（《梅氏詩略序》）王士禎批評唐末五代以降詩人既無豪放之格，亦失詩之神韻「興象」。

　　由於「興象」是指詩中的情興與形象的超邁無跡，而這種詩境不獨是唐代存在，在中國古代詩歌發展的其他時期也出現過。因此，明代以「興象」論詩的詩論家，往往將「興象」評論觸及漢魏古詩，這種觀點顯然也是從嚴羽論漢魏古詩「無跡可求」、渾然天成的觀點發展而來的。明代詩論家胡應麟提出：「東、西京興象渾淪，本無佳句可摘，然天工神力，時有獨至。搜其絕到，亦略可陳。如：『相去日以

遠，衣帶日以緩。浮雲蔽白日，遊子不顧返。「枯桑知天風，海水知天寒。入門各自媚，誰肯相為言？』……皆言在帶衽之間，奇出塵劫之表，用意警絕，談理玄微，有鬼神不能思，造化不能秘者。」（《詩藪》〈內編〉卷二）胡應麟認為漢魏古詩興象渾成，無句可摘，但其中也有一些佳句興象絕妙，可以玩味。清代方東樹《昭昧詹言》中也用「興象」來評論六朝詩：「謝公（靈運）不過言山水煙霞丘壑之美，已志在此，賞心無與同耳，千篇一律。惟其思深氣沉，風格凝重，造語工妙，興象宛然，人自不能及。」方東樹認為謝靈運的詩寫山水之美，雖有雷同之嫌。但是由於興象宛然，風格工麗，自有人所不能及的地方。方東樹認為「興象」是與用意構思、文法結構相提並論的詩歌要素，而這種詩歌素養是要師法古人才能學到：「用意高妙，興象高妙，文法高妙而非深解古人則不得。」（《昭昧詹言》卷一）方東樹強調「興象」與一般的意象不同，在於它渾然無跡、意在言外的特徵。他在《昭昧詹言》中認為王維的詩最能體現這種興象超邁的意境：「王摩詰輞川於詩，亦稱一祖。然比之杜公，真如維摩之於如來，確然別為一派。尋其所至，只是興象超遠，渾然元氣，為後人所莫及；高華精警，極聲色之宗，而不落人間聲色，所以可貴。」方東樹讚美王維在輞川所作之詩，與杜甫之詩相比，別有特色，它不同於杜甫的沉鬱頓挫，然而以其興象超邁取勝。興象超邁的創造，是依恃主體的凌絕時空，興致飛翔，不受世俗之見的約束。明代的一些詩論家指出，對唐詩「興象」的批評應顧及這一特點，而不能膠柱鼓瑟。宋代歐陽修曾在《六一詩話》中指責唐代詩人張繼的《楓橋夜泊》好雖好，然而三更不是打鐘聲，詩中「夜半鐘聲到客船」不符合真實。胡應麟卻指出：「張繼『夜半鐘聲到客船』，讀者紛紛，皆為昔人愚弄。詩借景立言，惟在聲律之調，興象之合，區區事實，彼豈暇計？無論夜半是非，即鐘聲聞否，

未可知也。」（《詩藪》〈外編〉卷四）胡應麟認為張繼的這句詩不應從是否與客觀事實相合的角度去評判，而應從興象是否高妙的視角來觀察，因為詩的創作畢竟不是寫實，是以能否創作興象高邁之詩境作為標準的。他的這段話是很有見地的。「興象」的批評方法與理論，有助於詩論家從詩的美學特徵去準確地看待詩歌批評的問題。

「興象」一般說來，是指一個完整的概念，是從詩歌的主觀情興與客觀物像相融合的角度去言的。但是也有的詩論家將二者折分開來加以批評。如白居易《錢塘湖春行》：「孤山寺北賈亭西，水面初平云腳低。幾處早鶯爭暖樹，誰家新燕啄春泥。亂花漸欲迷人眼，淺草才能沒馬蹄。最愛湖東行不足，綠樹蔭裡白沙堤。」方東樹評之曰：「佳處在象中有興。有人在，不比死句。」（《昭昧詹言》）方東樹認為白居易這首詩的妙處在於刻畫春天西湖景象時，有著高遠飄逸之興，在詩中傳達出詩人春日騎馬游春時的高逸之興，在實景中見出詩人放逸怡然的興致，也正是這種高逸之情興，造成詩中出現的西湖兩岸的花樹鶯燕、湖光雲色，都有一種勃勃春光，明麗可人。從一角度來說，寫景必得有興，才能真正寫好。清代劉熙載《藝概》〈賦概〉中評論道：「春有草樹，山有煙霞，皆是造化自然，非設色之可擬。故賦之為道，重象尤宜重興。興不稱象，雖紛披繁密，而生意索然，能不為識者厭乎？」劉熙載強調「興象」作為文學形象來說，主要是由主觀之興所決定的，主體情興鄙俗，雖有紛繁萬狀的描寫，也是無法生意盎然，令人賞心悅目的。漢賦中的許多作品不受人賞識，其源蓋出於缺乏興致，沒有性靈，賦家只是在鋪張揚厲，摹狀外物上下功夫，當然不能產生興象超邁的作品。從他們的論述來看，「興象」的創造，有賴於作者主體修養與情興的高逸，興趣是興象創造的前提條件。嚴羽《滄浪詩話》中指出：「盛唐詩人惟在興趣，羚羊掛角，無跡可求。故其妙處

透徹玲瓏，不可湊泊。」也是強調「興趣」是創造「興象」高遠之作的基礎，盛唐詩人興趣高逸，故其詩歌興象玲瓏，無跡可求。

昌明文庫·悅讀美學　A0606007

興：藝術生命的激活

作　　　者	袁濟喜	
責任編輯	楊家瑜	

發　行　人　林慶彰

總　經　理　梁錦興

總　編　輯　張晏瑞

編　輯　所　萬卷樓圖書股份有限公司

排　　　版　菩薩蠻數位文化有限公司

印　　　刷　百通科技股份有限公司

封面設計　菩薩蠻數位文化有限公司

出　　　版　昌明文化有限公司

桃園市龜山區中原街 32 號

電話 (02)23216565

發　　　行　萬卷樓圖書股份有限公司

臺北市羅斯福路二段 41 號 6 樓之 3

電話 (02)23216565

傳真 (02)23218698

電郵　SERVICE@WANJUAN.COM.TW

大陸經銷

廈門外圖臺灣書店有限公司

　　電郵　JKB188@188.COM

ISBN 978-986-496-322-5

2020 年 7 月初版二刷

2018 年 2 月初版

定價：新臺幣 380 元

如何購買本書：

1. 轉帳購書，請透過以下帳戶

　 合作金庫銀行　古亭分行

　 戶名：萬卷樓圖書股份有限公司

　 帳號：0877717092596

2. 網路購書，請透過萬卷樓網站

　 網址　WWW.WANJUAN.COM.TW

大量購書，請直接聯繫我們，將有專人為您

服務。客服：(02)23216565　分機 610

如有缺頁、破損或裝訂錯誤，請寄回更換

版權所有·翻印必究

Copyright©2020 by WanJuanLou Books CO.,

Ltd.All Right Reserved　　**Printed in Taiwan**

國家圖書館出版品預行編目資料

興：藝術生命的激活 / 袁濟喜作. -- 初版. --

桃園市：昌明文化出版；臺北市：萬卷樓

發行, 2018.02

　　面；　　公分. -- (昌明文庫. 悅讀美學)

ISBN 978-986-496-322-5(平裝)

1.文學理論　2.文藝評論　3.中國美學史

820.1　　　　　　　　　　　　107002515

本著作物經廈門墨客知識產權代理有限公司代理，由百花洲文藝出版社授權萬卷樓圖
書股份有限公司出版、發行中文繁體字版版權。